清 馨 民 国 风

清馨民国风

常识与新知

梁启超　胡适等著　王丽华编

首都经济贸易大学出版社
Capital University of Economics and Business Press

图书在版编目(CIP)数据

常识与新知/梁启超,胡适等著,王丽华编. -- 北京:首都经济贸易大学出版社,2014.8

(清馨民国风)

ISBN 978 - 7 - 5638 - 2213 - 3

Ⅰ.①常… Ⅱ.①梁… ②胡… ③王… Ⅲ.①散文集—中国—现代 Ⅳ.①I266

中国版本图书馆 CIP 数据核字(2014)第 046777 号

常识与新知
梁启超 胡适 等著 王丽华 编

责任编辑	周 欣	
封面设计	张弥迪	
出版发行	首都经济贸易大学出版社	
地　　址	北京市朝阳区红庙（邮编100026）	
电　　话	(010)65976483　65065761　65071505(传真)	
网　　址	http://www.sjmcb.com	
E - mail	publish@cueb.edu.cn	
经　　销	全国新华书店	
照　　排	北京砚祥志远激光照排技术有限公司	
印　　刷	临沂圣贤印刷有限公司	
开　　本	880 毫米×1230 毫米　1/32	
字　　数	224 千字	
印　　张	8.75	
版　　次	2014 年 8 月第 1 版　2019 年 10 月第 2 次印刷	
书　　号	ISBN 978 - 7 - 5638 - 2213 - 3/I・21	
定　　价	26.00 元	

前　言

　　这本书中的几十篇文字，都曾刊载于民国时期的出版物。其中一些篇目，近二三十年中曾经从繁体字变为简体字，或多或少为今人所知；但更多的篇目，似乎一直以繁体字竖排的形式，掩隐在岁月的尘埃中，直到我们发现或找到它们，再把它们转换为简体字，以现在这套"清馨民国风"丛书为载体，呈献给当今的读者。

　　收入这套"清馨民国风"丛书的数百篇民国时期的文字，堪称历史影像，也可以说是情景回放。它们栩栩如生、有血有肉，是近 200 位民国学人的集中亮相，也是他们经历、思考与感悟的原味展示——围绕读书与修养、成长与见闻、做人与做事、生活与情趣，娓娓道来。透过这些文字，我们既可以领略众多民国学人迥然不同的个性风采，更可以感知那个时代教育、思想与文化生态的原貌。

　　策划、编选这样一套以民国原始素材为主体内容的丛书，耗费了我们大量的时间、精力和心血。而今本套丛书即将分批陆续付梓，我们欣喜地发现，她已经有型、有范儿、有味道了。

需要特别说明的是，根据著作权法的规定，本书收选的作品，有一部分仍处于版权保护期。由于原作品出版年代久远，且难以查找作者及其亲属的相关信息和联系方式，我们未能事先一一征得权利人同意。敬请这些作者亲属见书后及时与我社联系，以便我社寄奉稿酬、寄赠样书。

目　录

梁启超（1873—1929），字卓如，号任公、饮冰室主人。广东新会人。20世纪初中国新旧交替时代著名政治活动家、启蒙思想家、教育家、史学家和文学家，戊戌变法领袖之一，民国初年清华大学国学院四大导师之一。梁启超学术研究涉猎广泛，在哲学、文学、史学、经学、法学、伦理学、宗教学等领域均有建树，以史学研究成就最大，被公认为中国近代史上百科全书式的人物；其著作后被合编为《饮冰室合集》。

什么是文化

梁启超

"什么是文化？"这个定义真是不容易下。因为这类抽象名词，都是各家学者各从其所抽之象而异其概念，所以往往发生聚讼①。何况"文化"这个概念原是很晚出的，从翁特（Wundt）②和立卡儿特（Rickert）③以后才算成立；它的定义，只怕还没有讨论到彻底哩。我现在也不必征引辩驳别家学说，径提出我的定义来。是：

文化者，人类心能所开积出来之有价值的共业也。

"共业"两个字，用的是佛家术语。"业"是什么呢？我们

---

①"聚讼"意为"众人争辩，是非难定"。——编者注。
②今译冯特（1832—1920），德国心理学家、哲学家。——编者注。
③今译李凯尔特（1863—1936），德国哲学家。——编者注。

所有一切身心活动，都是一刹那一刹那地飞奔过去，随起随灭，毫不停留。但是每活动一次，它的魂影便永远留在宇宙间，不能磨灭。勉强找个比方：就像一个老宜兴茶壶，多泡一次茶，那壶的内容便生一次变化。茶吃完了，茶叶倒去了，洗得干干净净，表面上看来什么也没有，然而茶的"精"渍在壶内；第二次再泡新茶，前次渍下的茶精便起一番作用，能令茶味更好。茶之随泡随倒随洗，便是活动的起灭；渍下的茶精，便是业。茶精是日渍日多，永远不会消失的，除非将壶打碎。这叫作业力不灭的公例。在这种不灭的业力里头，有一部分我们叫它作"文化"。（这个比方自然不能确切，因为拿死的茶壶比活的人，如何会对呢？不过为学者容易构成观念起见，找个近似的做引线罢了。）

茶壶是死的、呆的、各归各的，这个壶渍下的茶精，不能通到那个壶。人类不然，是活的、整个的、相通的。一个人的活动，势必影响到别人；而且跑得像电子一般快，立刻波荡到他所属的社会乃至人类全体。活动流下来的魂影，本人渍得最深，大部分遗传到他的今生、他生或他的子孙，永不磨灭，是之谓"别业"。还有一部分，像细雾一般，霏洒在他所属的社会乃至全宇宙，也是永不磨灭，是之谓"共业"，又叫作业力周遍的公例。文化是共业范围内的东西。因为通不到旁人的"别业"，便与组织文化的网子无关了。但还有一点应当注意：共业是实在的、整个的，虽然可以说是由许多别业融化而成，但绝不是把许多别业加起来凑成。

文化是共业之一部，但共业之全部并非都是文化。文化非文化，当以有无价值为断。然则价值又是什么呢？凡事物之"自然而然如此"或"不能不如此"者，则无价值之可评，即评，也是白评。可以如此可以不如此而我们认为应该如此，这是经我们评定选择之后才发生出来的价值；认为应该如此就做到如此，便是我们得着的价值。由此言之，必须人类自由意志选择且创造出来的东西才算有价值。自由意志所无如之何的东西，我们便没有法子说出它的价值。我们拿价值有无做标准来看宇宙间事物，可以把它们划分为两系：一是自然系，二是文化系。自然系是因果法则所支配的领土，文化系是自由意志所支配的领土。

人类活动，有一部分是与文化系无关的。依我的见解，人类活动之方式及其所属系统，应表示如下：

生理上的受动，如饥则食，渴则饮，疲倦则休息，乃至血管运行、渣液排泄等；心理上的受动，如五官接物则有感觉，有感觉则有印象、有记忆等。这都是不得不然的理法，与天体运行物质流转性质相同，全属自然界现象，其与文化系无关，自不待言。再进一步，则心理作用中之无意识的模仿，如衣服的款式常常变迁，如两个人相处日子久了彼此的言语动作有一部分互相传染，这都是"自然而然如此"，也与文化系无关。就全社会活动而论，也有属于这类的。例如，社会在某种状态之下，人口当然会增殖；在某种状态之下，当然会斗争或战争；乃至在某种状态之下，当然发生某种特殊阶级。这都是拿因果法则推算得出来的。换一句话说，这是生物进化的通则，并非人类所独有，所以不能归入文化范围内。

人类所以独称为文化的动物者，全在其能创造且能为有意识的模仿。

"创造"怎么解呢？创造者，人类以自己的自由意志选定一个自己所想要到达的地位，便用自己的"心能"闯进那地位去。

假如人类没有了这种创造的意志和力量，那么，一部历史，将如河岸上沙痕，一层一层地堆积上去，经几千几万年都是一样；我们也可以算定它明年如何，后年如何，乃至百千万年后如何。然而人类绝不如此，他的自由意志怎样地发动和发动方向如何，不唯旁人猜不着，乃至连他自己今天也猜不着明天怎么样，这一秒钟也猜不着后一秒钟怎么样。他是绝对不受任何因果律之束缚、限制，时时刻刻可以为不断地发动，便时时刻刻可以为不断地创造。人类能对自然界宣告独立，开拓出所谓文化领域者，全靠这一点。创造的概念，大略如上。但仍须注意者四点：

（1）创造不必定在当时此地发生效果。所以有在此时创造，到几百年后才看见结果的。例如孔子的创造力，到汉以后才表见，或者从今日以后才表见[1]。亦有在此处创造，结果不见于此

---

[1] 此句中的"表见"意为"显示，显现"。——编者注。

处而见于彼处者。例如基督的创造力，在犹太看不出，在罗马才看得出。要之，一切创造，都循"业力周遍不灭"的公例，超越时间、空间，永远普遍地存在。

（2）创造的效果，不必定和创造人所期待者同其内容。例如清教徒到美洲，原只为保持信仰自由，结果会创建美国。汉武帝通西域，原只为防御匈奴，结果会促成中印交通。这是什么缘故呢？因为一个创造，常常引起第二、第三个创造，所以也可以说创造能率是累进的。

（3）创造是永不会圆满的。这句话怎么讲呢？凡一件事物到完成的时候，便是创造力停止的时候。譬如这张桌子，完全造成后放在这里，还有什么创造？创造的功夫，一定要在未有桌子或未成桌子之时。（这些譬喻总不能贴切，万勿拘泥。）桌子是死的，有完成的那一天，所以经过一个期间，创造便停止。人类文化是活的，永远没有完成的那一天，所以永远容得我们创造，亦正唯因此之故，从事创造者，只能以"部分的""不圆满的"自甘。

（4）创造是不能和现境距离很远的。创造的动机，总是因为对于现在的环境不满意或不安心，想另外开拓出一种新环境来。所以创造必与现境生距离，其理易明。

但这种距离，是不容太远而且不会太远的，太远便引不起创造或创造不成。创造者总是以他所处的现境为立脚点，前走一步或两步。换一句话说，是在不圆满的宇宙中间，一寸二寸地向圆满理想路上挪去。

以上算把创造的性质大略解释明白了，跟着还要说说"模仿"的性质。我们既已晓得创造之可贵，提到模仿，便认为是创造的反面，像是很不值钱的。这种见解却错了。模仿分为有意识、无意识两种。无意识的模仿，自然没有什么价值，前文曾经说过。现在所讲，专指有意识的模仿。依我看：

模仿是复性的创造，有模仿才有共业。

"复"有两义：一是个体的复集，二是时间的复现。假如人类没有这两种性能，那么，虽然有很大的创造，也只是限于一时，连"业"也不能保持；或者限于一人，只能造成"别业"。如何会有文化呢？须知无论创造力若何伟大之人（例如孔子、释迦），总不能没有他所依的环境，既有所依的环境，自然对于环境（固有的文化）有所感受，感受即是模仿的资粮。所以严格说来，无论何种创造行为中，都不能绝对地不含有模仿的成分。这是说创造以前的事。创造以后呢？一方面自己将所创造者常常为心理的复现，令创造的内容越加丰富确实；一方面熏感到别人，被熏感的人，把那新创造的吸收到他的"识阈"中，形成他的"心能"之一部分，加工协造。这两种作用都是模仿，内中第二种尤为重要。

凡有意识的模仿，都是经过自由意志选择才发生的，所以它的本质已经是和创造同类。尤当注意者：凡模仿的活动，必不能与所模仿者丝毫都吻合。因为所模仿的对象经过能模仿者的"识阈"，当然起某些化学作用，当然有若干之修正或蜕变。所以严格说来，无论何种模仿行为中，又不能绝对地不含有创造的成分。因此也可以说："模仿是群众体的创造。"明白这种意味，方才知道所谓"民族心"，所谓"时代精神"者作何解。

人类有创造、模仿两种"心能"，都是本着他的自由意志，不断地自动互发。因以"开拓"其所欲得之价值，而"积厚"其所已得之价值，随开随积，随积随开，于是文化系统以成。所以说："文化者，人类心能所开积出来之有价值的共业也。"

以上所说，把"文化"的观念略已确定，还要附带着一审查文化之内容。依我说：

文化是包含人类物质、精神两面的业种、业果而言。

文化是人类以自由意志选定价值，凭自己的心能开积出来，以进到自己所想站的地位，既如前述。价值选定，当然要包含物质、精神两面。人类欲望最低限度，至少也想到"利用厚生"，为满足这类欲望，所以要求物质的文化，如衣、食、住及其他工具等之进步。但欲望绝不是如此简单便了，人类还要求秩序，求愉乐，求安慰，求拓大。为满足这类欲望，所以要求精神的文化，如言语、伦理、政治、学术、美感、宗教等。这两部分拢合起来，便是文化的总量。

说到这里，要把业种、业果两语先为解释一下——这也是用的佛家术语。"种"即种子，"果"即果实。一棵树是由很微细的一粒种子发生出来，这粒种子含有无限创造力，不断地长、长、长，开枝，发叶，放花，结果，到结成满树果实时，便是创造力成了结晶体，便算"一期的创造"暂作结束。但只要这棵树不死，它的创造力并不消灭，还跟着有第二、第三乃至无数期的创造。一面那果实里头，又含有种子。碰着机会，又从新发出创造力来，也是一期、二期……地不断。如是一个种生无数个果，果又生种，种又生果，一层一层地开积出去。人类活动所组成的文化之网，正是如此。

但此中有一点万不可以忘记：业果成熟时，便是一期创造的结束。现在请归到文化本题来说明此理：人类用创造或模仿的方式开积文化，那创造心、模仿心及其表现出来的活动便是业种，也可以说是文化种。活动一定有产出来的东西，产出来的东西一定有实在体。换一句话说，创造力终须有一日变成"结晶"。这种结晶，便是业果，也可以说是文化果。文化种与文化果有很不同的性质：文化种是活的，文化果是呆的。试举其例：科学发明是业种，是活的；用那发明来造成的机器是业果，是呆的。人权运动是业种，是活的；运动产生出来的宪法是业果，是呆的。美感是业种，是活的；美感落到字句上成一首诗，落到颜色上成一幅画，是业果，是呆的。所以我说创造不会圆满，圆满时创造便停。业果成熟，便是活力变成结晶，便是一期的创造圆满而停息。

就这一点论，很可以拿珊瑚岛做个譬喻：海底的珊瑚，刻刻不停地在那里活动，我们不知道它有目的没有；假使有目的，可以说它想创造珊瑚岛，但是到珊瑚岛造成时，它本身却变作灰石。文化到了结晶成果的时候，便有这种气象。所以已成的文化果是不容易改变的；停顿久了，那僵质也许成为活动的障碍物。但人类文化果，究竟不能拿珊瑚岛作比。因为珊瑚变成灰石之后，灰石里头，便一毫活力也没有。人类文化果不然，正如刚才说的树上果实，果中含有种子，所以能够从文化果中熏发文化种，从新创造起来。人性中不可思议的神秘，都在这一点。

今请将文化内容的总量列一张表做结：

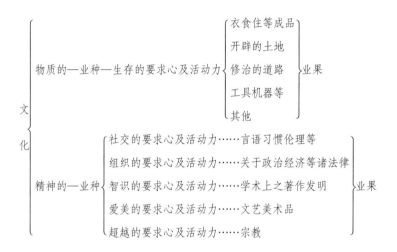

（为南京金陵大学第一中学讲演）

（《梁任公学术讲演集》）

梁启超（1873—1929），字卓如，号任公、饮冰室主人。广东新会人。20 世纪初中国新旧交替时代著名政治活动家、启蒙思想家、教育家、史学家和文学家，戊戌变法领袖之一，民国初年清华大学国学院四大导师之一。梁启超学术研究涉猎广泛，在哲学、文学、史学、经学、法学、伦理学、宗教学等领域均有建树，以史学研究成就最大，被公认为中国近代史上百科全书式的人物；其著作后被合编为《饮冰室合集》。

科学精神与东西文化

梁启超

一

今日我感觉莫大的光荣，得有机会在一个关系中国前途最大的学问团体——科学社年会来讲演。但我又非常惭愧而且惶恐，像我这样对于科学完全门外汉的人，怎样配在此讲演呢。这个讲题——科学精神与东西文化，是本社董事会指定要我讲的。我记得科举时代的笑话，有些不通秀才去应考，罚他先饮三斗墨汁，预备倒吊着滴些墨点出来。我今天这本考卷，只算倒吊着滴墨汁。明知一定见笑大方，但是句句话都是表示我们门外汉对于门内的宗庙之美、百官之富如何欣羡、如何崇敬、如何爱恋的一片诚意。我希望国内不懂科学的人或是素来看轻科学、讨厌科学的人，听我这番话，得多少觉悟，那么，便算我个人对于本社的一点贡献了。

近百年来科学的收获，如此丰富。我们不是鸟，也可以腾空；不是鱼，也可以入水；不是神仙，也可以和几百千里外的人答话。诸如此类，哪一件不是受科学之赐？任凭怎么顽固的人，谅来"科学无用"这句话，再不会出诸口了。然而中国为什么直到今日还得不着科学的好处，中国人直到今日依然成为非科学的国民呢？我想中国人对于科学的态度，有根本不对的三点：

其一，把科学看得太低了，太粗了。我们几千年来的信条，都说的"形而上者谓之道，形而下者谓之器""德成而上，艺成而下"这一类话，多数人以为科学无论如何高深，总不过属于艺和器那部分。这部分原是学问的粗迹，懂得不算稀奇，不懂得不算耻辱。又以为我们科学虽不如人，却还有比科学更宝贵的学问，什么超凡入圣的大本领，什么治国平天下的大经纶，件件都足以自豪。对于这些粗浅的科学，顶多拿来当一种补助学问就够了。因为这种故见横亘在胸中，所以从郭筠仙①、张香涛②这班提倡新学的先辈起，都有两句自鸣得意的话，说什么"中学为体，西学为用"。这两句话现在虽然没有从前那么时髦了，但因为话里的精神和中国人脾胃最相投合，所以话的效力直到今日依然为变相的存在。老先生们不用说了，就算这几年

---

①即郭嵩焘（1818—1891），字筠仙，晚清政治家，近代中国"走向世界"的代表性人物之一。——编者注。

②即张之洞（1837—1909），号香涛，晚清洋务派首领。——编者注。

所谓新思潮，所谓新文化运动，不是大家都认为蓬蓬勃勃有生气吗？试检查一检查它的内容，大抵最流行的，莫过于讲政治上、经济上这样主义、那样主义。我替它起个名字，叫作西装式的治国平天下大经纶。次流行的莫过于讲哲学上、文学上这种精神、那种精神，我也替它起个名字，叫作大餐式的超凡入圣大本领。我并不是说这些学问不该讲，但讲它须把它建设在科学基础之上。我们看到了那些脚踏实地、平淡无奇的科学，试问有几个人肯出去讲求，学校中能够有几处像样子的科学讲座？有了，几个人肯去听？出版界能够有几部有价值的科学书，几篇有价值的科学论文？有了，几个人肯去读？我固然不敢说现在青年绝对没有科学兴味，然而兴味总不如别方面浓。须知这是积多少年社会心理遗传下来，对科学认为"艺成而下"的观念牢不可破。直到今日，还是最爱说空话的人最受社会欢迎。做科学的既已不能如别种学问之可以速成，而又不为社会所尊重，谁肯埋头去学它呢？

其二，把科学看得太呆了，太窄了。那些绝对地鄙厌科学的人，且不必责备，就是相对地尊重科学的人，还是十个有九个不了解科学性质。他们只知道科学研究所产结果的价值，而不知道科学本身的价值。他们只有数学、几何学、物理学、化学等概念，而没有科学的概念。他们以为学化学便懂化学，学几何便懂几何，殊不知并非化学能教人懂化学，几何能教人懂几何，实在是科学能教人懂化学和几何。他们以为只有化学、数学、物理、几何等才算科学，以为只有学化学、数学、物理、几何等才用得着科学，殊不知所有政治学、经济学、社会学等，只要够得上一门学问的，没有不是科学。我们若不拿科学精神去研究，便做哪一门子学问也做不成。中国人因为始终没有懂得"科学"这个词的意义，所以五十年前很有人奖励学制船、学制炮，却没有人奖励科学。近十几年学校里都教的是数学、几何、化学、物理，但总不见教会人做科学。或者说，只有理科、工科的人们才要科学，我不打算当工程师，不打算当理化教习，何必要科学？中国人对于科学的看法大率如此。

其三，把科学看得太势利了，太俗了。科学的应用近来愈推愈广。许多人讴歌它的功德，同时许多人痛恨它的流弊。例如，一切战争杀人的器具，却是由科学发明出来。又如有了各种机器，便惹起经纶上大变动。富者愈富，贫者愈贫。于是欧美有些文字，发为诡激之论，说社会不得安宁，都因为中了科学毒。我们中国那些不懂科学、讨厌科学的人听着这些话，正中下怀，以为科学时代已成过去。人家方且要救末流之弊，我们何必再走那条路呢？这流弊完全和科学本身无干，殊不知这些话本来和庄子"浑沌凿窍"的比喻一般。窍该凿不该凿另是一问题，但我们能有法禁止它不凿吗？已经凿了又怎么样呢？这些无谓的辩难，且不必多管。就令如他们之说科学果然有流弊，须知这流弊完全和科学本身无关。瓦特因为天地间有蒸汽这种原理，自己要去发现它，他并不管你大生纱厂要利用它来织棉花。牛顿因为天地间有引力这种原理，自己要去发现它，并不管你放四十二生①的炮要利用它测量射线。要而言之，科学是为学问而求学问，为真理而求真理。至于怎样地用它，在乎其人。科学本身只是有功无罪。我们撷拾欧美近代少数偏激之谈来掩饰自己的固陋，简直自绝于真理罢了。

我大胆说一句话，中国人对于科学这三种态度倘若长此不变，中国人在世界上便永远没有学问独立，中国人不久必要成为现代被淘汰的国民。

二

科学精神是什么？我姑从最广义解释。有系统之真智识，叫作科学；可以教人求得有系统之真智识的方法，叫作科学精神。这句话要分三层说明：

第一层，求真智识。智识是一般人都有的，乃至连动物都有。科学所要给我们的，就争一个真字。一般人对于自己所认识的事物，很容易便信以为真，但只要用科学精神研究下来，越研究便越觉求真之难。譬如说"孔子是人"这句话，不消研究，总可以说是真的。因为人和非人的分别，是很容易看见的。譬如说"老虎是恶兽"，这句话真不真便待考了。欲证明它是真，必要研究兽类具备某种性质才算恶，看老虎果曾具备了没有。若说老虎杀人算是恶，为什么人杀老虎不算恶？若说杀同类算是恶，只听见有人杀人，从没听见老虎杀老虎。然则人容

---

①"生"，原文如此。疑"生"为"声"之误。——编者注。

或可以叫作恶兽，老虎却绝对不能叫作恶兽了。譬如说"性是善"，或说"性是不善"，这两句话真不真，越发待考了。到底什么叫作"性"，什么叫作"善"，两方面都先要弄明白。倘若孟子说的性咧情咧才咧，宋儒说的义理咧气质咧，闹得一团糟，那便没有标准可以求真了。譬如说"中国现在是共和政治"这句话便很待考，欲知它真不真，先要把共和政治的内容弄清楚，看中国和它合不合。譬如说"法国是共和政治"，这句话也待考。欲知它真不真，先要问法国这个词所包范围如何，若安南①也算法国，这句话当然不真了。看这几个例，便可以知道我们想对于一件事物的性质得有真的灼见，很是不容易。要钻在这件事物里头去研究，要绕着这件事物周围去研究，跳在这件事物高头去研究。种种分析研究结果，才把这件事物的属性大略研究出来。算是从许多相类似、容易混淆的个体中，发现每个个体的特征，换一个方向，把许多同有这种特征的事物归成一类，许多类归成一部，许多部归成一组，如是综合研究的结果，算是从许多各自分离的个体中，发现出它们相同的普遍性。经过这种种功夫，才许你开口说"某件事物的性质是怎么样"。这便是科学第一件主要精神。

第二层，求有系统的真智识。智识不但是求知道一件一件事物便了，还要知道这件事物和那件事物的关系，否则零头断片的智识全没有用处。知道事物和事物互相关系，而因此推彼，

①安南是越南历史上的称谓之一。——编者注。

得从所已知求出所未知，叫作有系统的智识。系统有二，一竖二横。横的系统，即指事物的普遍性，如前段所说。竖的系统，指事物的因果律：有这件事物，自然会有那件事物；必须有这件事物，才能有那件事物；倘若这件事物有如何如何的变化，那件事物便会有或才能有如何如何的变化。这叫作因果律。明白因果，是增加新智识的不二法门，因为我们靠它才能因所已知推见所未知。明白因果，是由智识进到行为的向导，因为我们预料结果如何，可以选择一个目的做去。虽然，因果是不容易谈的：第一，要找得出证据；第二，要说出理由。因果律虽然不能说都要含有"必然性"，但总是愈逼近"必然性"愈好，最少也要含有很强的"盖然性"。倘若仅属于"偶然性"的，便不算因果律。譬如说"晚上落下去的太阳，明早上一定再会出来"，说"倘若把水煮过了沸度，它一定会变成蒸汽"，这等算是含有必然性，因为我们积千千万万回的经验，却没有一回例外，而且为什么如此，可以很明白说出理由来。譬如说"冬间落去的树叶，明年春天还会长出来"，这句话便待考，因为再长出来的并不是这片叶，而且这树也许碰着别的变故再也长不出叶来。譬如说"西边有虹霓，东边一定有雨"，这句话越发待考，因为虹霓不是雨的原因，它是和雨同一个原因，或者还是雨的结果。翻过来说"东边有雨，西边一定有虹霓"，这句话也待考，因为雨虽然可以为虹霓的原因，却还须别的原因凑拢在一处，虹霓才会出来。譬如说"不孝的人要着雷打"，这句话便大大待考，因为虽然我们也曾听见某个不孝人着雷，但不过是偶然的一回；许多不孝的人，不见得都着雷，许多着雷的东西不见得都不孝；而且宇宙间有个雷公会专打不孝人，这些理由完全说不出来。譬如说"人死会变鬼"，这句话越发大大待考，因为从来得不着绝对的证据，而且绝对地说不出理由。譬如说"治极必乱，乱极必治"这句话，便很要待考，因为我们从中国历史上虽然举出许多前例，但说治极是乱的原因，乱极是治的原因，无论如何总说不下去。譬如说"中国行了联省自治制后一定会太平"，这话也待考，因为联省自治虽然有致太平的可能性，无奈我们未曾试过。看这些例，便可知我们想应用因果律求得有系统的智识实在不容易，总要积无数的经验，或照原样子继续忠实观察，或用人为的加减改变试验，务找出真凭实据，才能确定此事物与彼事物之关系。这还是第一步。再进一步，凡一事物之成毁，断不止一个原因。知道甲和乙的关系还不够，又要知道甲和丙、丁、戊等的关系。原因之中，又有原因。想真知道乙和甲的关系，便须先知道乙和庚、庚和辛、辛和壬等关系。不经过这些功夫，贸贸然下一个断案，说某事物和某事物有何等关系，便是武断，便是非科学的。科学家以许多有证据的事实为基础，逐层逐层看出它们的因果关系，发明种种含有"必然性"或含有极强"盖然性"的原则，好像拿许多结实麻绳组织成一张网，这网愈织愈大，渐渐地涵盖到这一组知识的全部，便成了一门科学。这是科学第二件主要精神。

第三层，求可以教人的智识。凡学问有一个要件，要能"传与其人"。人类文化所以能成立，全由于一人的智识能传给多数人，一代的智识能传给次代。我费了很大功夫得一种新智识，把它传给别人，别人费比较小的功夫承受我的智识之全部或一部，同时腾出别的工夫又去发明新智识。如此教学相长，递相传授，文化内容自然一日一日地扩大。倘若智识不可以教人，无论这项智识怎样的精深博大，也等于人亡政息，于社会文化绝无影响。中国凡百学问，都带一种"可以意会不可以言传"的神秘性，最足为智识扩大之障碍。例如医学，我不敢说中国几千年没有发明，而且我还信得过确有名医，但总没有法传给别人，所以今日的医学，和扁鹊、仓公时代一样，或者还不如。又如修习禅观的人所得境界，或者真是圆满庄严，但只好他一个人独享，对于全社会文化竟不发生丝毫关系。中国所有学问的性质，大抵都是如此。这也难怪，中国学问本来是由几位天才绝特的人"妙手偶得"，本来不是按部就班地循着一条路去得着，何从把一条应循之路指给别人。科学家恰恰相反，他们一点点智识都是由艰苦经验得来。他们说一句话，总要举出证据，自然要将证据之如何收集、如何审定一概告诉人。他们主张一件事，总要说明理由，理由非能够还原不可，自然要把自己思想经过的路线顺次详叙。所以别人读他一部书或听他一回讲义，不唯能够承受他研究所得之结果，一并承受他如何能研究得此结果之方法，而且可以用他的方法来批评他的错误。方法普及于社会，人人都可以研究，自然人人都会有发明。这是科学第三件主要精神。

三

中国学术界因为缺乏这三种精神，所以生出如下之病征：

其一，笼统。标题笼统，有时令人看不出他研究的现象为何物。用笼统语，往往一句话容得几方面解释。思想笼统，最爱说大而无当、不着边际的道理。自己主张的是什么，和别人不同之处在哪里，连自己也说不出。

其二，武断。立说的人既不必负找寻证据说明理由的责任，判断下得容易，自然流于轻率。许多名家著述，不独违反真理，而且违反常识的往往而有。既已没有讨论学问的公认标准，虽然判断谬误，也没有人能驳他，谬误便日日侵蚀社会人心。

其三，虚伪。武断还是无心的过失。既已容许武断，便也容许虚伪。虚伪有二：①语句上之虚伪。如隐匿真证，杜撰假证，或曲说理由等。②思想内容之虚伪。本无心得，貌为深秘，欺骗世人。

其四，因袭。把批评精神完全消失，而且没有批评能力，所以一味盲从古人，剽窃些绪余过活。所以思想界不能有弹力性，随着时代所需求而开拓，倒反留着许多沉淀废质在里头，为营养之障碍。

其五，散失。间有一两位思想伟大的人，对于某种学术有新发明，但是没有传授于人的方法，这种发明便随着本人的生命而中断，所以他的学问不能成为社会上的遗产。

以上五件，虽然不敢说是我们思想界固有的病征，这病最少也自秦汉以来受了两千年。我们若甘心抛弃文化国民的头衔，那更何话可说？若还舍不得吗？试想两千年思想界内容贫乏到如此，求学问的途径榛塞到如此，长此不去，何以图存？想治这病，除了提倡科学精神外，没有第二剂良药了。

我最后要补几句话。我虽然照指定的这个题目讲演，其实科学精神之有无，只能用来横断新旧文化，不能用来纵断东西文化。若欧美人是天生成科学的国民，中国人是天生成非科学的国民，我们可绝对不能承认。拿我们战国时代和欧洲希腊时代比较，彼此都不能说有现在这种崭新的科学精神，彼此却也没有反科学的精神。秦汉以后，反科学精神弥漫中国者两千年；罗马帝国以后，反科学精神弥漫欧洲者也一千多年。两方比较，我们隋唐时代，还有点准科学的精神不时发现，只有比他们强，没有比他们弱。我所举五种病征，当他们教会垄断学问时代，件件都有。直到文艺复兴以后，渐渐把思想界的健康恢复转来，所谓科学者才种下根苗。讲到枝叶扶疏，华实烂漫，不过最近一百年内事。一百年的先进后进，在历史上值得计较吗？只要我们不讳疾忌医，努力服这剂良药，只怕将来生天成佛，未知谁先谁后哩。我祝祷科学社能做到被国民信任的一位医生，我祝祷中国文化添入这有力的新成分再放异彩。

（十一年八月二十日①在南通为科学社年会讲演）

----

①本书所选文章，篇末如有中文数字（均为民国原书所载），系指中国历法年月日，如本处即指民国十一年（西历 1922 年）八月二十日；如为阿拉伯数字，则指西历年月日。特此说明，以后不再为此加注。——编者注。

任鸿隽（1886—1961），字叔永，著名化学家和教育家，辛亥革命元老，中国现代科学的奠基人之一。1908 年留学日本，次年加入同盟会，回国后曾任南京临时政府总统府秘书。1912 年年底赴美留学。1914 年发起成立中国科学社，任董事长兼社长，编印《科学》杂志。1918 年获哥伦比亚大学化学硕士学位，回国后历任北洋政府教育部专门教育司司长、四川大学校长等职。

科学与近世文化

任鸿隽

"科学与近世文化"，这个题目是近人时常讲的。我今天开讲之前，先有两个申明：第一，这个讲演，是本年科学社讲演的总冒，所以不免普通一些。第二，我所讲的近世文化，并不包括东方文化在内，因为我们承认东方文化发生甚古，不属于近代的。那么我们所讲的是西方文艺复兴以后发生的文化了。近人对于这种文化，至少有几个普通观念。一说近世文化是物质的。譬如从前人乘骡车、马车，今人乘火车、电车；从前人点菜油灯，今人点电灯之类。一说近世文化是权力的。例如征服天然，驱水使电，列强相争，弱肉强食之类皆是。一说近世文化是进步的。例如机械发明日新月异，学术思想变动不居，从前几千年的进步比不上近世几十年的多。这几种意思，我们承认它都可以代表近世文化的一部分，但是不能说可以总括近世文化的全体。要一个总括全体的说法，我们不如说近世文化是科学的。诸君注意，我说近世文化是科学的，和近人所说近世文化的特采①是科学发明、科学方法等有点不同。因为前者是说近代人的生活，无论是思想、行动、社会组织，都含有一个科学在内；后者是说科学的存在和科学的结果足以影响近代人生活的一部分罢了。

我们现在要说什么是文化。文化和文明稍许有点不同。我很喜欢梁漱溟先生说的"文化是人类生活的样子，文明是人类生活的成绩"②。不过吾想单说人类生活的样子还不能尽"文化"两个字的含义，我的意思，要加入"人类生活的态度"的几个字，来包举思想一方面的情形，"文化"两个字的意思才得完备。照这样说来，文化有种类和程度的差别，但是没有绝对的标准。我们可以说某种人的文化是什么样，程度是什么样，但是不能说某种人是文明人，某种人是野蛮人，因为照我们上面所说的文化的定义，是讲不通的。但是我们提出近世文化，我们的意思却很明白、的确，因为近世人生活的样子和对事物的态度，是很明白、的确的。近世的文化和近世以前的文化，是极有分别、极容易看得出来的。所以我想把一切文明、野蛮的话头打扫净尽，再来观察近世的文化。

---

①此处"特采"应为"特色"之意，后文亦如此。——编者注。
②见梁漱溟著《东西文化及其哲学》。——原注。

　　说到近世与前代分界的所在，我们晓得欧洲史上有一个极重要的时代，就是文艺复兴时代。文艺复兴这几个字，英文是Renaissance，本来是"复生"的意思。欧洲的文化，在中古时代，简单没有什么可言，所以历史家①又叫中古时代是黑暗时代。到了十三世纪的时候，为了种种的原因，那黑暗沉沉的中古人心忽然苏醒过来，文学、美术、宗教、政治都先后起了一个大改革，开了一个新面目。科学的复兴，也就是文艺复兴的一个结果。但是别的改革和开创，自然也影响近世人的生活，并且为生活的一部分，可是终没有科学的影响和关系于近世人生的那么大。这有个缘故，这个缘故就是科学的影响完全在思想上，科学的根据完全在事实上，科学的方法可以应用到无穷无尽上。有了这几层原因，我们说近世文化都是科学的，都是科学造成的，大约也不是过甚之言。

　　近世的文化，可谓复杂极了，要举出几件来，证明科学和它们的关系，可不容易，并且不免有挂一漏万之讥。但我们可以把中世纪的思想和研究学问的方法，举一两件和近世的比较，科学和近世文化的关系就愈加显明了。

　　第一，中世纪的人，相信上帝创造宇宙事物，都有一定的计划，人在宇宙间，也是计划的一部分，所以有的生而为王公，也有的生而为奴仆，都是天命有定，人对于己身的地位，是不负责任的。因为这样，当时的人心都归向宗教，只想求死后天

---

　　①"历史家"为过去说法，今说"历史学家"。——编者注。

堂的快乐，生前的痛苦他们略不在意。打破这样的宇宙观，最
有力量的，是柯波尼克（Copernicus）①的地动说。柯波尼克的
地动说在当时出现有两种意思：第一，表示当时的人心，对于
宗教上地为中心的说法，已敢于起怀疑的念头；第二，地动说
的最后胜利，是科学战胜宗教的起点。那已经动摇的人心，得
了这种自信力，自然愈趋于开放与自由方面了。

第二，中世纪的时候，学术界所崇奉为宗主的，只有两部
书，一是《圣经》，一是阿里斯多德②的哲学。阿里斯多德的
书，未经文艺复兴以前，还是从阿剌伯③文翻到拉丁文，残缺不
完和晦乱羼杂的弊病是不可免的。当时的学者，正要利用他的
残缺晦乱，来造成一种纠绕诡辩的学问。后来文艺复兴，学者
都讲究读希腊原文，又竭力去搜求遗稿，阿里斯多德及许多希
腊、罗马的学术才渐渐彰明起来。还有一层尤为重要的，中世
纪的学者，凡研究什么学问，都是根据书本，绝不去研究实物。
比如说到一个动物，他们只说《圣经》上是怎样怎样，却不想
《圣经》上说的在千百年前的帕勃斯坦（Palestine）④，他们所说
的在当时的欧洲，时间和地域都不同，何以见得可以引证的？当

---

①今译哥白尼（1473—1543），波兰天文学家、数学家，提出了在科学史上
有革命意义的"日心说"。——编者注。

②今译亚里士多德（前384—前322），古希腊哲学家、科学家和教育家。他
是柏拉图的学生，亚历山大大帝的老师。——编者注。

③今译阿拉伯。——编者注。

④今译巴勒斯坦。——编者注。

时有个首出的科学大家，叫洛纣·培根（Roger Bacon，1214—1293）①，最反对这种研究法。他说"研究一天的天然物，胜读十年的希腊书"，又说"我们不可尽信所闻所读的。反之，我们的义务，在以最仔细的心思，来考察古人的意见，庶几于其缺者补之，误者正之，但不必粗心傲慢就好了"，洛纣·培根虽然这样地主张和实行，但当时的人还不肯听信他。后来柯波尼克的地动说，也是用这种方法的结果。柯波尼克写信给他的朋友说他的地动说成立的经过，经历了五个阶级②。这五个阶级是：

（1）对于陀伦密（Ptolemy）③旧说的不满意。

（2）搜索所有的书籍，看有没有比它更好的学说。

（3）自己研究的结果，成立了一个地动的假说。

（4）用种种观察来证明这假说的对不对，对了才承认它成一个学说。

（5）用这新学说，把从前晓得的许多事实都连贯起来，成有条理、有系统的智识。

这个方法，就是现在所说的科学方法。但当时的人，如像洛纣·培根、柯波尼克、加里雷倭（Galileo）④等，虽是用了这种方法研究天然界的现象，已经有了许多贡献，但他们不过是

---

①今译罗杰·培根或罗吉尔·培根，英国哲学家和自然科学家。——编者注。

②原文如此。此处"阶级"意为"阶段"。——编者注。

③今译托勒密（约90—168），古希腊天文学家、地理学家和光学家，地心说的集大成者。——编者注。

④今译伽利略（1564—1642），意大利物理学家、数学家、天文学家及哲学家。——编者注。

自辟蹊径，各行其是。到了弗兰西斯·培根（Francis Bacon，1561—1626）[1] 才大声疾呼，主张两个根本的重要观念：一个是征服天然，一个是归纳方法。他说："智识即权力。"[2] 又说："人类的责任，是要把他的权力推广扩大到天然界上去，在天然界上建一个新国家。"又说："要征服天然必须先服从天然，就是用科学的方法，发明天然的律令。"他又把当时的学问分成三类：一是奇术（Fantastic Learning），二是辩论（Contentious Learning），三是文采（Delicate Learning）。他说这三类都不是学问的正当方法，都不能得真智识。要得真智识，只有一个方法，就是用归纳方法。归纳的方法，简言之，是用事实做根据，推出一个通则，再用观察和试验证明那通则的不错，这就是科学方法的大概。现在科学的门类虽多，研究的方法总不出这个范围。培根这种主张，算是给科学一个很好的基础。所以培根自己虽然不是科学家，我们说到科学的创造者，总要数他呢。

上面所说的是科学的一点起源，就是对于文艺复兴这个时代，我们觉得有两个意思：一个是科学的发生或者说是复兴，一个是近代和古代的分界。这两件事情并不是偶然遇合的，是有第一件才有第二件的。我们现在要看科学与近世文化的关系怎么样。

前面已经说过，"文化"这两个字是空洞的，就是我们说什

---

①今译弗朗西斯·培根，英国哲学家、思想家和科学家。——编者注。
②今译"知识就是力量"。——编者注。

么物质的文化、精神的文化，也是空洞的。所以我们要谈近世文化，最好拿几件具体的事体来说。玛尔芬（Marvin）① 说得好，有三件东西最足以表示人类的进步：一是智识，二是权力②，三是组织。我们现在就拿这三样来看与科学有什么关系。

第一，讲到智识。我们晓得，现代的智识，不但范围比较的广，就是它的性质，也比较的精确些。现在很平常的事理，如像蒸汽的应用，电力的制造，生物的演进，疾病的传染，都非中世纪以前的人所能梦见，固不消说了。就是古时圣哲所发明，历代学者所传述，如希腊人的物质起源论、中国人的五行生克说等，虽是沿袭多年，并且用作说明一切事理的根据，但是照现在看来，还是不算智识。我们拿现在的化学上所发现的八十余元素，和希腊人的水、火、气、土四元质相比较，自然看得出它的笼统不精。拿现在化学上物质的变化分合和物理学上因果相生的定律，和中国人的五行旧说相比较，才晓得它的糊涂无理。这是因为什么？因为有了科学而后，我们的智识得了两个试金石，要经得这试验的，我们才承认它是智识，所以那些不够成色的，都立不住脚了。我所说的试金石，一个是根据事实，一个是明白关系。希腊人说什么东西都是由水，或火，或气，或土变成的，但是我们晓得它并非事实。在炼金化学（Alchemy）的时代，大家都信水可变土，但是我们晓得它并非

①今译马文。——编者注。
②此处"权力"与今用法不同。——编者注。

事实。我们晓得它不是事实，也是从实验得来的。讲到关系一方面，我想许多迷信都是由不明白关系发生。比如我们说"础润而雨"，我们晓得础润并不是雨的原因，不过因为雨还未降以前，温气先在础石上凝聚了，所以有润的现象。照这样说来，础润虽不是雨的原因，却也可做一个雨的先兆，因为它中间是有共同的关系。但是信那风水、五行的说法，说祖坟葬得好，后人就会发迹，京城多开一个城门，天下就有兵乱，请问那关系在什么地方呢？科学的贡献，就是把事实来代替理想，把理性来代替迷信。那智识的进步，也正是从这点得来的。

第二，讲到权力，自然是就我们所能驾驭的力量和那力量所及的远近而言。历史家说石器时代的人能掷石子在几丈外的地方去击杀野兽，他的文化已经比石器时代以前的人高了许多，因为他的权力已经远到几丈外了。照这样看来，近代人的权力，比从前的人大的地方至少有几处。一为征服天然，最显著的例就是距离的缩短。我们古人看了长江，就说"固天所以限南北"，现在轮船、火车到处通行，就是重海连山，也不能隔人类的往来了。再则物产的增加，因为机器的应用和天然障害的战胜，也是近世的一种特别现象。如 1810 年到 1862 年五十二年间，世界上煤的产量，由每年九百万吨增到一万四千万吨。由 1850 年到 1882 年三十二年间，世界上铁的产量，由每年四百万吨增到两千万吨。又由 1830 年到 1880 年五十年间，欧美的商务增加了八百倍。这都是前四五十年的统计，到近年来，增加的数目必定更要大了。再次，则各种病菌的发现，人类生命的延长，也是征服天然的一个好例。由 1851 年到 1900 年，英国人的平均寿数由二十六岁零五六增到二十八岁零九，美国人的寿数由二十三岁零一增到二十六岁零三三①，我们战胜天然的权力，不是可惊吗？又不但战胜天然，我们并且能补天然的不足。再举两件事为例。我们平常所希望不到的，不是插翅而飞和长生不老的两件事吗？不晓得到了 1896 年，美国的蓝格列（Langley）②竟在华盛顿颇陀玛克（Potomac）河③上，用机械的力量，把一个比空气重一千倍的飞机飞升起来，从此空中的飞行就逐渐进步，现在竟成了普通的交通事业了。返老还童的问题，据最近奥国医士斯坦那黑（Steinlach）的报告，也从生理学上寻出了可能的方法，并且屡试有效。我们这种权力，岂不是自有人类以来所未曾有的吗？但是这些权力，都是由智识的组织和应用得来，自然又是科学的产物。

第三，要说社会组织。我们晓得近代的社会，除了组织复杂，远非从前所可比拟之外，还有几个特采是我们不能不注意的。

一是平民的特采，就是所谓德谟克拉西④。这平民的倾向有两个意思：一是政治上独裁政制的推倒与参政权的普及，二是

---

①这几个数字用阿拉伯数字表示，似分别应为 26.56 岁、28.9 岁、23.1 岁、26.33 岁。——编者注。

②今译兰勒或兰利（1834—1906），美国物理学家，航空先驱。——编者注。

③今译波托巴克河，是美国东部的主要河流之一，全长约 665 公里，流域面积 40 608 平方公里。——编者注。

④即 Democracy（民主）的音译。——编者注。

社会上机会的均等和阶级制度的打消。这两个意思的发生，一方面因为机器的发明，产生了工业革命，又因工业革命过后，物产增加，一般的人有了产业和劳力，自然发生了权利的要求；一方面也因近代的人心趋于合理，对于天然的势力，尚且不肯贸然服从，要求一个征服的方法，对于人为的组织，自然也有一个合理的解决。那些"天赋君权"的说法，自然不能管束他们了。弗兰克林（Franklin）①的墓志说他一只手由自然界抢来了电力，一只手由君主抢来了威权，最能表明这一种意思。可见平民主义和科学是直接、间接都有关系的。

第二个特采，是它范围的广大。从前的社会组织，仅限一地一域或少数人的；现在的组织，不但非一地一域，就是国界、种界，也不能限制了。如像近来各种团体的国际组织、各种主义的世界同盟，都是大组织的表示。这有几个原因：一因交通进步，空间、时间的距离比从前缩小了好些；二因各处的生活有趋于一致的倾向，因此它们的问题也有些大同小异；三因学术经验的证明，知道大组织的便利与可能。这三种原因，又是大半和科学有关系的。

第三个特采，是效率的讲求。我们晓得近世工业的组织和机器的应用，是要用力少而成功多。以少量的用力，得多量的结果，就是高的效率；反之，效率就低了。这种讲求效率的意

①今译富兰克林（1706—1790），美国科学家、发明家、政治家、外交家、哲学家、文学家和航海家，美国独立战争的伟大领袖。——编者注。

思，不但用在工业上，就是社会上一切组织，也都是这个意思所贯注。大概做到这一步的，我们说它是新组织；不然，事业虽新，组织还是旧的罢了。但是一件事业效率的高低，非从那件事业极小的部分加以研究，不会明白。这种分析研究的方法，也就是科学方法。所以现在有所谓科学的工场管理法，就是这种特采的结晶了。

我们现在把上面所讲的总结起来，在智识、权力、组织这三方面，近代的进步都比较从前最为显著，最为特别。那么，我们就说这三种进步是近世文化的表现可不可呢？又因为这三种进步都是科学直接的产物或间接的影响，我们若是拿它们来代表近世文化，我们要说明的科学和近世文化的关系是不是可算做到了呢？我对于这些问题的答案是：我们上面所说的智识、权力、组织，都是生活的样子，我们还有一个生活的态度。生活的态度，是我们对物的主要观念和做事的动机。我们晓得科学的精神是求真理，真理的作用是要引导人类向美、善方面行去，我们的人生态度，果然能做到这一步吗？我们现在不必替科学邀过情之誉，也不必对于人类前途过抱悲观，我们可以说科学对人生态度的影响，是事事要求合理。这用理性来发现自然的奥秘，来领导人生的行为，来规定人类的关系，是近世文化的特采，也是科学的最大的贡献与价值。

再有一些人说近代的文化是权力的文化、竞争的文化，所以弄到前几年的世界大战争。科学既是近世文化的根源，也应该负这个责任。对于这个非难，我们可以引法国大医学家巴斯德（Pasteur）在他的巴斯德学社开幕时候的一段演说来解释，也就做我这次讲演的结论。他说：

　　眼前有两个律令在那里争为雄长：一个是血和死的律令，它的破坏方法层出不穷，使多少国家常常预备着在战场上相见；其他一个是和平、工作、健康的律令，它那救苦去痛的方法也层出不穷。

　　一个所求的是强力的征服，一个所求的是人类的拯救。后者看见一个人的生命，比什么战胜还重大；前者牺牲了千万人的性命，去满足一个人的野心。我们奉行的律令，是后一个，就在这杀人如麻的时代，还希望对于那前一个律令的罪恶略加补救。我们用了防腐的药，不晓得救活了多少受伤的人。这两个律令中哪一个能得最后胜利，除了上帝无人知道，但是我们可以说，法国的科学是服从人道的律令，要推广生命的领域的。

　　"服从人道的法律令，推广生命的领域。"不只法国的科学是这样，世界真正的科学是无不这样的。

（民国十一年中国科学社春季讲演）

潘光旦（1899—1967），著名社会学家、民族学家，中国优生学奠基人。早年在北京清华学校留美预备班读书，1922 年赴美留学，先在达茂大学学习生物，后入哥伦比亚大学研究院，1926 年获硕士学位。回国后先后在上海、昆明和北京等地任大学教授，曾兼任清华大学及西南联大教务长、社会系主任及图书馆馆长等职。1957 年被错划为右派，"文化大革命"时被抄家、批斗。著有《优生学》《人文生物学论丛》《中国之家庭问题》等，译有《性心理学》等。

中国人文思想的骨干

潘光旦

一个国家或一个时代的文化，必有其重心所寄，必有其随时随地不忘参考的事物，必有其浸淫笼罩一切而大家未必有自觉的一派势力。这种重心、事物或势力，归纳起来，大率不出欧美所称神道、人事、自然三大范围，或中国所称天、地、人三才的范围。中西相较，天可以对神道，地可以对自然或一切物质环境，人可以不用说。

就西洋文化史而论，希伯来文化是重神的，希腊文化是比较重人的；中古时代的文化和希伯来的相像，"文艺复兴"时代的文化和希腊时代的相像。所以英人亚诺尔德（M. Arnold）[1] 有"西洋文化，无非为希伯来主义与希腊主义互为消长"之说。降

---

①今译马修·阿诺德（1822—1888），英国评论家、诗人。——编者注。

至近代，神道的地位固已日就衰落，但西洋文化之究为人的，抑为物的，则论者颇不一其辞。我们隔江观火①，也许比较清楚，不妨认为名为是人的，而实际则是物的，面子上是人本，骨子里是物本，因为我们随时随地可以观察到物质以人为刍狗的事实。不过我们也觉得，物本的文化，在一部分思想界里，现在已经发生一种反响，所以近年以来，在那里力求解脱的也大有人在。

就中国文化史而论，在各个方面我们也都能找出一些代表来。春秋、战国是各派思想孕育得比较成熟的时期，那时候真是什么都有。讲天道的有墨子，重自然的有老、庄，以人事为本位的有孔、孟。战国以后，各派盛衰消长之迹，大体上也很显明。墨子最先消歇；儒家最受推崇；道家除在两晋、六朝与唐代之际，一部分因统治人物的提倡有过一度振作外，平日的势力并不十分具体。汉以后佛教势力日渐扩大，至六朝而臻极盛，但是它的性质并不划一，大率平民所崇拜的是它的神道的部分，而智识分子所注重的是修身养性的部分，多少不脱人道的意味。

但全部中国文化史终究是一个重人道的文化史。各派思想中，比较最有线索、最有影响的也终究是儒家。春秋战国以前暂且不说。秦重用法家，排斥以古非今的儒生，固然是儒家遭逢厄运的一个时期，但这时期并不长久。汉代以后，儒家的地

---

①原文如此。今说"隔岸观火"。——编者注。

位便已根深蒂固。三国、两晋、六朝和唐的时期里，儒、释、道三家并育不悖，但主体依然要推儒家；六朝与唐代的四五百年间，佛家虽盛，但也曾再三受政府的压迫，出家人被勒令还俗之事，屡有所闻。无非是儒家不肯放弃它主体的身份的表示。五代以后，儒家地位的牢不可破，也是无须说的。

儒家思想的对象是人道，所以人文思想和儒家思想两个名词往往可以通用。所谓人道，并不是很笼统的一种东西。西洋"文艺复兴"时代里所盛称的人道（Humanity）似乎目的专在对付历代相传而畸形发展的神道（Divinity），近时西洋人文主义者所盛称的人道（Law for Man）又似乎专门对付物道（Law for Thing），两者都可以说是很笼统的。中国儒家的人道却并不笼统，它至少可以有四个方面，四方面缺一，那人道就不完全。

第一方面，对人以外的各种本体。

第二方面，对同时存在的别人。

第三方面，对自己。

第四方面，对已往与未来的人。

这四方面合拢来，就成为题目中所称中国人文思想的骨干。现在分别说一说。

一

第一方面当然是最基本的。所谓各种本体，可以包含许多东西，概括着西洋的神道与物道或中国三才中的天、地两才所指的一切事物。一切自然的物体当然在内。但人道范围以内的事物或人为的事物，无论抽象的精神文化或具体的物质文化，如一派信仰、一种制度、一件器用，也往往会畸形发展到一个尾大不掉的程度，使人不但不能驾驭，反而被驾驭，不特无益于人，反有害于人，原以辅助人道始者，反以危害人道终。这样的一种事物，就俨然取得了本体的身份，可与人道对抗，驯至人道无法抵抗而至于衰微、寂灭。

我们不妨举几个例。欧洲中古时代神道抹杀人道的事实，是谁都知道的；近代文化中物道抹杀人道的种种情势，近来也逐渐受人公认。这都可以不说。但历史上与目前和人道不相成而相害的事物固远不止神道与物道而已。国家主义的只认国家不认人，家庭主义的只认家庭不认人，金钱主义的只认金钱不认人——何尝不是很显著的例证？这些主义自然也有用得到人的地方，但它们所见的并不是人，而只是公民，只是社会或阶级的一分子，只是家族的一员，只是父亲的儿子，是生产财富的一分势力而已。就在个人主义所认识的也并不是人，而只是一个个人！就在近代教育所注意与期望的也并不是人，而是一些专家，一些不通世事的学者罢了。人道之在今日，事实上已经被宰割，被肢解。

人利用了自然的事物创造了文物的环境，他自己应该是主体，文物的环境终究是一个客体，但结果往往会喧宾夺主，甚而至于反客为主。人也创造了全部的意识的环境，包括宗教、道德观念、社会理想等在内；他自己应该是一个主体，而意识的环境是一个客体；他自己的福利是一个常，意识环境的形式、内容与组织是一个变，应执变以就常，不应强常以就变。但结果也往往弄得常变倒置，主客易位。这种局面，是讲究人文思想的文化所最犯忌的局面，因为充其极，人类在天地间的地位可以根本发生动摇，甚而至于立脚不住。所以在希腊的人文文化里，便有"任何东西不宜太多"的原则（Nothing Too Much），太多了就有积重难返、尾大不掉的危险。中国的儒家思想在这方面比希腊人还要进一步，它以为就是这一条"任何东西不宜太多"的原则也不宜太多，即不宜运用得过火。孟子不有过一段评论子莫的话吗？杨子为我，墨子兼爱，子莫执中，孟子说："执中为近之。执中无权，犹执一也。所恶执一者，为其贼道也，举一而废百也。"所以儒家的人文思想里，于"经"的原则之外，又有"权"的原则。执中无权，犹且不可，其他不执中的种种执一的例证，也就不必举了。

二

中国人文思想的第二方面的对象是与本人同时存在的人。换一种说法，它所要考虑的是人与人之间彼此应有一种什么分别和应有一种什么关系。在这一方面，中国文化可以说是最在行的，就是希腊文化也没有它那样见得清楚，说得了当。

说来也是谁都知道的。中国人文思想里又有一条极简单的原则，叫作"伦"的原则。但这条原则虽然简单，虽只一个字，却有两层意义，一层是静的，一层是动的。静的所应付的是上文所说人与人之间的分别，动的所应付的是人与人之间的关系。

所谓静的人伦，指的是人的类别，人的流品。类别事实上既不会不有，流品也就不能不讲，因为人是一种有价值观念而巴图上进的动物。《礼记》上说，"拟人必于其伦"，那"伦"字显而易见是指的流品或类别。历代政治，最注意的一事是人才的遴选，往往有专官管理，我们谈起这种专官的任务来，动辄说，"品鉴人伦"，那"伦"字显而易见又是指的类别与流品。近来我们看见研究广告术的人，讲起一种货物的优美，也喜欢利用"无与伦比"一类的成语，那伦比的"伦"字当然又是静的类别而不是动的关系。

明白了静的人伦，才可以谈到动的人伦，因为动的是建筑在静的上面的。这动的人伦便指父子、君臣、夫妇、兄弟……之间分别应有的关系。静的人伦注意到许多客观的品性，如性别、年龄、辈分、血缘、形态、智慧、操行之类，如今动的人伦就要用这种品性做依据，来研求每两个人之间适当的关系，即彼此相待遇的方式来。静的人伦所重在理智的辨别，动的人伦则在感情的运用。

这静的伦与动的伦是相辅相成、缺一不可的。仅仅有静的伦，仅仅讲流品的辨别，社会生活一定是十分冷酷，并且根本上怕就不会有社会生活，历史上也就不曾有过此种实例。仅仅有动的伦，仅仅谈人与我应如何相亲相爱，完全不理会方式与程度上的差别，结果，不但减少了社会进步的机缘，并且日常的生活流入了感伤主义一途——这种被感伤主义所支配的社会生活，历史上却很有一些例子，在今日的西洋，例子尤其是多。

我们在这里，就可以看出"人文思想"和常人所乐道的"人道主义"的不同来了。同一重人道，同一注重道的和同，而后者所见的"同"等于"划一"，等于"皂白不分"，所见的"和"等于和泥土、粉末之和，而不是和调五味之和；前者所见则恰好相反，荀子在《荣辱》篇所说的"斩而齐，枉而顺，不同而一"，最能代表这一层精意。前者在同与和之间特别着重和，认为与其同而不和，毋宁不同而和。

西洋希腊以后的文化是不大讲伦的，即使讲，也十分偏重动的一方面。最近自生物学与遗传学发达以后，静的一方面才受到优生学、心理学与教育学者的充分注意。不过在日常生活里，这方面的影响还很有限。在中国，以前是动、静二者并举的，现在治伦理学与人生哲学者讲起"伦"字，却十有八九只讲动的伦，而不讲静的伦。但我们相信以前所谓"彝伦攸叙"或学宫中明伦堂上的"明伦"二字绝不单单指人与人的感情关系，殆可断言。

三

中国人文思想的第三方面的对象是一个人的自己。人是一个总称，所指是一般的人性、人道、做人的标准、完人的理想等。但每一个个人也是人，一个人应付一个人固属很难，应付自己却也不易。人是一种动物，动物皆有情欲，在演化过程中的地位越高，情欲的种类与力量也似乎越多越大。在别种动物的生活里，情欲变化既少，随时又受自然的限制与调节。例如性的冲动吧，在大多数的高等动物里，一年中只有一个时期以内是活跃的，即自有其季候性的，但到人类就不同了，唯其不同，于是就发生了自觉与自动应付的问题。情欲之来，放纵既然不利，禁绝亦非所宜。于是怎样在两个极端中间，寻出一条适当而依然有变化的途径来，便成为历代道德家以至于生理与心理学家所努力的一大对象。但努力的人虽多，而真能提供合乎情理的拟议来的似乎只有人文思想一派，别的派别的目的似乎专在防止放纵的一个极端，防止越严，便越与另一极端相接近，就是形同禁绝。旧时基督教对于性和其他物欲的观念，便是一例，佛家的也是一例。但物极必反，好比时钟的摆一般，基督教的禁欲主义便终于造成了"文艺复兴"时代以及后来的自然放纵主义。此在当时虽也有人把它看作人文主义的一部分，其实它和人文思想的标准相去的距离，和禁欲主义的毫无分别，不同的只是方向罢了。

1932年的夏季，我有烟台之行，在轮船上遇见一件很有趣的事。在头等舱的饭厅里，我发现在一只四方桌上坐着四个女子，东、南两边的两个，是天主教里的"嬷嬷"，南方人叫作"童身姑娘"，她们除了面部和两只手以外，其余的身体是包扎得几乎不透风的；西、北两边的却是两个白俄的娼妓，她们不但袒胸露臂，并且连鞋子、袜子都没有穿，只穿上拖鞋。她们四个每餐都这样坐在一起，自然只有两搭角说话，两对过之间则横着一道无底的鸿沟，到"审判的末日"还是通不过去。

在受人文思想支配下的中国文化里，这道鸿沟是没有的，至少就大体而论，没有这么广阔深邃。我们平日应付自己的情欲时，所持的大体是一个"节"的原则，既不是"纵"，也不是"禁"。我们把男女和饮食同样看作人生的大欲，本身原无所谓善恶。诗人论一代的风气制度，首推《周南》《召南》之化，甚至于把"内无怨女，外无旷夫"看作良好政治的一个基础和一个标志。讲禁欲主义的佛教虽在中国有很大的势力，但佞佛的人平日既有"做居士""带发修行"一类的假借的方法，而遇到做和尚、做尼姑的风气太厉害的时候，政府也会出来干涉，影响所及，便远不如基督教对于中古欧洲的深刻。在性以外的其他方面，亦复如是。例如饮酒，我们的原则是"不饮过量""不及乱"，如大战①以来美国民族所开的那种玩笑，在中国是从没有发生过的。但近时也很有人把"节"与"禁"混为一谈，例如妇女节制协会对于烟酒的态度，名为节制，实际上却主张禁绝。

节字从竹，指竹节，有分寸的意思，凡百行为要有一个分寸，不到家不好，过了火也不好②。不但情欲的发出要有分寸，就是许多平日公认为善良的待人的行为也要有个分寸。所以《论语》上有"恭近于礼"则远耻辱、"克己复礼"始得谓仁一类的话。"礼"字原有两层意义。教育修养的结果，使人言动有节制，有分寸，便是合礼，这是第一义，是多少要人内发的；凡属可以帮生活的忙，使言动合乎分寸的事物工具，也是礼，

---

①此处指第一次世界大战。——编者注。
②此句中的"节"字指其繁体字"節"。——编者注。

这是第二义，是由社会在环境中加以安排的。后来的人似乎但知礼的第二义，即仅仅以"仪"为"礼"而忘了礼的第一义，积重难返，最后便闹到了"礼教吃人"的地步。如今"恭近于礼"与"克己复礼"的礼，显而易见是第一义的礼。恭也要恭得有分寸，克己也要克己得有分寸，所以"摩顶放踵利天下"的宗教家与侠客，在人文思想家的眼光里，并不是最崇高的典型人物。

四

中国人文思想在第四方面的对象是已往与未来的人与物。人文思想者心目中的人是一个整个的人、囫囵的人。他认为只是一个专家、一个公民、一个社会分子……不能算人，人虽是一个有职业、有阶级、有国、有家……的东西，他却不应当被这许多空间关系所限制，而自甘维持一种狭隘的关系或卑微的身份。这是在讨论第一方面时已经提过的。如今我们要更进一步地说，一个囫囵的人不但要轶出空间的限制，更要超越时间的限制。换一种说法，他现在那副圆颅方趾的形态，他的聪明智慧，他的譬如朝露、不及百年的寿命，并不能自成一个独立的单位，不能算是一个囫囵的东西。真要取得一个囫囵的资格，须得把已往的人类在生物方面与文化方面所传递给他的一切，统统算在里面。不但如此，他这承受下来的生物的与文化的遗业，将来都还得有一个清楚的交代。约言之，他得承认一个"来踪"，更得妥筹一个"去路"。认识了来踪，觅到了去路，这个人才算是相当的完整。

在中国的人文思想里，这一点是极发达的。在文化的传统方面和生物的传统方面，我们都轻易不肯放松。师道尊严，创述不易，所以叙一个大师的学问时，我们总要把他的师承与传授的关系叙述一个明白，甚至于要替他编列出一张道统或学统的世系表来。但尤其要紧的，毕竟是生物的传统。若有人问什么是儒家思想最基本的观念，我们的答复是：就是本的观念或渊源的观念。所以说道"万物本乎天，人本乎祖"，孝悌是为人之本，君师是政治之本，乡土是一人根本之地。一个人无论如何不长进，只要不忘本，总还有救。所以要尊祖敬宗，所以要慎终追远，所以要有祠堂，要有宗谱。既惓惓于既往，又不能惴惴于未来，所以便有"有后"之论，所以要论究"宜子孙"的道理；有了有价值的东西，总希望"子子孙孙永保存"，更进而把已往与未来相提并论，于是祠堂与宗谱里便充满了"源远流长""根深叶茂""继往开来""承先启后""光前裕后"一类标语式的笔墨。记得唐朝有一位文学家替人家做墓志铭，劈头就是两句："积德垂裕之谓仁，追远扬名之谓孝。"追远扬名之所以为孝，是谁都了解的，但积德垂裕之所以为仁，却早经后人忘却，反而见得新颖可喜。

这一方面的人文思想，在西洋是很不发达的。近日始有一派的思想稍稍地谈论到它，就是讲求淑种之道的优生学。美国有一位优生学者说，我们要提倡优生学，我们先得提倡一种"种族的伦理"；又有一位说，我们应该把忠恕的金科玉律推广到下代子孙的身上。试问这种见地和我们"垂裕后昆""庆钟厥后"的理想又有什么分别？所谓种族的伦理与下逮子孙的忠恕又岂不就是上文那位唐代的文学家所提的仁字？不过我们却要忝居先进了。

我们到此，便可以把上面所讨论的人文思想的四个方面并在一起说一说。这四个方面都受一个原则的节制，就是分寸的原则或节制的原则。

在第一方面，我们要防人以外的本体或俨然有本体资格的事物出来喧宾夺主，以至于操纵我们的生活。换一种说法，就是人和它们各个的关系，都得有一个分寸。“敬鬼神而远之”“虽小道，致远恐泥”① 一类的话，所指无非是一些分寸的意思。甚至于我们把人看作中心，看作比其他主体都要重要的时候，也得有个分寸，绝不能目空一切，唯我独尊。所以孔子对于鬼神、天道、死，始终保持一个存疑的态度，不否认，也不肯定。所以至少在董仲舒的眼光里，通天、地、人三才的人才配叫作儒。所以至少儒者平日对人接物的态度要居敬，要自谦，要虚己。这便是“人文思想”与“人本主义”根本不相同的一点了。西文中“儒门业士盟”（Humanism）一词，有人译为人本主义，也有人译为人文主义。但若就中国儒家的思想而论，那确乎是人文而非人本。目下美国流行的想取基督教而代之的那一派信仰，才不妨叫作人本主义。他们那种超过了分寸的自负心理与自信心理，以为一切一切都在人自己的手里，要如何

①此处引文出自《论语》，今本原文为：“虽小道，必有可观者焉；致远恐泥，是以君子不为也。”——编者注。

便如何——以前中国的人文思想家便不能接受。我也以为不相宜，我不但不能接受人本主义，并且觉得人文主义中的"主义"两字就不妥当，有执一的臭味，所以本文始终只说人文思想，而不说人文主义。

人文思想的第二方面，也不免受分寸观念的节制，是最显明不过的。静的人伦，一壁以自然的变异做基础，一壁以价值的观念来评量，自然是讲分寸的。动的人伦所承认的最大的原则，不外用情要有分寸，满足一种欲望时要有分寸。所以亲亲有杀，尊贤有等，所以孟子有亲亲、仁民、爱物的论调。讲到用情要有分寸，岂不是就和人文思想的第三方面衔接了起来？一个人情欲的外施，有的是比较限于自身的，例如饮酒；有的却迟早要影响到别人的休戚利害，例如性欲。不论为了自己的福利讲分寸，或为了别人的福利讲分寸，以至于为了节省物力讲分寸，结果总是一般的福利的增加，一般的位育程度的提高。这种福利的增加与位育程度的提高，以前的人文思想学者就叫作"和"，所以说"发而皆中节谓之和"，又说"礼之用，和为贵"。

其实平心而论，除了在情欲上讲分寸以外，社会生活就再也没有可以发生"和"的途径。如其走放纵的那条路，结果自然到处是权利的冲突，虽不至于到道学先生所说的"人欲横流"的地步，至少那种骚扰纷乱的局面，例如目下的国际情势与大都市里的工商业状况，是无可避免的。如其走禁绝的那条路，修道的修道，念佛的念佛，理论上，在人与人之间，便根本不发生和不和的问题，因为和的局面是先得假定有两个不同的东西发生接触。如今因禁欲的教条的关系，两个人既同在一种紧缩与收敛状态之中，调和不调和的问题当然不会发生。但事实上，这禁绝的路，却往往是产生更大的不和的一个因缘。在个人方面，近代精神病学所告诉我们的种种的病态已经是够明白了。而此种个人的内部的不和迟早亦必不免形诸生活，造成社会的不和而后已。

其在第四方面，这分寸的原则也是一样适用。无论哪一方面，我们都发现由三个据点所构成的一个格局，两点是静的两极，一点是动的中心，就是人自己或人所立的一个标准。第一方面是天、地与人道之人。第二方面是社会、个人与能兼筹并顾到社会需要与个人需要的人。第三方面是情欲的放纵、禁遏与适当的张弛操守，也就是节制。第四方面呢？两极端指的是既往与未来，而中心之点是现在或当时。三点之中对人最有休戚关系的当然是现在，理应特别加以措意。但若我们过于注意现实，只知讲求所谓现实主义，置已往的经验、成效与未来的理想、希望于完全不闻不问之列，那我们也就犯了执一的弊病。不鉴戒于前车的得失，则生活的错误必多，无前途地瞻望、希冀，则生活的意趣等于嚼蜡，这便是弊病之所在了。反之，如果一味依恋着过去，或一味憧憬于未来，则其为执一不悟，更自显然。至其弊病之所在，在前者为食古不化、故步自封的保守主义，在后者则为不知止与不知反的进步主义或维新主义。方之于水，前者等于不波的古井，不流的腐水、死水，后者则有如既倒的狂澜、横流的沧海，奔放而靡所底止，两者都失去了水的效用。但若我们一面把握住现在，一面对已往与未来又能随时予以适当的关注，无论前瞻后顾，脚步始终踏实踏稳，这些弊病就不至于发生了。一样的执中，这执中是有权衡的，有权衡也就是有分寸。

人文思想的四个方面很早就在中国儒家哲学里打成了一片，有如上文所述。西洋的思想界，自"文艺复兴"以来，也不时以人文主义相号召，最近二十余年间，且骎骎乎有成为一种运动之势。上文所叙的四个方面，也随时有人谈到，但不是举一遗二，便是主甲的人与主乙的人互相攻讦。例如近来美国流行的宗教人文主义便始终没有越出第一方面的范围，并且始终没有摆脱狭隘、武断的人本主义的臭味。白璧德（Irving Babbitt）①教授一派的人文主义是以第三方面做重心的，其涉及第一方面时，则谓与神道主义携手可，与自然主义携手则万万不可；议论往往有不能自圆之处，且对于任何事物的深恶痛绝，本身便不是一个人文思想应有的态度。他们也承认人与人之间的关系应适用差等的原则，但于伦的观念，所见尚欠真切。至于第四方面，他就几乎完全没有提到。至优生学者，则一面接受狭隘的人本主义，认为人类对于自己的前途演化，即自己的命运，可以完全控制；一面根据变异、遗传与选择的理论，自亦特别注意到第二方面类别与流品的部分，第三方面则几乎完全不问。

①白璧德（1865—1933），美国文学评论家。——编者注。

英国哲学家歇雷（F. C. Schiller）① 一派的人文主义最初几完全致力于智识与逻辑的"人文"化，后来和优生学者携手以后，范围始较前扩大。总之，在近代的西洋，我们还找不到一派比较完备的、可与中国儒家哲学相比拟的人文思想。

1934 年

（《政学罪言》）

---

①今译席勒。——编者注。

朱自清（1898—1948），现代著名散文家、诗人、学者。1916 年考入北京大学预科，1920 年毕业于北京大学哲学系。1925 年任清华大学中文系教授。1931 年赴英国进修语言学和英国文学，后又漫游欧洲五国。1932 年回国，任清华大学中国文学系主任。抗战爆发后，任西南联合大学中国文学系主任。1948 年因患胃病逝世。其作品主要有《踪迹》《背影》《匆匆》《新诗杂话》《欧游杂记》等。

文学的一个界说

朱自清

"什么是文学？"这是大家喜欢问的一个问题。答案的不同，却正如人的面孔！我也看过许多——其实只能说很少——答案，据我的愚见，最切实用的是胡适之先生的。他说："达意达得好，表情表得妙，便是文学。"更不立其他的界线。但是你若要晓得仔细一点，便会觉得他的界说是不够的，那么我将再介绍一位 Long 先生和你相见。他在英国文学里所给的文学的界说是这样的：

Literature is the expression of life in words of truth and beauty; it is the written record of man's spirit, of his thoughts, emotions, aspirations; it is the history, and the only history, of the human soul. It is characterized by its artistic, its suggestive, its permanent qualities. Its two tests are its universal interest and its personal style. Its object, aside from the delight it gives us, is to know man, that is, the soul of man rather than his actions; and since it preserves to the race the ideals upon which all our civilization is founded, it is one of the most important and delightful subject that can occupy the human mind.

我觉得这个界说,仔细又仔细,切实又切实,想参加己意将它分析说明一番。

一

文学是用真实和美妙的话表现人生的。

什么是真实的话?是不是"据实招来"呢?我想"实"有两种意义,一是"事实",二是"实感"。若"据实"是据事实,则"真实的话"便是"与事实一致"的话。这个可能不可能呢?有人已经给我们答复了:事实的叙述,总多少经过"选择",绝不能将事实如数地细大不遗地记录出来的;况且即使能如数地记出,这种复写又有何等意义?何劳你抄录一番呢?除了"存副"一种作用外,于人是绝无影响的。便是竭力主张"记录"的写实派,也还是免不了选择的。所以"与事实一致"的话是没有的。从"与事实一致"的立场看,文学多少离不了说谎，但这是艺术的说谎，与平常随便撒谎不同。王尔德①力主文学必须说谎，他说现在说谎的艺术是衰颓了——从前文学只说"不存在"与"不可能"的事物，所以美妙，现在却要拘拘于自然与人生，这就卑卑无足道了。这虽是极端的见解，但颇是有理。理想派依照他们的理想以创造事实，可说是"不存在"的；神秘派依照他们的"烟士披里纯"② 以创造事实，可说是"不可能"的。这些创造的事实往往甚为美妙，却都免不了说谎。——创造原来就是说谎呀！便是写实派的文学，经过了选择的记录，已多少掺杂主观在内，与事实的原面目有异，也可说是说谎，只程度较轻罢了。——王尔德却自然不会承认这也是说谎的！

文学既都免不了说谎，那么，哪里还有"真实的话"？然而不然！从"与事实一致"的立场看是说谎的，从"表现自己"的立场看，也许是真实的。"表现自己"实是文学及其他艺术的第一义。所谓"表现人生"，只是从另一方面说——表现人生，也是表现自己所见闻的人生罢了。表现自己，以自己的情感为主。能够将自己的"实感"充分表现的，便是好文学，便能使人信，便能引人同情，不管所叙的事实与经过的事实一致否。现代文学尽有采用荒诞不稽的故事做题材的，但仍能表现现代人的情感。可知文学里的事实只需自己一致，自己成一个协调的有机体，便行——所谓自圆其谎也。文学的生命全在实感

---

①即奥斯卡·王尔德（Oscar Wilde, 1854—1900），诗人、剧作家。——编者注。

②即 inspiration（灵感）的音译。——编者注。

——此"感"字意义甚广，连想象也包在内；能够表现实感的，便是"真实的话"。——近来有一种通行的误解，以为第一身的叙述必是作者自己经历的事实，第三身的叙述亦须是作者所曾见闻的事实。这样误解文学的人，真是上了老当！天下哪有这样老实的作家？以"事实"而论，或者第三身的叙述倒反是作者自己的，也未可知。

什么是美妙的话？此地美妙的原文是 Beauty，通译作美，美有优美、悲壮、诙谐、庄严几种。怎样才是美呢？这是争辩最多的一个名词！吕澂①先生的《美学浅说》里说"美是纯粹的同情""由纯粹的同情，我们的生命便觉得扩充、丰富，最自然又最流畅的开展，同时有一片的喜悦，从这里就辨别得美"，又说"美感是要在'静观'里领受的"。我想这个解释也就够用。所谓"美妙的话"，便是能引人到无关心——静观——的境界，使他发生纯粹的同情的。这就要牵连到"暗示的""艺术的"性质及风格等，详见下文。另外，胡适之先生在《什么是文学》里也说及文学的美，他说有明白性及逼人性的便是美。这也可供参考。

至于"表现人生"一义，上文已约略说过。无论是记录生活，是显扬时代精神，是创造理想世界，都是表现人生。无论是轮廓的描写，是价值的发现，总名都叫作表现。轮廓的描写所以显示生活的类型——指个性的类型，与箭垛式的类型、

①吕澂（1896—1989），著名佛学家，佛教居士。——编者注。

"谱"式的类型有别；价值的发现所以显示生活的意义和目的。话说至此，可以再陈一义。Mathew Arnold[1] 曾说，"诗是人生的批评"，后来便有说文学是人生的表现和批评的。我的一位朋友反对此解，以为文学只是表现人生，不加判断，何有于批评？诗以抒情为主，表现之用最著，更说不上什么批评了。但安诺德之说，必非无因。我于他的批评见解，未曾细究，不敢申论。只据私意说来，"人生的批评"一说，似可成立。因为在文学作品中，作者诚哉是无判断，但却处处暗示着他的倾向，让读者自己寻觅。作品中写着人生的爱憎悲喜，而作者对于这种爱憎悲喜的态度，也便同时隐藏在内；作者落笔怎样写，总有怎样写的理由——这种理由或许是不自觉的——这便是他对于所写的之态度。叙述不能无态度，正如春天的树叶不能无绿一般。就如莫泊桑吧，他是纯粹的写实派，对于所叙述的，毫无容心，是非常冷静的。托尔斯泰曾举画师为例，以说明他的无容心。但他究竟不能无选择，选择就有了态度，而且诡辩地说，无容心也正是一种容心、一种态度，而且他的唯物观，在作品里是充满了的，更是显明的态度！即如《月夜》里所写的爱，便是受物质环境的影响而发生的爱，与理想派作品所写的爱便绝不会相同。这就是态度关系了。理想派之有态度，更不用说。态度就是判断，就是批评；"文学是人生的表现与批评"，实是不错的，但"表现"与"批评"不是两件东西，而是一体的两面。

---

①即马修·阿诺德。后文提及的"安诺德"也指此人。——编者注。

二

文学是记载人们的精神、思想、情绪、热望，是历史，是人的灵魂之唯一的历史。

文学里若描写山川的秀美，星月的光辉，那必是因它们曾给人的灵魂以力量；文学里若描写华灯照夜的咖啡店，"为秋风所破"的茅屋，那必是因为人的灵魂曾为它们所骚扰；文学里若描写人的"健饭""囚首垢面""小便"，那必是因为这些事有关于他的灵魂的历史。总之，文学所要写的，只是人的灵魂的戏剧，其余都是背景而已。灵魂的历史才是真正的历史。正史上只记政治上、经济上、文化上的大事，民间的琐屑是不在被采之列的。但大事只是轮廓，具体的琐屑的事才真是血和肉。要看一时代的真正的生活，总须看了那些琐屑的节目才能彻底了解，正如有人主张参观学校，必须将厕所、厨房看看，才能看出真正好坏一样。况且正史所记，多是表现的行为，少说及内心的生活，它是从行为的结果看的，所以如此。文学却是记内心的生活的，显示各个人物的个性，告诉我们他们怎样思想，怎样动感情。便是写实派以写实为主的，也隐寓着各种详密的个性。懂得个性，才懂得真正的生活。所以说，"文学是人的灵魂之唯一的历史"。

三

文学的特色在它的"艺术的""暗示的""永久的"等性质。

孔子说"辞达而已矣"，又说"修辞立其诚"。如何才能

"达"，如何才能"立诚"，便是"艺术"问题了。此地所说"艺术"，即等于"技巧"。文学重在引人同情，托尔斯泰所谓"传染情感于人"，而"自己"表现得愈充分，传染的感情便愈丰厚。"充分"者，要使读者看一件事物和自己"一样"明晰，"一样"饱满，"一样"有力，"一样"美丽。自己要说什么便说什么，要怎么说便怎么说，这也叫作"充分"。要使得作品成为"艺术的"，最要紧的条件便是选择。题材的精粗，方法的曲直，都各有所宜，去取之间，全功系焉。

"暗示"便是旧来所谓"含蓄"，所谓"曲"。袁子才①说，"天上只有文曲星而无文直星"，便是说明文贵曲不贵直。从刘半农先生的一篇文里，晓得"Half Told Story"一个名字，译言"说了一半的故事"。你要问问：还有一半呢？我将代答：在尊脑里！"暗示"是人心自然的要求，无间中外古今。这大概因为人都有"自表"（Self-manifestation）的冲动，若将话说尽了，便使他"英雄无用武之地"，不免索然寡味。法国 Mallarme② 曾说，"作诗只可说到七分，其余的三分应该由读者自己去补足，分享创作之乐，才能了解诗的真味"。"分享创作之乐"，也就是满足"自表"的冲动。小泉八云把日本诗歌比作寺钟的一击，"它的好处是缕缕的幽玄的余韵在听者心中永续地波动"。这是一个极好的比方。中国以"比""兴"说诗，也正是这种

①即袁枚（1716—1797），字子才，清代诗人、散文家。——编者注。
②即斯特芳·马拉美（1842—1898），法国象征主义诗人、散文家。——编者注。

意思。这些虽只说到诗，但绝不只是诗要如此，凡是文学都要如此的。现在且举两个例来说明。潘岳《悼亡诗》第二首道：

> 皎皎窗中月，照我室南端。
> 清商应秋至，溽暑随节阑。

触景生情，是"兴"的性质。下面紧接：

> 凛凛凉风生，始觉夏衾单！
> 岂曰无重纩？谁与同岁寒！
> 岁寒无与同，朗月何朦胧？
> 辗转眄枕席，长簟竟床空！
> 床空委清尘，室虚来悲风！
> …………

他不直说他妻子死了，他只从秋至说到凉风生，从凉风生说到夏衾单，从夏衾单说到不是无重纩，是无同岁寒的人。你看他曲不曲。他又说他反复看了一看枕和席，那样长的簟子，把床遮完了，都瞧不见那一个人，只见那空床里堆了尘埃，虚室中来了悲风。他那悲伤之情，就不言而喻了。你看他曲不曲。又如堀口大学的《重荷》：

> 生物的苦辛！

人间的苦辛！

日本人的苦辛！

所以我瘦了。

（周作人先生译）

只区区四行，而意味无尽！前三行范围依次缩小，力量却依次增加："人间的苦辛"已是两重的压迫，"日本人的苦辛"竟是三层的了。"苦辛"原只是概括的名字，却使人觉着东也是苦辛，西也是苦辛，触目是苦辛，触手也是苦辛，觉着苦辛的担子真是重得不堪！所以自然就会"瘦"了。这一个"瘦"字告诉我们他是怎样受着三重的压迫，怎样竭力肩承，怎样失败，到了心身交困的境界。其间是包含着许多的经历的。这都是暗示的效力！"说尽"是文学所最忌的，无论长文和短诗。

能够在作品中充分表现自己的，便是永久的。"永久的"是"使人不舍，使人不厌，使人不忘"之意。初读时使人没入其中，不肯放下，乃至迟睡缓餐，这叫"不舍"。初读既竟，使人还要再读，屡读屡有新意，绝不致倦怠，所谓"不厌百回读"也。久置不读，相隔多年，偶一念及，书中人事仍跃跃如生，这便是"不忘"了。备此三德，自然能传世行远了。大抵人类原始情感，并无多种；文明既展，此等情感，程度以渐而深而复，但质地殆无变化——喜怒哀乐，古今同之，中外无异。故若有深切之情感，作品即自然能感染读者，虽百世可知。而深切之情感，大都由身体力行得来，如人饮水，冷暖自知，故真有深切之情感者必能显其所得，与大众异，必能充分表现自己，以其个性示人。"永久的"性质，即系从此而来的。还有，从文体说，简劲朴实的文体容易有"永久的"性质，因能为百世所共喻；尚装饰的文体，华辞丽藻，往往随时代而俱腐朽，变为旧式，便不如前者有长远的效力——但仍须看"瓶里所装的酒"如何。

四

文学的要素有二：普遍的兴味与个人的风格。

"老妪都解"，便是这里所谓"普遍的兴味"。理论地说，文学既表现人生，则共此人生的人，自应一一领会其旨。但从另一面看，表现人生实即表现自己。此义前已说了。而天赋才能，人各有异，有聪明的自己，有庸碌的自己，有愚蠢的自己。这各个自己之间未必便能相喻，聪明的要使愚蠢的相喻，真是难乎其难！而屈己徇人，亦非所取。这样，普遍的兴味便只剩了一句绮语！我意此是自然安排，或说缺陷亦可，我辈只好听之而已。

风格是表现的态度，是作品里所表现的作者的个性。个性的重要，前面论"永久性"时，已略提过了。文学之有价值与否，全看它有无个性——个人的或地方的、种族的——而定。文学之所以感人，便在它所显示的种种不同的个性。马浩澜《花影集》序云：

偶阅《吹剑录》中，载东坡在玉堂日，有幕士善歌。

坡问曰："吾词何如柳耆卿?"对曰："柳郎中词，宜十七八女孩儿，按红牙拍，歌杨柳岸晓风残月；学士词，须关西大汉，执铁板，唱大江东去。"

柳词秀逸，苏词豪放，可于此见之。唯其各有以异乎众，故皆能动人，而无所用其轩轾。所谓"豪放"，所谓"秀逸"，皆是作者之个性，皆是风格，昔称曰"品"。唐司空图有二十四诗品，描写各种风格甚详且有趣，虽是说诗，而可以通于文。但一种作品中的个性，不必便是作者人格的全部，若作者是多方面的人，他的作品也必是多方面的，有各种不同的风格——绝不拘拘于一格。风格的种类是无从列举，人生有多少样子，它便有多少样子。风格也不限于"个人的"，地方的、种族的风格，也同样引人入胜。譬如胡适之先生《国语文学史讲义》中说，南北朝新民族的文学各有特别色彩：南方的是"缠绵宛转的恋爱"，北方的是"慷慨洒落的英雄"。请看下面两个例，便知不同的风格的对照，能引起你怎样的趣味：

啼着曙，泪落枕将浮，身沉被流去。(《华山畿》)

新买五尺刀，悬著中梁柱。一日三摩挲，剧于十五女。(《琅琊王歌辞》)

五

文学的目的，除给我们以喜悦而外，更使我们知道人——

不要知道他的行动，而要知道他的灵魂。

文学的美是要在"静观"里领受的，前面已说过了。"静观"即是"安息"（Repose）。所谓"喜悦"，便指这种"安息"，这种无执着、无关心的境界而言。与平常的利己的喜悦有别，这种喜悦实将悲哀也包在内，悲剧的嗜好，落泪的愉快，均是这种喜悦。——"知道人的灵魂"一语，前于第二节中已及兹义。现在所要说的，只是"知道人的灵魂"正所以知道"自己"的灵魂！人的灵魂是镜子，从它里面，可以清清楚楚地看见自己的灵魂的样子。

六

在文学里，保存着种族的理想，便是为我们文明基础的种种理想，所以它是人心中最重要、最有趣的题目之一。

所谓国民性，所谓时代精神，在文学里均甚显著。即如中国旧戏里，充满着诲淫诲盗的思想，谁能说这不是中国文明的一种基础？又如近年前新文学里"弱者"的呼声、"悲哀"的叫喊，谁能说这不是时代精神的一面？周作人先生《论〈阿Q正传〉》文里说：

> ……但是国民性真是奇妙的东西，这篇小说里收纳这许多外国分子，但其结果，对于斯拉夫族有了它的大陆的压迫的气氛，而没有那"笑中的泪"；对于日本有了它的东方的、奇异的花样，而没有那"俳味"。

　　这句话我相信可以当作他的褒词，但一面就当作他的贬词，却也未始不可。这样看来，文学真是最重要又最有趣的一个题目。

朱光潜（1897—1986），字孟实。安徽桐城人。现代中国著名美学家、文艺理论家、教育家和翻译家。先在香港大学学习，后留学英国、法国和德国，获文学硕士、博士学位。1933年回国后，先后在北京大学、四川大学、武汉大学任教。朱光潜是继王国维之后的一代美学宗师，对中西文化研究都有很高的造诣，所著《悲剧心理学》《文艺心理学》等具有开创性意义。

现代中国文学

朱光潜

近五十年里，中国经过了她在历史上未曾经过的大变动。文学的变动是时代变动的反映。这时代变动的起源是东西文化的接触。这接触期间正值欧美强盛而中国衰弱，一接触之后，两两相形，中国的各方面弱点陡然暴露，于是知识界起了一个维新大运动。这运动中有几件大事。

第一件大事是教育方式的改革——学校代替了科举，近代科学代替了古代经籍的垄断。在早期，这种改革诚不免幼稚肤浅，却收了很大的效果。就文学而言，它解放了八股与经义的桎梏，使语文变成较适用于现实人生的一种工具。新闻事业随着教育发达，作者与读者都逐渐多起来，作者运用语文于时事的叙述和讨论，读者从语文中得到较切实的知识，发生较亲切的兴趣。语文与实际生活接近，这一点是不容忽视的。在从前，语文是专为读经与讨论经籍用的，与现实人生多少已脱了节。文学不能在广泛的人生中吸取泉源，原因也就在此。

第二件大事是政体的改革——民主政治代替了君主专制。这改革在初期也很幼稚肤浅，却也收了很大的效果。就文学而言，读者群变了，作者的对象和态度也随之而变了。二千余年来中国文学在大体上是宫廷文学，叫得好听一点，是庙堂文学。它是一个进身之阶，读书人都借此取禄获宠，所以写作的对象是皇帝与达官贵人，而写作的态度也就不免要逢迎当时朝廷的习尚。周秦的游说，两汉的辞赋，六朝的清谈艳语，唐宋的诗词，元代的曲，明清的八股诗文，都是这样起来的。从战国一直到清朝，奏疏策议成为文学中重要的体裁之一，这在外国都无先例可征。君主既推翻了，宫廷文学也就随之失势。于今作者的写作对象不是达官贵人，而是一般看报章、杂志的民众，作者与读者是平辈人，彼此对面说话，从前那些"行上"和"行下"的态度和口吻都用不着了。这个变迁是非常重要的，文学从此可以脱离官场的虚骄和谄媚，变成比较家常亲切，不摆空架子。尤其重要的是，它从此可以在全民族的生活中吸取滋养与生命力。

由古文学到新文学，中间经过一个很重要的过渡时期。在这时期，一些影响很大的作品虽然够不上现在的所谓"新"，却也不像古人所谓"古"。梁启超的《新民丛报》，林纾的翻译小说，严复的翻译学术文，章士钊的政论文，以及白话文未流行以前的一般学术文与政论文都属于这一类。他们还是运用文言，却已打破古文的许多拘束，往往尽情吐露，酣畅淋漓，容易引人入胜。我们年在五十左右的人，大半都还记得幼时读《新民丛报》的热忱与快感。这种过渡的新文言对于没落期的古文已经是一个大解放，进一步的解放所要做的事不过把文言换成白话而已。

白话文运动只是历史发展的当然的结果。这运动开始于民国六年，它的倡导人是北京大学一批教授——胡适、陈独秀、钱玄同诸人，它的喉舌是《新青年》和《新潮》几种杂志。胡适在《文学改良刍议》里提出新文学的八大信条：

（1）不用典；

（2）不用陈套语；

（3）不讲对仗；

（4）不避俗字俗语；

（5）须讲求文法；

（6）不做无病之呻吟；

（7）不模仿古人，须语语有个我在；

（8）须言之有物。

陈独秀在他的《文学革命论》里也提出三大主义：

（1）推倒雕琢的、阿谀的贵族文学，建设平易的、抒情的国民文学；

（2）推倒陈腐的、铺张的古典文学，建设新鲜的、立诚的写实文学；

（3）推倒迂腐的、艰涩的山林文学，建设明了的、通俗的社会文学。

话到此为止，胡、陈两人的主张多是消极的、破坏的，他们都针对着行将就木的古文说话。这些话在历史上说过的人也很不少，不过他们把它大声疾呼，造成了一个广泛、有意的运动。他们的真正的贡献在提倡白话文，胡适在《建设的文学革命论》里把他的积极的主张总括起来说：

> 我的唯一宗旨只有十个大字："国语的文学，文学的国语。"我们所提倡的文学革命只是要替中国创造一种国语的文学。有了国语的文学，方才可以有文学的国语。

这个呼声很明了而响亮，当时很博得大多数青年的强烈的拥护，也惹起一些眷恋古文者的微弱的抗争。平心而论，胡、陈诸人当初站在白话文一方面说话，持论时或不免偏剧①。例如把古文学一律谥为"死文字"，以为写的语文与说的语文必完全一致，而且一用白话作文，文学就可以免去虚伪、陈腐、空疏之类的毛病。这些见解在理论与事实的分析上诚不免粗疏，但是他们的基本主张是对的。文学以语文为工具，语文都随时代生长变迁，及今之世，不能一味学古人说话。用现代语言表现现代情感思想，使现代一般民众都能了解欣赏，这不但在教育上是一个大便利，在文学上也是一个大进步。要论维新运动以来影响到中国文化的大事件，白话文运动恐怕不亚于民主政体的建立。

---

①原文如此。"偏剧"意为"偏激"。——编者注。

从民国六年到现在，中国处在多事之秋，政治的骚动尝波及文学。这短短的三十年见过许多门户的对立和许多主义的宣扬，大半是昙花一现，在这篇短文中我们无用缕述。其中有一个较广泛而剧烈的争执却不能不趁便一提，这就是左派与右派的对立。本来新文学运动的倡导人大半是自由主义者，在白话文的旗帜之下，大家自由写作，各自摸路，并无一种明显的门户意识。"左翼作家同盟"起来以后，不"入彀"的作者们于是尽被编入"右派"的队伍。左翼作家所号召的是无产阶级文学或普罗文学，要文学反映无产阶级的政治意识，使文学成为政治宣传的工具。因为无产阶级的政治意识在中国尚未成为事实，他们也只是有理论而无作品。不过他们的"伎俩"倒被政治色彩不同的人们窃取，近二三十年来文学界许多宣传口号都是这种"伎俩"的应声。我们看见许多没有作品的"作家"和许多不沾文学气息的文学集会。

谈到作品，这二三十年的成就却也未可厚非。二三十年在历史过程上是很短促的，我们原不能存过大的奢望。我们不要忘记新文学还在萌芽期，所要寻问的不是有无划时代的伟大作品，而是多数人的共同的努力是朝哪一个方向。如果我们把五十年以前的传统文学和近三十年的新文学对比参较，我们便会发现一个空前的突变。我们确是在朝一个崭新的方面走。

先说诗。新诗不但放弃了文言，也放弃了旧诗的一切形式。在这方面西方文学的影响最为显著。不过对于西诗的不完全、不正确的认识产生了一些畸形的发展。早期新诗如胡适、刘复诸人的作品只是白话文写的旧诗，解了包裹的小脚。继起的新月派诗人如徐志摩、闻一多诸人大体模仿西方浪漫派作品，在内容与形式上说，炼的功夫都不够。近来卞之琳、穆旦诸人转了方向，学法国象征派和英美近代派，用心最苦而不免偏于僻窄。冯至学德国近代诗，融情于理，时有胜境，可惜孤掌难鸣。臧克家早年走中国民歌的朴直的路，近年来却未见有多大进展。新诗似尚未踏上康庄大道，旧形式破坏了，新形式还未成立。任何人心血来潮，奋笔直书，即自以为诗，所以青年人中有一个误解，以为诗最易写，而写诗的人也就特别多。

次说小说。通盘计算，小说的成绩似较好。原因或许是小说多少还可以接得上中国的传统，而近来所承受的外来影响大体上是写实主义，这多少需要实际人生的了解和埋头苦干的功夫。鲁迅树了短篇讽刺的规模，沈从文、芦焚、沙汀诸人都从事于地方色彩的渲染，茅盾揭开都市工商业生活的病态，巴金发掘青年男女的理想和热情，这些人的作品至少有一部分在历史上会留下痕迹。抗战以来继起的作者未免寥寥。论理，这伟大的动荡不应不反映于文学，而反映的最适宜的媒介当然是小说。

再次说戏剧。戏剧意在上演，本最易接近一般人民，但是在技巧上它比小说较难，成功最不容易。近年来戏剧的成就不但比不上小说，而且也比不上新诗。早期剧本大半是"文明戏"，剧界先进的陈大悲、余上沅、熊佛西诸人都没有写成一部可留传的剧本。独幕剧至今还算丁西林的《一只马蜂》可看。

改编剧本倒有很成功的，从洪深的《少奶奶的扇子》到李健吾的《阿史那》，可看的改编本很不少，原因是在技巧的困难已经原作者解决过。创作剧本最成功的是曹禺，他的剧情曲折，对话生动，早已博得观众的好评，只是他模仿西方剧本的痕迹有时太显著，情节有时太繁复。抗战中戏剧最流行，但是用意多在宣传，情节多偏于侦探，杰作甚少。郭沫若写了几部历史剧，场面很热闹，有很生动的片段，可惜就整部看，在技巧上破绽甚多。总之，戏剧距离理想还很远。

　　新文学所受影响主要是西方文学的，所以不得不略谈翻译。林纾以古文译二流小说，歪曲删节，原文风味无存，但是他是第一个引起中国人对西方小说发生兴趣的人，功劳未可泯没。继起的周作人、胡适诸人开始用白话翻译，多偏重短篇，到近二十年才有大规模长篇的翻译。论体裁还是小说居多。耿济之、曹靖华、鲁迅、高植所译成的俄国小说影响最大。此外如潘家洵之于易卜生，梁实秋之于莎斯比亚①，李健吾之于佛洛伯②，袁家骅之于康腊德③，熊式一之于伯瑞④，往往以一人之力译成一家的代表作，用力之勤也很可佩服。诗最难译，徐志摩、梁

①今译莎士比亚（1564—1616），文艺复兴时期英国杰出的思想家、作家、戏剧家和诗人。其主要作品有《李尔王》《哈姆雷特》《奥赛罗》《罗密欧与朱丽叶》《威尼斯商人》等。——编者注。

②今译福楼拜（1821—1880），法国批判现实主义小说家。其主要作品有《包法利夫人》《情感教育》等。——编者注。

③今译康拉德（1857—1924），英国作家。——编者注。

④今译巴蕾，英国剧作家。——编者注。

遇春、梁宗岱、卞之琳、冯至诸人对于西诗都各有尝试，但都只限于零篇断简。总观翻译界，努力很可观，而成就不算卓越。原因有两种。第一是从事于翻译的人不是西文了解力不够，就是中文表现力不够，如果以译文较原文，不免错误的十之五六，失去原文风味的十之八九。第二，翻译者无组织，无计划，各凭私人一时兴致取舍，东打一拳，西踢一脚，以致选择不精，零乱无系统，结果是我们对于西方文学不能有一个周全而正确的认识。

翻译虽是不正确、不周全，却已发生了很大的影响。第一是体裁形式的解放。西方文学有许多体裁形式不是我们所固有而是我们可学习的。诗歌放弃了旧格律，小说放弃了章回，戏剧放弃了歌唱和散漫的结构，都在模仿西方的技巧，现在虽还幼稚，将来总会逐渐成熟。第二是人生世相的看法的改变。文学的要义在"见得到，说得出"，这"见"字很紧要。于今我们已逐渐学得西方文学家"见"人生世相的法门了，这就无异于说，我们扩充了眼界，磨锐了敏感，加强了想象与同情。第三是语文的演变。中西文组织习惯大异，原亦各有短长。就大体说，西文的文法较严密，组织较繁复，弹性较大，适应情思曲折的力量较强，这些长处迟早必影响到中国语文。这就是中国语文欧化的问题。这是势所必至的，开始或嫌勉强，久之自觉习惯成自然。我相信欧化对于中国语文的影响是好的，它可以把西文的优点移植过来。文化的其他方面可以由交流而融会，语文当然不是例外。

西方影响的输入使中国文学面临着一个极严重的问题，就是传统。我们的新文学可以说是在承受西方的传统而忽略了中国固有的传统。互相影响原是文化交流所必有的现象，中国文学接受西方的影响是势所必至、理有固然的，但是完全放弃固有的传统，历史会证明这是不聪明的。文学是全民族的生命的表现，而生命是逐渐生长的，必有历史的连续性。所谓历史的连续性，是生生不息，前浪推后浪，前因生后果；后一代尽管反抗前一代，却仍是前一代的子孙。历史上还没有一个先例，让我们可以说某一国文学在某一个时代和它的整个的过去完全脱节，只承受一个外国的传统，它就能着土生根。中国过去的文学，尤其在诗方面，是可以摆在任何一国文学旁边而无愧色的。难道这长久的、光辉的传统就不能发生一点影响，让新文学家们学习得一点门径？这问题是值得我们思量的。

总之，我们的新文学还在开始，我们还在摸路，我们还要更谦虚地学习，更多方地尝试和更坚定地努力。

胡适（1891—1962），原名嗣穈，学名洪骍，字希疆；后改名胡适，字适之，笔名天风、藏晖等。安徽绩溪人。因提倡文学革命而成为新文化运动的领袖之一。历任北京大学教授、北京大学文学院院长、中华民国驻美利坚合众国特命全权大使、北京大学校长等职。胡适研究兴趣广泛，著述丰富，在文学、哲学、史学、考据学、教育学、伦理学、红学等诸多领域都有深入的研究，被誉为现代思想文化界最稳健、最优秀、最高瞻远瞩的哲人智者。

研究国故的方法

胡　适

研究国故，在现时确有这种需要。但是一般青年，对于中国本来的文化和学术，都缺乏研究的兴趣。讲到研究国故的人，真是很少，这原也怪不得他们，实有以下两种原因：①古今比较起来，旧有的东西就很易现出破绽。在中国，科学一方面，当然是不足道的，就是道德和宗教，也都觉浅薄得很。这样，当然不能引起青年们的研究兴趣了。②中国的国故书籍，实在太没有系统了。历史书，一本有系统的也找不到，哲学也是如此。就是文学一方面，《诗经》总算是世界文学上的宝贝，但假使我们去研究《诗经》，竟没有一本书能供给我们做研究的资料的。原来中国的书籍，都是为学者而设，非为普通人、一般人的研究而做的。所以青年们要研究，也就无从研究起。我很望诸君对于国故有些研究的兴趣，来下一番真实的功夫，使彼成为有系统的。对于国故，亟应起来整理，方能使人有研究的兴趣，并能使有研究兴趣的人容易去研究。

"国故"的名词，比"国粹"好得多。自从章太炎著了一本《国故论衡》之后，这"国故"的名词于是成立。如果讲是"国粹"，就有人讲是"国渣"。"国故"（National Past）这个名词，是中立的。我们要明现在社会的情况，就得去研究国故。古人讲，知道过去，才能知道现在。国故专讲国家过去的文化，要研究彼，就不得不注意以下四种方法：

（1）历史的观念。现在一般青年，所以对于国故没有研究兴趣的缘故，就是没有历史的观念。我们看旧书，可当彼作历史看。清乾隆时，有叫章学诚的，著了一本《文史通义》，上边说："六经皆史也。"我现在进一步言之："一切旧书——古书——都是史也。"本了历史的观念，就不由然而然地生出兴趣了①。如道家炼丹修命，确是很荒谬的，不值识者一笑。但本了历史的观念，看看彼究竟荒谬到了什么田地，亦是很有趣的。把旧书当作历史看，知彼好到什么地步，或是坏到什么地步，这是研究国故方法的起点，是"开宗明义"第一章。

（2）疑古的态度。疑古的态度，简要言之，就是"宁可疑而错，不可信而错"十个字。譬如《书经》，有今文《尚书》和古文《尚书》之别。有人说，古文《尚书》是假的，今文《尚书》有一部分是真的，余外一部分，到了清时，才有人把彼证

---

①此处表述与今不同，意为"就不由得生出兴趣了"。——编者注。

明是假的。但是现在学校里边，并没把假的删去，仍旧读彼全书。这是我们应该怀疑的。至于《诗经》，本有三千篇，被孔子删剩十分之一，只得了三百篇。《关雎》这一首诗，孔子把彼列在第一首。这首诗是很好的，内容是，一很好的女子，有一男子要伊做妻子，但这事不易办到，于是男子"寤寐求之"，连睡在床上都要想伊，更要"悠哉悠哉，辗转反侧"呢。这能表现一种很好的爱情，是一首爱情的相思诗。后人误会，生了许多误解，竟牵到旁的问题上去。所以疑古的态度，有二方面好讲：①疑古书的真伪；②疑真书被那山东老学究弄伪的地方。我们疑古的目的，是在得其"真"，就是疑错了，亦没有什么要紧。我们知道，哪一个科学家是没有错误的？假使"信而错"，那就"上当"不浅了。自己固然一味迷信，情愿做古人的奴隶，但是还要引旁人亦入于迷途呢。我们一方面研究，一方面就要怀疑，庶能"不上老当"呢。

如中国的历史，从盘古氏一直相传下来，年代都是有"表"(Tale) 的，"像煞有介事"，看来很是可信，但是我们要怀疑，这怎样来的呢？根据什么呢？我们总要"打破砂锅问到底"，究其来源怎样？要知道，这年月的计算，有的是从伪书来的，大部分还是宋朝一个算命先生用算盘打出来的呢。这哪能信呢？我们是不得不去打破彼的。

在东周以前的历史，是没有一字可以信的；以后呢，大部分也是不可靠的。如《禹贡》一书，一般学者，都承认是可靠的，据我用历史的眼光看来，可是不可靠的，我敢断定彼是伪的。在夏禹时，中国难道竟有这般大的土地么？"四部"书里边的经、史、子三种，大多是不可靠的。我们总要有疑古的态度才好。

（3）系统的研究。古时的书籍，没有一部书是"著"的，中国的书籍虽多，但有系统的著作竟找不到十部。我们研究无论什么书籍，都宜要寻出彼的脉络，研究彼的系统。所以我们无论研究什么东西，就须从历史方面着手。要研究文学和哲学，就得先研究其文学史和哲学史。政治亦然。研究社会制度，亦宜先研究其制度沿革史，寻出因果的关系、前后的关键。要从没有系统的文学、哲学、政治等里边，去寻出系统来。

有人说，中国几千年来没有进步，这话荒谬得很，足妨害我们研究的兴趣。更有一外国人，著了一部世界史，说中国自从唐代以后就没有进步了。这也不对，我们定要去打破这种思想的。总之，我们是要从从前没有系统的文学、哲学、政治……里边，以客观的态度，去寻出系统来的。

（4）整理。整理国故，能使后人研究起来不感受痛苦。整理国故的目的，就是要使从前少数人懂得的，现在变为人人能解的。整理的条件，可分形式、内容两方面讲：

第一，形式方面，加上标点和符号，替彼分开段落来。

第二，内容方面，加上新的注解，折中旧有的注解，并且加上新的序、跋和考正，还要讲明书的历史和价值。

我们研究国故，非但为学识起见，并为诸君起见，更为诸君的兄弟、姊妹起见。国故的研究,于教育上,实有很大的需要。我们虽不能做创造者,我们亦当做运输人。这是我们的责任,这种人是不可少的。

(南京东大南高暑期学校演讲词,枕薪笔记)

胡 适（1891—1962），原名嗣穈，学名洪骍，字希疆；后改名胡适，字适之，笔名天风、藏晖等。安徽绩溪人。因提倡文学革命而成为新文化运动的领袖之一。历任北京大学教授、北京大学文学院院长、中华民国驻美利坚合众国特命全权大使、北京大学校长等职。胡适研究兴趣广泛，著述丰富，在文学、哲学、史学、考据学、教育学、伦理学、红学等诸多领域都有深入的研究，被誉为现代思想文化界最稳健、最优秀、最高瞻远瞩的哲人智者。

中国哲学的线索

胡 适

我平常喜欢做历史的研究，所以今日讲演的题目，是中国哲学的线索。这个线索，可以分作两层来讲。第一层是外的线索。凡一个时代政治、社会的状态变迁以后，发生了种种弊端，而哲学思想也就自自然然地会发生，自自然然地会变迁，以求改良社会上、政治上种种弊端，所谓时势生思潮，这是外的线索。外的线索，是很不容易找出来的。第二层是内的线索。内的线索，是一种哲学方法。哲学方法，外国名叫逻辑，到了我国，就把它译作论理学，或者译作名学。但是这两种译名都是不对的，因为逻辑原意，不是论理学和名学所能包含的，故不如直译原词的音为逻辑。外的线索只管变，而内的线索变来变去，终是逃不出一定的径路的。今天要讲的就是内的方法。

中国哲学，直到老子和孔子的时候，才值得称为"哲学"两个字。老子以前，并不是没有思想，是没有系统的思想，大概多是对于社会上的情形发出些牢骚语罢了。譬如在《诗经》上说过："苕之华，其叶青青。知我如此，不如无生。"像这种话，就是对于时势不满意的表示的意思。到了西历纪元前二十世纪①时，思想家才对于社会上、政治上求根本的弊端所在。而他们的学说的议论，终是带破坏的、批评的、革命的性质。老子根本上不满意当时的政治、社会、伦理、道德。原来人人多信天是"仁"的，而他偏说："天地不仁，以万物为刍狗。"天是没有意思的，不为人类做好事的。而他又主张废弃仁义，入于"无为而无不为"的境界。这种有破坏的思想，自然要引起许多反抗。孔子是老子的门徒，或是朋友，他虽不满意当时的风俗制度以及事事物物，可是他不取破坏的手段，不主张革命。他对于第一派是调和的、修正的、保守的。至于老子一派，对于社会上无论什么政治、法律、宗教、道德，都不要了，都要推翻的，都要取消的。拿孔子一派两相比较，孔子的思想要和平一点。他的主张，只求修正当时的制度。中国哲学起点，有了这两个系统出来后，内的线索，就是方法继续变迁，却逃不出这两种。

老子的方法，是"无名"的方法。《老子》第一句话就说"道可道，非常道。名可名，非常名。"他知道"名"的重要，

---

① "西历纪元前二十世纪"，原文如此，似有误。——编者注。

也知道"名"的坏处，所以才主张"无名"的。"名实"二字，在东西各国哲学史上都很重要。"名"是"共相"，也就是普通性；"实"是"自相"，也就是"个性"。名实两观念，代表两大问题。从思想上研究社会的人一定研究先从社会下手呢，还是先从个人下手。换句话讲，是先决个性，还是先决普遍之问题。名的重要，可以举出一个例来说明。譬如诸君现在听讲，忽然门房跑进来，他说："张先生，你的哥哥来了。"这些代表思想的语言文字就是"名"。若是没有这些"名"，他就不能传达他的意思，诸君也无从领会他的意思，彼此之间，就觉得很困难的。简单的知识，不是"名"无从表示它，而复杂的更要借"名"来表示它。名是知识上的问题，没有"名"，便没有"共相"。而老子反对知识，便反对"名"；反对语言文字，都要一个个地毁灭它，毁灭之后，一切人类都无知无识的，无知无识，就没有欲望，没有欲望，便不至"为非作歹的"，算是返到太古时代浑朴的状态了。这第一派的思想，注重个体，而毁弃普遍，所以他说："天下皆知美之为美，斯恶已；皆知善之为善，斯不善已。"美和不美，便是相对的，有了这个，就有那个。这个和那个都不要，都取消，便是最好，这就叫作"无名"的方法。

孔子出世之后，也看得"名"很重要的，不过他以为与其"无名"，不如"正名"为好些。《论语》上头，《子路》篇说过："子路曰：'卫君待子而为政，子将奚先？'子曰：'必也正名乎！'子路曰：'有是哉，子之迂也！奚其正？'子曰：'野哉，由也！君子于其所不知，盖阙如也。名不正，则言不顺；言不顺，则事不成；事不成，则礼乐不兴；礼乐不兴，则刑罚不中；刑罚不中，则民无所措手足。'"孔子以为"名"的重要，语言文字是不可少的，要把一切文学、制度都回复到本来的理想的标准，例如"政者正也""仁者人也"，就是这一类的理想。他的理想的社会，便是"君君，臣臣，父父，子子"，做父亲的，要做到父亲的理想标准；做儿子的，要做到儿子的理想标准。社会上事事物物，都要做到这个田地的。若是君不君，臣不臣，父不父，子不子，那么，伦理上所谓君臣父子，都失掉了本来的意义了。何以见得？"名"不正，则"言"不顺，"言"是"名"组织成的，"名"字的意义，又没有正当的标准，便连话都说不通的。

孔子说过："觚不觚，觚哉？觚哉？"觚是有角的形，故就有有角的酒器叫作觚，后来觚字用泛了，连没有角的酒器也叫作觚，所以孔子又说："现在觚没有角了，这还是觚吗？这还是觚吗？"不是觚的，也叫作觚，这就叫作"言不顺"。现在的通用的小洋角子，明明是圆的，偏要叫它作"角"，也是同样的道理。语言文字，"名"是代表思想的符号，皆是语言文字，没有正确的意义，便没有公认的是非真假的标准，所以他主张"正名"，老子主张"无名"。孔子既是主张"正名"，此后的思想，凡属于孔子一派的，便是讲究制度文物，压抑个人。老子既是主张"无名"，此后的思想，凡属于老子一派的，便要推翻一切制度，注重个人的发展。

这种哲学思想，除孔、老以外，要推第三派的墨子。墨子见以前的两派太趋于极端，一个注重"名"，一个不注重"名"，都在"名"字上面用功夫，他便提出一"实"字来调和他们。这个"实"字，就是实用的"实"，"名"是实用的，不是空虚口头的。他说："今瞽者曰：'钜者，白也。黔者，黑也。'虽明目者无以易之。兼白黑，使瞽取焉，不能知也。故我曰'瞽不知白黑'者，非以其名也，以其取也。"照墨子所说的，我以为这个取字，就是实际上的去取辨别。瞽子虽不见过白黑，也会说白黑的界说的。要到了实际上应用的时候，才知道口头的界说是没有用的。许多高谈仁义道德的人，也是如此，分别义利，辨入毫末，等到事到临头，则便手足无措。所以墨子不主张空虚的"名"，而注重实际的应用。墨子这一派不久又灭了，但是他的思想和主义，便影响及于各家。这三派终能遗传下来的，却算孔子一派是正宗。老子一派，也是继续不断，如杨朱有名无书，实无名，名者伪而已，各种语句，也很重要的。

到了三国、魏晋时代，便有嵇康一个人。嵇康更是主张一个空空洞洞的"名"，他的"名"更加要混沌一点。他们那班人，提倡个人，推翻礼法。及到了宋明时，有陆象山和王阳明那班人，无形中都要取消"名"字。就是清朝谭嗣同等，他们的思想也是这样，都是从老子一派的思想传下来的。正统派的孔子重名，重礼制，所以后来的孟子、荀子和董仲舒这一班人，也是要讲礼法制度。内部的线索，有这两大系统。

还有一派近代的思想。九百多年前宋朝的儒家想把历代的儒家相传的学说，加上佛家、道家和禅家的思想，另外成一种哲学。他们表面上挂孔子的招牌，不得不在儒家里头找出些方法来。他们所找出来的书本子，就是我们人人读过的《大学》——指读过三年以上的人言。《大学》本来是一本很简单的书，但讲的也是些哲学方法。它上面说"致知在格物，格物而后致知"，"格物"二字就变为中国近世思想的大问题。程、朱一派，解"格物"是到物上去研究物理，物必有理，要明物理，必须亲自到物的本身上去研究。今天格一物，明天格一物，今天格一事，明天格一事，等到后来，知识多了，物的理积得多了，便一旦豁然贯通。但是陆象山一派，却又反对这种办法，以为这种办法很笨，只要把自己弄好了，就是"格物"。所以他主张"宇宙即吾心，吾心即宇宙"，就是明万物，吾心是万物的权衡，不必要像朱子那样支支离离地格物。这种重视个性、发展自我的思想，到了明朝王阳明，格外的明了些。王阳明说他自己不信格物是到物上去格的。他有一位朋友去格一枝竹子，格了五天，病起来了。他就对这位朋友讲，你不能格，我自己去格，格了七天，也病了。因此他不信格物是到物上去格，物的理在心中，所以他特别地揭出"良知"二字来教人。把"良知"弄好了，弄明白了，善的就是善，恶的就是恶，是的还他是，非的还他非。如此，天下的事物都自然明白了。程、朱和陆、王这两派，支配九百余年的思想，中间格物的解说有七八十种，而实际上还是"名"和"实"的嫡派，不过他们改变了方向罢了。"格物还是从内起呢？还是从外起呢？"

思想必依赖环境而发生，环境变迁了，思想一定也要变迁的。无论什么方法，若是不能适应新的要求，便有一种新方法发生；或是调和以前的种种方法，求适应新的要求。找出方法变迁，就可得思想的线索的。思想是承前启后、有一定的线索的，不是东奔西走、全无纪律的。

（此演讲词由王伯明笔记）

朱光潜（1897—1986），字孟实。安徽桐城人。现代中国著名美学家、文艺理论家、教育家和翻译家。先在香港大学学习，后留学英国、法国和德国，获文学硕士、博士学位。1933年回国后，先后在北京大学、四川大学、武汉大学任教。朱光潜是继王国维之后的一代美学宗师，对中西文化研究都有很高的造诣，所著《悲剧心理学》《文艺心理学》等具有开创性意义。

唯心哲学浅释

朱光潜

从前希腊人有一次在德尔斐神的面前求签，问当时谁是世界最聪明的人，神回答说"苏格腊底"①。于是就有人拿这个消息去报告苏格腊底。苏格腊底说："我本来也和一般人是一样无知，不过一般人都自己以为有知，我自己却知道自己是无知，神说我最聪明，大概就是因为这一点。"

我今天讲唯心哲学，为什么开头就说这段故事呢？我的用意是要诸君先明白哲学是怎么一回事。一般人都以为哲学好比一部百科全书，能给我们许多知识。其实哲学的最大功用不在

---

① 今译苏格拉底（前469—前399），古希腊思想家、哲学家、教育家。他和他的学生柏拉图，以及柏拉图的学生亚里士多德被并称为"古希腊三贤"。——编者注。

给我们知识，在教我们明了自己实在无知识。哲学本来是想求真理，想得到真知识，而结果只是发现许多新问题出来，发现我们平时以为没有问题的东西实在还有问题。这就是说，发现我们平时自己以为知道的东西实在还是没有知道。所以苏格腊底是一位最大的哲学家，就因为他知道自己没有知识。

要懂得唯心哲学，第一步就要明了这一点。因为唯心哲学是最和我们的常识不相容的，所以我先请诸君暂且把常识抛开，假定自己是一无所知，来考究人和宇宙究竟是怎么一回事。

"宇宙"这个名词太广大，太玄渺了。我的口袋里有一个橘子，我们姑且先来研究这个橘子，把宇宙暂时丢开。如果我们懂得这个橘子，自然也就懂得宇宙，因为"橘子是怎么一回事？"和"宇宙是怎么一回事？"根本只是一个问题。

这个橘子在这里，大家都看得见，摸得着，依常识说来，它自然是真实的。可是唯心哲学居然要问："这个橘子是否是真实的？它是否像我们在梦里所见的橘子只是一个幻象？"你看这种问题可不是荒谬，可不是没有常识？但是我们慢些下判断，且来看看橘子的真实与否何以成为问题。

我们说这里有一个橘子，有什么凭据呢？我们的凭据是感官。我们的眼睛能看它，皮肤能触它，鼻子能嗅它，舌头能尝它。假如有人问我们橘子是什么样子的东西，我们可以回答说"它是黄的、圆的、香的、甜的，皮子很光滑的……"，所以我们可以说，我们知道橘子之所以为橘子是凭借感官的。

感官是不是知识的唯一的来源呢？不是。比如说"橘子是黄的"，我们何以知道这件东西叫作"橘子"，这个颜色叫作"黄"呢？我们知道它是橘子，因为已往见过许多同样的东西都叫作"橘子"；知道它是黄的，因为已往见过许多同样的颜色都叫作"黄"。换句话说，因为我们的心中原来已有"橘子"的概念和"黄"的概念。概念是比较、分类和推理的结果。比如说，"凡是像某样某样的东西叫作橘子，这件东西是像某样某样的，所以它是橘子"。从这个例子看，我们应该说，我们知道橘子之所以为橘子，有一半是借感官，也有一半是借理解。

感官和理解原来是相辅而行、不可分割的，但是它们的对象却有分别：感官所接触的是殊相，理解所领会的是共相。什么叫作"共相"，什么叫作"殊相"呢？共相是公共的性质，这个橘子是甜的，那个橘子是酸的，可是都叫作"橘子"，所以"橘子"是共相。殊相是个别的事例，这一个甜的橘子是殊相，那一个酸的橘子也是殊相。"黄"是一个共相，这个橘子的"黄"，这块金子的"黄"，或是这个面孔的"黄"，都是殊相。古今中外的橘子都叫作橘子，所以橘子的共相随地都可用，随时都可用。随地都可用，所以它是无空间性的；随时都可用，所以它是无时间性的。殊相如这个橘子是占一定空间和一定时间的，它既在这个时间存在就不能在别的时间存在，既在这个空间存在就不能在别的空间存在。感觉也是限于一定时间和一定空间的，所以只能达到殊相；理解是不受时间和空间限制的，所以能达到共相。

我们现在可以把上面的话做一句总结。我们知识所用的工具有两种，一种是感官，一种是理解；我们知识所有的对象也有两种，一种是殊相，一种是共相。殊相有时间性和空间性，要用感官去接触；共相无时间性和空间性，要用理解去领会。

我何以说许多话来解释感官和理解以及殊相和共相的分别呢？因为要了解无论哪一派哲学，起码就要先懂得这几个术语。现在我们懂得这几个术语了，且再回头来研究这个橘子。

我们已经说过，橘子有殊相，有共相。殊相是这个感官所接触的橘子，共相是有适用于一切橘子的概念。现在我们要问：这两种橘子究竟谁是真实的呢？我说"真实"而不说"实在"，请诸君特别注意，因为"实在"两个字虽然比较顺口，而从唯心哲学观点看，却是互相矛盾的两个字，实者就不能在，在者就不能实。明白"实"和"在"的分别，我们就能明白我们心中橘子的概念和这个感官可接触的橘子的殊相究竟哪一个是真实的。

什么叫作"在"呢？凡所谓"在"，都是指在某一个时间或是在某一个空间。这个橘子的殊相在这个时间在我手里，所以我们可以说它是"在"。什么叫作"实"呢？凡所谓"实"，是说不能变为"假"的。它既然是"实"，在今天是如此，在明天也还是如此；在这里是如此，在那里也还是如此。换句话说，它应该是没有时间性和空间性的。比如我们心中橘子的概念——就是橘子的共相——就是如此。今天我在这里遇见这么一个东西，我叫它为"橘子"，明天我在别处遇见这么一个东西，我也还叫它为"橘子"。"橘子"这个概念是不受时间和空间限制的，在任何时任何地都是真实的。"实者不在"的道理是如此，这是比较容易明了的。

什么叫作"在者不实"呢？我手里这个橘子是"存在"的，我们已经承认了，它是否可以"实"字去形容呢？我们根据感官的经验，说它是圆的，但是各人所见到的圆并不一致。你从远处看，说它是椭圆；我从近处看，说它是扁圆；几何学家记着他的几何定义，说它既不是椭圆，又不是扁圆。我们究竟谁见到了橘子真实的形状呢？再比如说它是黄的，那就更有疑问了。从远处看它是深黄，从近处看它是浅黄，有色盲的人看它简直不是黄的。从物理学观点看，颜色不同由于光波的长短，同是一样光波，长一点是一种颜色，短一点又另是一种颜色。照这样看，橘子本来有色或是无色就成为问题了。从这番分析看，我们于共相和殊相之外，又发现"真相"和"现象"的分别。我们感官所接触的都是现象，都是外貌。各人在各时各地所见的现象都不相同，所以现象不能说是真相。所谓现象，就是殊相在感官面前所现的形象。我们各人所见到的橘子都是现象，虽然各人所见到的现象也许和橘子的真相都有些类似，然而究竟都不是橘子的真相。"在者不实"的道理就是如此。

我们已经明白各个人所见到的在我手里的这个橘子都只是橘子的现象而不是橘子的真相了。现在我们要问：橘子除了现象之外是否另有真相？假如另有真相，真相究竟像什么样子呢？它和现象的关系何如呢？这个问题还可以用另一个方法来说明。比如形容这个橘子，我们说"它是圆的，它是黄的，它是香的，它是甜的，它是光滑的……"，圆、黄、香、甜、光滑等都是感官所察觉到的现象，除了这些现象以外是否还另有所谓真相和"它"字相当呢？这个"它"字所代表的究竟是什么东西呢？哲学上所有的争执就是从这么样的简单的问题生出来的。许多哲学家闹得像老鼠钻牛角，找不到出路，都因为没有办法处置这个"它"字。

科学家说"它"字所代表的是"物质"。"物质"又是什么东西呢？据说它是极细极微的原子或电子。这个橘子是无数原子构成的，这个桌子也是无数原子构成的，何以一个叫作橘子，一个叫作桌子呢？科学家说，因为原子的运动和配合不同。这种说法能够把"它"字的问题解决完满吗？它不但没有完满解决，简直就没有去解决。原子究竟是什么东西？它是否是可思议的、可形容的？如果它是不可思议、不可形容的，我们就无凭据说它存在，说它是构成宇宙的。如果它可思议、可形容，我们就要说"它是如此如此"，结果还是离不去这不可能的"它"字本身。换句话说，原子不可解也还和橘子不可解是一个道理。

英国哲学家巴克莱（Berkeley，1685—1753）[①] 就根本否认"它"字存在，在"它是圆的、黄的、香的、甜的、光滑的……"一个判断里的"是"字其实就是一种等号。在我们通常人看，把"是"字看成等号也并不是什么大不了的事，可是这一步的关键好不重大！我们上面已说过，圆、黄、香、甜、光

---

①今译贝克莱。——编者注。

滑等都是由感觉得来的。感觉是心的活动，没有心就没有感觉，没有感觉就没有圆、黄、香、甜、光滑等现象。你如果说这些现象就是"它"，就是橘子，那么，如果没有心岂不是就没有这个橘子？扩而充之，如果没有心岂不是就没有世界？巴克莱却老老实实地这样主张。当时有人把这个学说告诉文学家约翰生说："这种学说虽然是荒谬，可是我们实在没有方法辩驳他呢。"约翰生下劲用脚踢面前一块大石头，石头不动，他自己可是蹦回了好几步，于是很得意地说："我这样就辩驳了巴克莱！"我们一般人依赖常识，大半都要向约翰生拍掌，可是你如果仔细想一想，就会知道巴克莱的主观唯心论不是可以如此轻易辩驳的。

巴克莱的唯心论也并非不可辩驳的。它的困难非常之多，我在这里不能详细讨论，只能提出一点来，做介绍康德的唯心论的线索。依巴克莱说，我们如果没有心，就没有方法知道世界，所以世界存在心的里面。这个"存在心的里面"（In The Mind）是最难讲得通的。"存在"是必有空间的。这个橘子是有空间的，我的手也是有空间的，我们可以说"这个橘子存在我的手里"。心是不占空间的，我们如何可以说"这个橘子存在我的心里呢"？"空间"问题是科学上一个最大的难题，也是哲学上一个最大的难题。科学家和哲学家分析物质，都以为物质的要素是"占面积"（Extension）和"运动"（Motion），而这些要素都和空间有关。所以我们一日不能解释空间，就一日不能解释物质，就一日不能解释世界。有空间而没有"关系"，比如说

"甲大于 B""爱丁堡在伦敦之北",都是表示物和物的关系。近代哲学对于这种"关系"争得非常热闹,唯心派说"关系在内",唯实派说"关系在外"。这种问题其实还不过是空间问题。

空间问题是最难解决的。物质占空间,而心却不占空间;假如我们要说物质是唯心的,必定先证明空间也是唯心的。证明空间是唯心的,是主观的,就是康德的一个大成就。康德如何证明空间是唯心的呢?比如说这个橘子,我们不能感觉它则已,如果能感觉它,必定感觉它在某一定空间。换句话说,这个橘子如果现形象在我们的心眼面前,它一定脱离不去空间。所以空间是外物呈现于人心的条件。这个橘子除非是存在空间里,我们就不能感觉它。但是反过来说,如果世间没有这个橘子,没有任何外物,我们却仍旧可以想象一个空空洞洞的空间。我们可以假想把一切事物毁灭去而空间仍然可存在,可是我们不能假想把空间毁灭去而万事万物仍旧可存在。所以在理论上说,察觉外物之前须先以察觉空间为条件。所谓"察觉外物",就是我们通常所谓"经验"。所以察觉空间须在经验之先。有空间而后有经验的可能,所以空间不是从经验来的;既然不是从经验来的,它就不是存在外物界的。空间既不存在外物界,而人心察觉外物又不能离开空间,那么,空间自然是心的产品了。换句话说,我们的心察觉这个橘子时,必定察觉它存在某一空间。这并非是橘子带着空间印进我们心里来,乃是我们的心带着空间套在橘子上面去。空间是我们的心察觉外物时所必用的方式,没有心去察觉外物就没有所谓空间。比如戴黄眼镜时看见外物都是黄的，黄是由于眼镜，并不是由于外物。空间对于心和物的关系，也犹如黄色对于黄眼镜与外物的关系。

空间是心知物所必具的形式，这种形式康德称之为"范畴"（Category）。他用同样的推理法证明时间也是如此，证明时间和空间之外，还有十二个范畴，都是心知物所必具的方式，比如"因果"就是其中之一。

康德把"空间"证成唯心的，他是否把这个橘子也证成唯心的呢？是否把全世界都证成唯心的呢？奇怪得很，他并没有走这一着。他以为这个橘子有现象，有真相。我们所能用范畴察觉的只有现象，如这个橘子的圆、黄、香、甜等性质。这些现象从什么地方发出来的呢？它们是从"事物本身"发出来的。"事物本身"就是橘子的真相，就是上文所说的"它"字，就是圆、黄、香、甜等性质所附丽的本体。这个康德所认为真实的"事物本身"究竟像什么样子呢？康德老实不客气地答道："我不知道，因为它是'不可知的'。"因为我们的心是如此构造的，不用时间空间就不能察觉外物，不用十二范畴就没有方法去思想。时间空间和十二范畴都只能应用到现象上去，而应用不到"事物本身"上去的，所以我们所知者尽是现象，"事物本身"却绝对不可知。一句话归根，康德一方面以为人所可知的世界全是唯心的，而同时又承认这个世界只是现象，它的后面还另有一个不可知的真实世界是离心而独立的。所以康德虽然想建造一个彻底的唯心哲学，而结果仍是走到极不彻底的心物二元论那一条路上去了。

康德之后，唯心派最大的健将是赫格尔①。赫格尔的哲学就是从打破康德的"事物本身"出发。康德的"事物本身"本来是一个极自相矛盾的观念。第一，"事物本身"既不可知，我们又何以知道它存在呢？第二，它既不可知，我们又何以知道它是现象的来源呢？康德以为现象一定要有一个本体可附丽，所以抬出一个不可知的"事物本身"出来，不知道这在逻辑上是说不通的。赫格尔所以痛痛快快地把康德的"事物本身"一刀砍去。

"事物本身"既然砍去了，所剩的是什么呢？所剩的全是可知的现象。否认"事物本身"，就是否认宇宙中有所谓"不可知的"东西。因此，一切事物都变成心的内容了。这里诸君也许要问：赫格尔这一步不是要回到巴克莱的主观的唯心论吗？不然。赫格尔的哲学中有一条最基本的原则叫作"相反者之同一"，根据这条原则，他把心和物的界限打破了。他承认心是真实的，他承认物也是真实的，他承认心和物确实是相反的，可是他又主张心和物是同一的，同是一个实：从一个观点看，叫作心；从另一个观点看，叫作物。这话是怎么样讲呢？我们先从"物"方面说。我们在前面说过，我们知道这个橘子是黄的，因为心中先已有黄的概念。拿心去知物都离不掉概念。比如这个橘子，它是什么呢？它是"圆""黄""香""甜"一大球②

---

①今译黑格尔（1770—1831），德国近代客观唯心主义哲学的代表人物之一，政治哲学家。——编者注。

②原文如此。此处"一大球"应为"一些"或"一堆"之意。——编者注。

概念挂在一起的。由这样看，每个殊相（橘子）都是许多共相（圆、黄、香、甜等）集合成的，这就是说，每个"物"都是由"心"造成的，"物"离"心"便毫无意义可言。这个道理是从前巴克莱一般主观的唯心论者所看到很清楚的，但这只是一面的真理。从前人只看到物离开心就不能成立，"心离开物能成立吗？"这个问题他们简直没有想到。我们来把"心"分析看，究竟是怎么一回事呢？笛卡儿①说过"我思故我在"，唯心哲学加上一句说"我在故物在"。这个"我"是什么东西呢？我们把眼睛回看自己的"心"，回看自己的"我"，能看见什么东西呢？我们只能觉到"心"是有意识的。意识又是什么东西呢？意识是许多观念、印象、概念所组成的一条河流。观念、印象等又自何而来呢？它们是从外物界感觉来的。除开意识，我们是否另外有一个意识者，可以叫作"心"，可以叫作"我"呢？这种精光净的"心"在想象上是否能存在，这是学者所聚讼的；它在实际上是不能存在的，这是学者所公认的。经过这番分析，我们见到心离开物也是不能成立的。没有心固然不能有物，没有物也就不能有心，因此，赫格尔说，心和物虽相反而却是同一的。

心物的界限既然打消，结果是怎么样呢？这里照中文的意义说，我们不能把赫格尔哲学称为唯心论了。唯心论的原文是

———————————

①又译笛卡尔（1596—1650），法国哲学家、数学家和物理学家，因将几何坐标体系公式化而被认为是解析几何之父，并开拓了所谓"欧陆理性主义"哲学。——编者注。

Idealism。赫格尔的哲学通常叫作 Objective Idealism，依字面应译为"客观的唯心论"，不过这在中文中是自相矛盾的名词，既是客观的就不是唯心的，既是唯心的就不是客观的。可是原文 Objective Idealism 却可以说得通，因为 Idea 一词起源于柏拉图，柏拉图所谓 Idea 就是"理式"，就是"共相"，原来是偏重客观的。从这一点看，可知以"唯心论"译 Idealism 很有些不妥当，译作"唯理论"或较好些。这里我因为要通俗，所以沿用旧有的译名。赫格尔哲学是最看重纯理的，所以通常称为"泛理主义"。他以为整个宇宙，全是可以由"理"中推证出来的。

他的著名的推证法就是根据"相反者之同一"的原则。我现在姑且举一个例子来说明。比如"有"（Being）和"无"（Nothing）是相反的，但是在"变"（Becoming）里它们却变成同一。这话怎么样讲呢？我们且来分析"有"的概念。什么叫作"有"？"有"是一个极抽象的概念，是一个最高的共相，就是我们所说"万有"的"有"。宇宙中事事物物尽管千变万化，而在"有"的一点是相同的。比如这个橘子和我的心是极不同的东西，橘子有颜色而心没有颜色，橘子有形状而心没有形状，橘子占空间而心不占空间。可是世间"有"这个橘子也"有"我的心，所以就"有"一点说，这个橘子和我的心是相同的。"有"是我的心和橘子的共相，是一切事物的最高的共相。"有"这个概念如何得来的呢？就是把万事万物的个性一齐剥去而专提出"有"这一个共同点。比如这个橘子是圆的、黄的、香的、甜的等，我们须把圆的、黄的、香的、甜的这一切个性一齐丢开而专提出它与一切事物所公同①的"有"。所以"有"是不含任何个性的，这个不含任何个性的"有"是很空虚的。所谓"空虚"其实就是"无"。纯粹的"有"是"无"任何性质的。因此，"有"之中就含有"无"在内。但是"无"是空虚，空虚也是一种"有"，所以"无"之中也含有"有"在内。"有"和"无"根本既然相同，所以由"有"可以转到"无"，由"无"也可以转到"有"。由"有"转"无"或是由"无"转"有"，这话就叫作"变"，所以"变"是调和"有"与"无"的。应用同样的推证法，赫格尔证明世界许多在表面看来似乎相反的东西其实都可以用一个较高概念来调和。所以宇宙就全体看，是没有冲突的，是极有理性的。凡所谓冲突都是局部的，局部的冲突应该在全体中求调和。唯心哲学把全体比部分看得较重要，所以在政治思想方面绝对反对个人主义。从这一点看，我们就可以明了何以近代德国的国家主义和俄国的共产主义都与唯心哲学有关。

我这番话是唯心哲学的一个极粗浅的解释。唯心哲学还有许多很重要的原理，别派哲学家有许多攻击唯心哲学的理由，我在这里限于时间都不能详细讨论了。

（在中华学艺社伦敦分社演讲）

---

①此处"公同"意为"共同"。——编者注。

谢幼伟（1905—1976），哲学家。早年毕业于上海东吴大学，获文学学士学位，后赴美进哈佛大学留学，获哲学硕士学位。返国后，曾任教于中央军校第四分校（黄埔军校广州分校）、陆军大学、步兵学校，并任广州《民国日报》《华南日报》主笔、浙江大学教授兼哲学系主任。著作有《伦理学大纲》《当代伦理学说》《人生哲学》《西洋哲学史》《现代哲学名著述评》《中西哲学论文集》《哲学讲话》等20余种。

现代伦理学之特征

谢幼伟

伦理学是研究人生的理想及如何实现这理想的学问，也可以说是研究什么是善，及用什么正当行为去实现这善的学问。它所论究的主要概念是"是""非"和"善""恶"。它的任务有二：一方面是理解现实和批评现实，也就是把人类已有和现有的道德观念及行为加以理解，加以批评；另一方面是指导现实和超出现实，也就是替人类树立一种理想的道德。它的题材是人类行为，而它的目标是使人类都成为完人。自目标言，伦理学是一切学问的起点，也是一切学问的归宿点。大家不会做人，谈不到学问；学问不能使人成为好人或完人，这种学问也是无用的。所以伦理学的重要性是不言而喻的。

人类之有伦理或道德，历史是很悠久的。我们可以说，有人类即有道德，人类的继续生存，不会像古生物的消灭，即为道德存在的明证。关于道德起源，自希腊哲人柏拉图以降，即有不少玄想的推测。但对原始道德做一种客观的、科学的研究，却是近代的事。这种研究无疑是受达尔文的进化论的影响而开端的，到了十九世纪的末叶，已有很多重要的著作出现。如威斯脱马克（Westermarck）①、哈好斯（Hobhouse）②、温德（Wundt）③ 诸人，便以这种研究著名。他们都是从客观方面研究人类原始的道德及其进化的事实。这些研究使我们明了人类的道德观念或判断是有时间性和区域性的，使我们不敢武断某一时代或某一区域的现存道德为完全，为理想。自伦理学言，这种研究是缺少不得的。所以现代一位著名的哲人柏格森（Henri Bergson）写了《道德和宗教的两种起源》（*The Two Sources of Morality and Religion*）一书，似乎便受到这种研究的影响。他认为道德的起源有二：一方面是社会的压力（Social Pressure），另一方面是道德的英雄感召（Inspiring Influence of Moral Heroes）。

所谓社会压力，就是人与人间彼此往来，不得不如此的力量。这种力量在两人以上的共同生活内便会发生。两个人要共同生活下去，即不能不分工，不能不合作，不能无物与物间的

---

①今译韦斯特马克（1862—1939），芬兰人类学家、社会学家和哲学家。　编者注。

②今译霍布豪斯（1864—1929），英国政治思想家、哲学家和社会学家。——编者注。

③今译冯特。——编者注。

交换。这样，公平和互助就成为必要的条件。以物与物间的交换来说，我给了你多少，你也得给我多少，我们彼此间的交换要相等，要公平。衡量制度的产生，即志在求得公平。有了这种制度之后，我不依照这种制度来交易，便没有人肯和我交易。这便是一种压力，迫使我们不得不遵照共同的制度。这种压力也就是构成及维持家庭、社会、国家各种组织的力量。由这种压力所造成的道德，柏氏名为"自封的道德"（Closed Morality），即在某一区域内有效的道德。越出某一区域，这种道德便有问题。例如，在某一地域或团体之内，此一人无故谋杀另一人，这是不道德的；可是这一团体的人谋杀另一团体的人，若国与国间的战争，则彼此均不自认为不道德。这便是自封道德的弱点。

所幸的是，人类道德尚有另一来源，而这来源即是道德英雄。所谓道德上的英雄，就是道德上的先知先觉，或我们所谓圣贤。圣贤和常人之别，在圣贤的同情心较广，想象力较强。他能看出流行道德的弱点，他能超出区域或团体的限制，因而他能改造道德，引导道德前进，而达于不同的境界。这由圣贤促成的道德，柏氏名为"开明的道德"（Open Morality），即超出区域的限制，在任何区域都有效的道德。孔子的"仁"，耶稣的"博爱"，是以全人类、全世界为对象，其为普遍而非自封是很明显的。道德的进展，当由自封而达于开明，这也是很明显的。现在人类道德的意识，仍多以国为界，以国自封，国与国间的争执，我们仍多以"不论是或非，这是我的国"的态度去应付。这当然不是世界永久和平的征象。不过，人类为寻求和平起见，已逐渐发展一种超出国界的道德意识。联合国的命运如何虽不可知，然联合国的成立，就是志在发展这种道德意识的。我们希望明日的道德，即为开明的道德。

关于道德起源，作者认为柏格森的说明是现代伦理学上一种很重要的贡献，但这是属于积极道德方面的。以理想道德而论，现代伦理学却表现了三种主要的特征：一是功利主义的反抗，二是形式主义的批评，三是个人与团体的调和。兹依次而略加说明。

十九世纪是功利主义的世界。功利主义掩盖了一切，控制了一切。所谓功利主义（Utilitarianism），就是快乐论（Hedonism）之一种，是根据古代伊壁鸠鲁派（Epicurus）[①] 的快乐论加以修正而成的。功利主义所主张的是，人生目的在求最大多数的最大幸福，而幸福即是快乐。以故，决定人类行为的是非或善恶的标准，便为快乐和痛苦。快乐多于痛苦的行为是善，而痛苦多于快乐的行为是恶。首倡其说者为英之边沁（J. Bentham）[②]，继加以发展者为穆勒（J. S. Mill）[③]。边沁说："自然把人类安置于两位有权力的主人的统治下，而这两位主人，便是快乐和痛

---

①此派的创始人为伊壁鸠鲁（前341—前270），古希腊哲学家、无神论者。他的学说的主要宗旨是要达到不受干扰的宁静状态。——编者注。

②边沁（1748—1832），英国法理学家、功利主义哲学家、经济学家和社会改良者。——编者注。

③穆勒（1806—1873），英国哲学家和经济学家，19世纪影响力很大的古典自由主义思想家。他支持边沁的功利主义。——编者注。

苦。凡所以指示我们所应为及决定我们所将为的，只是快乐和痛苦。"穆勒也说："功利或最大幸福原理所接受为道德基础的信条是，凡行为之促进幸福的为是，反之，产生不幸福的便为非。所谓幸福，就是被意向的快乐及无苦；所谓不幸福，就是痛苦及无乐。"他们的话富于引诱性，易为一般人所信爱。盖不论快乐是否可为目的，及是否可以决定行为的善恶，叫人们去追求快乐，总是容易受欢迎的。以故，功利主义出世之后，即风靡一时，侵入社会的各阶层，成为时代上一般行为的信条。不唯在道德上，就是在政治上、经济上，甚而在科学上，也都染上功利主义的色彩。虽至今日，功利主义的学说，仍可以说是实际上为大多数人所奉行的学说。

不过，理论上及在现代伦理学上，功利主义却被否定了。我们可以说，现代伦理学已从理论上宣告了功利主义的死刑，而执行这种死刑的宣告的，一是英国的柏烈得莱氏（F. H. Bradley）①，二是摩耳氏（C. E. Moore）②。前者著《伦理学研究》（*Ethical Studies*）一书，后者著《伦理学原理》（*Principia Ethica*）一书。这两本书都是现代伦理学上划时代的作品。他们二人在伦理学上的主张虽不相同，可是对于功利主义的反抗则是一致的。他们对于功利主义都有极为正确而彻底的批评。作者虽不能把他们的批评在这里详加叙述，但可提及一二点以

①今译布拉德利。——编者注。
②今译摩尔。——编者注。

表示他们的态度。

例如，功利主义欲以快乐为人生目的，这一点柏烈得莱认为是不可能的。他认为快乐是一种不能实现的目的，因快乐只是我们的心态，是我们的情感。这种情感，不是常住的，不是永存的，而是生灭无常的，稍纵即逝的。这稍纵即逝的情感，实永无实现的可能。一种快感来，我们认为满意；不旋踵，这快感消失，我们不满意了。另一种快感来，我们又认为满意；这另一快感又消失了，我们又不满意了。这样，我们便永在追求中，也永在不满意的状态中。追求快乐，有如愚人追逐天的边际，这岂有实现的希望？

又，功利主义认为快乐是一切欲求的对象，这一点柏氏和摩耳氏都有批评。柏氏指明功利主义的错误在把"一快乐的思想"（A Pleasant Thought）和"一思想着的快乐"（The Thought of A Pleasure）混为一谈。前者是指已获得的快感言，后者是指尚未实现的快乐言。必后者存在，然后我们可谓快乐是欲求的对象或行为的动机；若仅前者存在，则我们欲求的对象乃思想的对象，而非快乐。今欲求中所存在的，实为前者，以后者（即思想着的快乐）一存在，立即变为前者（即快乐的思想）。快乐虽可成为"快乐的思想"以促起我们的欲求，然却不是我们欲求的目的或对象。摩耳氏更进而指明，假定快乐是一切欲求的对象，然快乐也绝不是欲求的唯一对象；我们所欲求的，绝不是仅为快乐，快乐绝不是我们欲求中独一无二的对象。拿欲求饮酒来说，这由酒而得的快乐观念，纵可是我们欲求的对象，然在我们欲求中的，必不仅为快乐，这酒必包含于对象中，而为我们欲求的指导。若酒不在对象中，则由欲求而产生的行为，何必定取酒而不取水？若我们的欲求仅为快乐，而绝无其他，这欲求便未必能促使我们取酒。今这欲求必令我们采取某一固定的方向，取酒而不取水，则这酒的观念必同时存于对象中，以控制我们的活动。欲求的对象，无论如何，必非仅为快乐。

还有一点，功利主义认为快乐是"可欲的"（Desirable），也就是应该欲求的，而其证明即在快乐是实际为我们所"已欲"（Desired）。这一点摩耳氏认为不仅可造成荒谬的后果（盖一切行为都是已欲的，而已欲就是可欲，可欲就是善，则一切行为岂不都是善吗？），且也犯了一种"自然主义的错误"（Naturalistic Fallacy）。所谓"自然主义的错误"，即是把"应该"（Ought）放在"存在"（Is）的上面，想从（存在）上得到"应该"，也就是想从"事实"（Fact）上推出"价值"来。已欲是事实，而可欲是"应该"，以已欲证明可欲，便是以已然证明当然，也就是以事实的存在证明事实的价值。这种错误，一说出便极为明显，缘我们都知道已为的事不就是应为的事。

略明三点，我们当可以看出功利主义之说，在他们两人手里实受了致命的打击。这可说是现代伦理学上一种很重要的特征。

功利主义之外，可和功利主义抗衡的另一学说，就是良善意志说（Theory of Good Will）。这一学说是十八世纪德哲康德

（Kant）提出来的。这一学说虽不像功利主义这样有势力，然在伦理学上也占很重要的地位。这一学说的主张是，世间除良善意志外，不能另有所谓善。善就是善意，但什么是善意呢？第一，善意是普遍的意志，而不是此一人或彼一人的意志。第二，善意是自由的意志，也即是不受外因决定，由自己及为自己而存在的意志。第三，善意是自动的意志，也就是自己为自己而立法的意志。同时，因为善意所意志的是一个普遍，而不是一个特殊，所以善意是形式的，是纯为形式所决定的意志，实现善意，即是实现意志的纯粹形式。不过，我之为我，却不仅是形式的，而且是实质的、经验的。这经验的自我和形式的意志相对立，而形式的意志谋克服这经验的自我，于是乃有所谓道德，所谓"应该"及"义务"。"应该"是形式之我的命令，"义务"是服从，是经验之我所受意志的强迫。我们当"为义务而尽义务"（Duty for Duty's Sake），否则不能算是义务，也就是我们当仅为意志的纯粹形式而谋其实现，不能有任何其他的目的。若为快乐、为名誉或其他而尽义务，则所实现的就不是意志的纯粹形式，也就不是义务，不是道德。这种学说实为一种形式主义。

形式主义在现代伦理学上也受人批评。前述两位哲人一样是反对形式主义的，特别是柏烈得莱。柏氏对形式主义更有极精审的批评，我们可述其一点以表明柏氏的态度。柏氏认为，形式主义要我们去实现意志的形式，这是一种矛盾的行为。因所谓"实现"（Realization），是"把一个理想的内容变为存在"

的意思，也就是"特殊化"（Particularize）的意思，所以"去实现"（To Realize）就是"去特殊化"（To Particularize）。如果这样，那么善意说要我们去实现形式的意志，也就是要我们去实现一个矛盾的行为。为什么呢？因为形式的意志是普遍的，而"去实现"是"去特殊化"，把普遍特殊化，就是否定普遍。可是此说的原意本来是要我们肯定普遍，实现普遍的，然而一说"去实现"，又等于说要我们去否定普遍了。这样一来，岂不是一口气要我们去肯定又去否定普遍吗？而且所谓形式的意志是没有内容的，有内容就不是形式的。去实现形式的意志，等于加形式的意志以内容。形式的意志一有内容，还算是形式的吗？可见这是一个自相矛盾的概念。形式主义在柏氏这一种有力的批评下，自然不能不动摇起来。这也可以说是现代伦理学上一种主要的特征。

现代伦理学一方面反对功利主义，另一方面又反对形式主义，可是功利主义和形式主义的优点，现代伦理学却没有忽视。现代伦理学认为，功利主义所重视的是特殊，是个人；而形式主义所重视的是普遍，是团体。功利主义谋实现的是纯粹的特殊——快乐，而形式主义谋实现的是纯粹的普遍——意志的形式。由功利主义出发，其结果是个人主义；由形式主义出发，其结果是集体主义。功利主义虽志在谋大多数人的幸福，以大众的快乐为目标，然因快乐是个人的情感，只有在个人情感上快乐才是真实的，所以追求快乐必归结于追求个人的快乐。个人主义之与功利主义相随是必然的。至形式主义，则因所侧重

的是普遍而非特殊，个人遂被忽视，团体乃被推尊。集体主义
之与形式主义相随又是必然的。不过，个人主义和集体主义，
均各有所偏，各有缺陷。民主政治偏重个人，独裁政治偏重团
体。偏重个人的政治制度，如英美式的民主，便在个人自由的
名义下，助长了资本主义的发展。资本主义就是站在个人主义
的立场上以寻求个人利益为目标。结果，所谓个人利益，只是
少数个人的利益，而大多数个人的利益，以及社会、国家的利
益，即被牺牲了。这是个人主义的流弊。反之，偏重团体的政
治制度，如过去德、意两国的法西斯政治，便又在国家、民族
的名义下助长了独裁者的野心。独裁者常站在国家、民族的立
场上，以寻求团体的利益为名，去压迫民众，残杀民众。结果，
所谓团体利益，也只是独裁者个人的利益，而大多数人的利益
以及国家、民族的利益，也被牺牲了。这种集体主义，其流弊
更大，更显而易见。

在个人主义和集体主义的对立中，现代伦理学似乎找到了
一种调和之道，这种调和之道就是格林（T. H. Green）及柏烈得
莱诸人所提出的自我实现说（Theory of Self-realization）。自我实
现说不忽视团体，也不忽视个人；承认团体的真实，也承认个
人的真实。盖自我实现说所谋实现的自我，不是孤立的自我或
纯粹的个体。孤立的自我或纯粹的个体，自此说言，是一种抽
象，一种虚构，是事实上之所必无的。事实上所有的每一自我，
必有其社会或团体的关系加入为其要素。离开社会的关系，把
社会的关系抽出，自我便不成其为自我。自我是不能离开社会

或其团体而独存的。实现自我即是实现自我为一个全体，不是实现自我为孤立的或个别的。不过，自我实现说之所谓全体，又不是抽象的或形式的。全体是具体的全体，或普遍是具体的普遍。所谓具体的普遍，即是同中有异、异中有同的普遍，也就是有全部的个体为其内容的普遍。这全体或普遍，离开了个体或每一自我，也是空无所有的。全体不能无个体，也不能离个体而独存。个体在全体中并不消失，个体的存在是全体之所需要的。个体固需要全体，全体也需要个体；实现自我为一个全体，并不抹杀自我，自然也不抹杀团体。个人的真实和团体的真实，均为此说所承认。这样，个人和团体间的冲突便获得了调和之道。这又是现代伦理学上的一种主要特征。

上述的三种特征，显示了现代伦理学上的一种重要趋势或应有的趋势。这趋势是，不偏于功利，亦不偏于形式，而以自我实现说调和个人和团体间的关系。

梁方仲（1908—1970），1924年考入天津南开中学读高中，1926年跳级考入清华大学农学系，1927年转读西洋文学系，1928年秋转读经济系，1930年毕业。1933年在清华大学研究院获经济学硕士学位，随后任职于中央研究院社会科学研究所经济史组。1943年被聘为哈佛大学经济史研究员，1946年在伦敦大学政治经济学院从事研究工作。1948年任中央研究院社会科学研究所代理所长。主要研究领域为中国经济史。

论社会科学的方法

梁方仲

一

倘若我们依照传统的办法，将科学的研究很简单、草率地分为两大类，研究宇宙间自然现象的统归入自然科学，研究文化现象的都归到人文科学，那么，我们还可以根据在研究历程中作为研究对象人被处置的地位，把人文科学再分为以下两部门。

对于人在宇宙间的活动，我们可以有两种不同的看法。我们将人认为独立的个体，将他和群众分开，视他所属的社会背景并没有什么关系①——如研究人的思维的逻辑学便属于这一范畴。

---

① 原文如此。意为"视他所属的社会背景与他并没有什么关系"。——编者注。

但是人的活动，多数是与他人发生关系的。人与人的结合，组成各种团体，组成社会，由此产生团体社会的活动，构成种种制度或现象。以这些团体现象为研究对象便是社会科学的任务。我们可以说社会科学就是人文科学中关于研究人类社会现象的科学。今依据人与社会的相对关系，将社会科学又分为以下两类：

（1）有些是纯粹属于社会范围的研究，如政治、经济、历史、法律、人类、刑罚、社会等学。它们都以人作为社会团体中之一员为对象，而非以人作为独立的单独的人（个别本身）来做对象。属于这一类的，我们可以名之曰纯粹的社会科学。

（2）有些并非纯粹属于社会范围的研究，它们原本从个人出发，但亦有社会的来源，且日渐取得社会的内容。如伦理学多从个人的修养去讨论道德问题，教育学偏重个人个性的发展——此种倾向尤以在往日为甚。可是道德与教育的来源，实由于社会的基础。如果没有团体社会，则道德论中的是非观念实难产生，教育制度亦无从成立。况且随着现代社会的进展，人的团体生活日形密切，日形重要，团体对个人的支配势力亦日见庞大，所以新近的伦理学与教育学比古老的有了远更明显、丰富的社会内容。像这一类的研究，我们可以名之曰不纯粹的社会科学。

甚至所谓自然科学，有些亦脱不了社会的内容。它们研究的对象初时虽仅为自然的本体，并非起源于社会的，但因后来研究发展的结果，亦应用到人类社会的环境上，如由生物学发展出来的优生学，地理学发展出来的人文地理，医学发展出来的公共卫生学等，虽皆属于自然科学的研究，但皆涉及人类，故亦富有社会的内容与社会的含义。

由此我们可以注意，科学的分类原本是一件很勉强的事情。一种科学可以归入这类，但亦可归入另一类——它的归类往往由它所用的方法来决定。比如同是研究人的心理作用的心理学，如果它所用的是纯粹抽象与玄学的方法，那便可以归到哲学里面；如果它用的是实验与生理的方法，那便可以归入自然科学。又如它将研究具体个别的人所得来的科学或哲学的成绩去处理或解释相当类似的社会心理现象（此即所谓社会心理学），那便可属于社会科学或社会哲学了。上面所说的几种趋势，即由哲学演进而成科学，由自然而兼涉及人类，又由范围较小的个体（如个人）扩充到总体（如社会），在科学发展史上可以找到许多很好的例证。

二

在这一节里，我们要讨论三个问题：①何谓科学？②何谓方法？③何谓科学的方法？

科学的意义，原指各种有系统而可靠的知识，初时特指那些已得到普遍承认的原理、原则的准确学问而言，即所谓自然科学。根据这个定义，我们只能说科学只是各种独立专门知识的类名（Generic Name），而不能说科学是一个统一体（Unity），因为直到现在还没有一种学问或一条原理可以将世上所有各种不同的现象完全解释出来。但倘若我们将科学只作为一种抽象的现象看待，而暂时忽视其具体内容，那么，我们很容易地发现各种科学的研究在方法的表现上虽或大同小异，但其基本原则是一致的。准此而言，科学亦可认作一个有机的统一体。它不只限于自然科学，且亦包括人文科学。各有原理、原则去说明研究对象的各种现象，虽则在准确性上容有程度上的差别。

所以有些学者认为科学的方法，即所谓"科学的精神"。但我们为便于说明本题起见，无妨下一个较为明晰适当的定义，说科学的方法是指应用某种有条理、有系统的轨范去处理某一问题的一种程序。这一种程序，可能指的是逻辑上、理论上的完整，乃一种抽象的观念，应用到一切的研究上面；但也可能指的是一种技术，此则具有具体而专门的内容，只限于某些方面的研究。

所谓方法论，它的内容应包括以下三主题：

（1）方法本身，即一般的方法。前说逻辑上的完整属之，此为推理问题，不管研究哪一种科学——社会科学也好，自然科学也好，均须遵守此种法则。

（2）特殊方法。此为方法之应用于某一特殊问题的具体表现，那是多数受研究对象所规范的。哪一种问题应当用哪一种方法去处理，须视其研究的内容而定，换言之，乃一种技术问题，如统计方法、访问方法、个案方法等均属之。各种学问研究得愈精细，则特殊方法的发现亦愈多，且往往可以彼此通用。于是同一题目，可以用种种特殊方法去处理。如研究经济学，可以应用历史方法，或制度方法，或哲学方法，或心理方法，以至统计方法。又如借用某一门科学的观念去比附另一类现象，如十九世纪的社会学家喜用生物学的观点去解释社会现象，并推求其同异，即所谓比拟方法，近代多已知其不稳，然尚有应用之者。与比拟方法颇相接近的又有比较方法，但后者多限于同一类性质的事物之比较，如比较法律、比较政治制度、比较社会学等。

（3）方法的实证问题。在这里我们最容易看出社会科学与自然科学不同之点。在自然科学里，欲知一种方法之正确与否，可以从实验去证明它（这里所用的"实验"一词，不但指试验的实施，而且包括实验中的推理部分，即指实验过程的全体），方法与实验几乎是不能分开的。但在社会科学里，我们往往无法从事实验。关于这一点，在后面还要详说。

现在要注意的：在自然科学里可以不发生评价问题，但在社会科学里非有评价问题不可。社会是有志愿的结合，故为有目的的组织，所以研究社会科学，我们无法避免讨论它的实用价值，否则没有多大的意义。这种趋势在自然科学里的研究情形便有不同，我们真可以做到为研究而研究的地步。由此我们可以了解社会科学里所说的唯物方法、唯心方法、哲学方法、神学方法等，都不过是社会价值问题，即所谓看法（Approach）问题。它们只代表研究者对于某些因素的特别注重，此又可分为一元论与多元论两派。

三

我们现在要阐述社会科学方法与自然科学方法异同之点。

如果方法指的是思维的过程，指的是抽象的形式逻辑，即为方法的本身，只限于推理部分，则两者并无任何分别。但如所指的是前面所说的特殊方法，即方法之技术部分，那就不但社会科学与自然科学不同，即就社会科学本身而言，彼此间亦各自有其特别适合本身需要的研究方法。所以统计方法非常适合于量的分析（如货币数量、物价诸问题），然并不适宜于质的分析（如政治思想、社会制度诸问题）。又如研究现代的物价，我们比较容易地引用各种指数，但如研究古代的物价，我们便往往难以应用指数的方法，因为相关材料缺乏，既不完整，复多不可靠。

研究社会科学所用的方法如果与研究自然科学的方法有不同之处，那是因为社会现象与自然现象在性质上亦有差异之处。现分以下几点说明：

首先，社会现象是受自然因素影响的。人类的活动处处受自然环境所范围，他纵能改变它多少，然总有一限度，他并不能反抗它的最终势力；且就个人而言，他的本身亦是自然的一部分，他的行为大半可用生物与心理等自然现象去解释。可知社会现象远较自然现象复杂，我们研究前者不能忽略后者的因素，换言之，前者所依赖的变数（Variables）较之后者为多。

其次，从研究的观点，自然现象亦比社会现象简单。人对自然的观察，可以进行试验，人对于试验的环境可加以控制。因隔绝的方法，人可以将观察的对象分为几个因素，将不变的因素淘汰以后，便可以求出变动因素发生的影响与结果。然而上述的方法，对社会的研究无法适用。

第一，社会是一个高度的有机体，一个因素的变动往往牵及全体的变动，故隔绝方法无法使用。

第二，人是有感情、感觉的动物，不像化学中的轻气、养气①可以自由处置，故试验有时无法进行。再则关于自然现象，一切假定都可用试验的结果去证明或推翻，即使试验错误亦无严重的后果。所以试验可以至许多次数，假定无妨大胆，态度亦可以比较自由。若社会的试验一有失败，便往往为害无穷，所以人及社会都不轻易愿意去一再地做试验品。

第三，在自然科学的研究里，方法与实施并没有什么距离，但社会科学的研究，则两者的距离可以很大。社会科学的研究，尽管你已用了正确的方法，但你有时仍无法充分得到实际。举个例来说，古典学派的经济学所假定的完全自由竞争学说，尽管逻辑上可以站得住，但它与市场的实际情形不尽相符，所以不能不有近年的修改。又如近年所用的各种动态方法，亦无非欲补救过去静态方法之偏失。换言之，方法不但求其正确，且须求其完备，否则无法窥得全貌，此其一。再者，光是方法正确还不能充分保证它必能实施，因为还要发生价值选择的问题。例如研究某一政策，如光从经济观点出发，它是全部对的，但也许从社会或政治的观点去看便不合适，因之亦无法实施了，此其二。

第四，社会科学的研究对象是人，研究的主体也是人。社

---

①即氢气、氧气。——编者注。

会与个人的利害固然常不一致，即社会中各种团体、阶级的利害也往往不一致，甚至个人与个人的利害亦不能一致，于是容易发生偏见，很难做到像观察自然现象一样的客观。又因各人在天赋、环境、训练各方面有种种差别，所以社会现象的观察，不论有意无意的，都无法达到像观察自然现象一样准确的程度。

除了上述的差别以外，我们应注意的就是时间或历史的因素对于社会现象的影响较对于纯自然现象的影响为大。千百年前的宇宙，到了千百年后变动得不会很大很快，特别是从人所能观察出来的这一方面而言。至于人类的社会的情形便大不相同了，它永远在变动、生长、盛衰；社会的组织与风俗、习惯等，错综交互影响而构成的全相，即为它过去历史的一个函数。此种说法对自然的现象殊不适用，故自十九世纪以来历史方法之应用于社会科学的研究渐盛。

四

社会科学方法和自然科学方法有不同处，已如前述，所以研究社会问题自须注意其特殊的方法。但研究某一社会问题，哪一种方法较为合用呢？有些什么标准去判断此种方法的正确与否呢？这些问题当然很难概括地回答，我们姑且大胆地试提出几点意见，作为参考。

关于方法的选择，要以研究者所欲达到的目的来决定。如果他的目的纯粹限于叙述或描写方面，那么，他自己要问他所做的研究：①是否已将所有的要素都登记下来？②关于这些要素的质同量两方面的记录是否已达到准确的地步？③对于各要素在时间与空间的相对位置的观察是否正确？以上三点都是一般叙述方法里面应当注意的项目。

如果研究者的目的在于探求某一种现象的意义，那么，他可以从创造（或改造）此一种现象的人（或团体）的真正用意去着手研究，此即所谓心理的方法。倘若研究者能证明他寻出来的意义尽与创造者或改造者的原意符合，那便是说他的方法是准确的了。怎样才晓得创造人的真意？那就要看：第一，有没有充分的证据？如创造人自己的著作、日记、演讲词或他人的著作足资证明者等等。第二，研究者对于证据的解释是否真得了原意？换言之，能否准确地将创造人的心理还原？

倘若研究者的目的在于探求因果的关系，那么，他便要遵守一切因果律的法则。他须要发现各因素的彼此关系，哪些是变数，哪些是常数。他须注意这些变数是同时地变，即所谓相关系数的关系（Correlation），抑或有先后的次序，即一般所说的因果关系。

倘若研究者的目的在于逻辑上的说明，那么，他须要遵守逻辑上的定律。他可以对于所欲研究的某一现象提出以下几个最普通的问题：①现象中的各种要素在逻辑性上是一致的，抑或彼此冲突的？②它们能否构成一个广博与一致的系统？③如果可能，此系统的性质如何？④有没有几种统一的原则可以通过全体各部？但是最要紧的是：⑤什么是这一系统里的大前提？因为一个系统的"逻辑性"或"不逻辑性"皆由于它的大前提来判断。

关于归纳法与演绎法的应用，讨论的人已多，这里不欲多说。我们都晓得，两者是互相补助，并非绝对排斥的。并且，准确言之，并没有真正纯粹的归纳法或纯粹的演绎法，因为无论哪一种方法都多少含有另一种方法的成分在内。不过大体上我们可以说，在研究的某一阶段里须要某一种方法的成分较深。兹分别言之：

（1）达塔（Data）① 愈少，依赖演绎法的程度愈高。

（2）达塔愈复杂，愈需要推理，愈需要演绎法。

（3）凡不能直接观察或控制的现象愈多的研究，愈须用演绎法。

（4）新兴的科学，因其内容尚未十分固定，需要演绎方法之处较之该项研究已臻成熟时的所需为甚。

（5）愈适宜于量的分析研究，愈适用归纳法。

如果有人认为方法学的讨论只是一种智慧的游戏，他当然有他的充分理由。不过要晓得，唯有方法上良好的训练，对于材料之处理，才能"化臭腐为神奇"②。

---

①即数据、资料。——编者注。
②原文如此。今说"化腐朽为神奇"。——编者注。

严仁赓（1910—2007），经济学家，近代著名教育家严修之孙。1933年毕业于南开大学经济系，后留学美国，在哈佛大学、哥伦比亚大学、加利福尼亚大学伯克利分校做研究工作。1946年回国，应浙江大学校长竺可桢之聘任经济学教授。1950年8月后历任北京大学教授、副教务长、校长助理。严仁赓专于经济学，尤长于财政学，著有《中国之营业税》、《云南省财政概况》、《中华人民共和国经济史》（英文）等。

现代经济学

严仁赓

一

照一般的定义，经济学是"研究人类经济行为的一门科学"。何谓"经济行为"？经济行为，是指人类因追求欲望之满足而发出的一切行为而言。人的一举一动，莫不以追求欲望之满足为目的，但是经济学却尚不能将人类一切行为全部划入它的研究范围以内。今日经济学的研究对象，仅以人类的物质欲望及其满足为限。

人类自生至死，无日不在追求物质欲望的满足，与禽兽无殊。不过人类异于禽兽，在于人类不以满足饮食男女的基本欲望，求得自身生命的维持和种族生命的延续为已足，他的欲望是无穷尽的。而且，人类复不以自然界所赋予的物质享受为满足，他更能运用智慧，配合自然界的物力，制造可以满足人类欲望的各种物品。人类欲望无止境，遂促使他日日竞求物质生活的改善，成为社会进步的一股主要的推动力量。社会进步，人类经济活动天天增加，经济学者面对着的问题也一天天趋于繁复。

经济学的研究发轫甚迟，其发扬光大，尤不及其他科学门类之速。盖在工业革命之前，经济活动以农业为主，其时经济社会，多少是一种静止型的。直至工业革命以后，人类经济活动乃日见扩张，经济日益繁复，学者方始借重于数学、物理学、理则学①等的推理断事方法，应用到分析经济现象上面。他们从纷乱的经济现象中寻求出原则和定律，再利用获得的原则和定律去推论事实，或主张政策。经济学自始就不是一门纯粹科学，因为它不仅是一些因果关系的分析而已，同时又涉及政策的设计和实施。因其兼为纯粹科学和应用科学，理论的研究便不能过于抽象，处处且须顾及事实。

二

人心不同，各如其面。一人心理的改变，立即可以影响到他的经济行为。这种行为，有时是理智的，有时却是纯出于一时的冲动。经济学者寻求原则，不得不假定每个人的举动完全经过理智的考虑。不仅于此，经济现象朝夕变幻，受着多种因

---

①理则学又名论理学，即今逻辑学。——编者注。

素的支配和牵制，研究经济科学更不比研究自然科学之可以采用实验方法，不大受人为因素的重大影响，所以经济学者在寻求原则或定律之前，又须预先设下几种重要的假定，用以减少并规范变动的因素，易于把握大原则和结论。这便是正统派学者研究经济学的基本态度和方法。这几个重要的假定是：

第一，他们假定经济社会是在静止的状态之下的。从一个时期到另一个时期，整个社会的经济变动，只限于内部的新陈代谢作用。它虽非完全静止，却始终维持一个固定的水准，犹如一泓池水，尽管有入口、出口使池水川流不息，但是水面始终是静止的和固定的。纵然风吹水面可以生波，掷石入池可以激起纹浪，也只能引起一时的干扰，不久即应恢复静止无波的一种正常状态。

第二，因有以上这个假定，于是连带地又须假定：一切影响于经济变动的力量，均须容许其在长时期尽量地调整，并尽量地发挥，慢慢促使其到达一种均衡的状态之下。在没有到达均衡的状态之前，犹似用手推动了的钟铊，初时摇曳不定，容以时间，即可因吸力及摩擦力的牵制徐徐停止，取得均衡。经济学上的原则和定理，均自观察这种均衡状态下的现象而得之，摇曳不定的一段时间，只把它认为是未曾达到均衡以前各种力量冲激而成的一时现象，为走向均衡中间的一个过程而已，不加重视。

第三，正统派学者又假定，市场上售主的竞争是"完整"的，否则就是绝无竞争，并无两极的中间阶段。何谓"完整竞争"？造成完整竞争者有两个基本条件，其一是在市场上某项货品的出售人数异常众多，另一是每人所售的这种货品在购者心目中认为并无区别。一售主与他售主所售物品既可以相互代替，而售主人数又极众多，是以彼此间的竞争程度是绝对的，或称"完整"的。有人又称这样的竞争曰"原子竞争"，因为每个售主在市场上只占着极其渺小的地位，一个人的行动绝对没有左右经济现象的能力；货品既是一致的，市场上尤绝不容一个以上价格的存在。"完整竞争"的另一端是独占。在独占下面，某货的售主只有一个。市场上无人与之竞争，所以竞争性等于零。如不受法律或习惯之限制或约束，独占者有全部决定他的售价的能力。以上说明，正统派学者在讨论经济问题时，曾假定市场上售主间的竞争程度只有两种，不为完整的竞争，即为毫无竞争。但是在经济政策的讨论上面，他们却又一贯地攻击独占，拥护竞争。在他们的理论体系中，独占论始终只占不重要的地位，所以一般人也就认为正统派学者只以完整竞争为其理论基础。

第四，正统派学者又假定，一切可以用于生产的人力资源和物力资源均全部为人利用。增加生产并不增加人力资源、物力资源的利用程度，它只能改变生产元素利用的方向而已。他们并又假定，在业别间和地域间，人力和物资的移转也是完全没有障碍或阻力的。

第五，正统派学者研究市场上的经济现象，初限于一个市场中的一种货品。他们将这种货品完全与外界隔离，单独研究它的特性和变动的因果关系。犹如进行真空中的一项物理试验，可以不受天时、风力的扰乱者然。但是使经济界中的一个现象和整体完全绝缘是不可能的，于是经济学者乃又不得不假定，这个局部的现象虽不与外界绝缘，仍可以不受外界的丝毫影响，亦即在观察经济界中一个小范围以内的变化的时候，认为经济界的其他部分维持不变，外界既不至受这个小范围以内变动的波及，也不至因其改变转而影响到这个小范围里面的一切。这种分析问题的方法，时人名之为"局部均衡"的研究方法。

三

经济界的现象彼此牵制，不能如研究自然科学之可以隔离实验，因是经济学者乃想出几种抽象的假定，使得研究经济科学也可以如研究自然科学之不受多种因素的影响。无如实际上的经济社会，既不是静止的，又不是可以孤立起来分别分析研究的，完整竞争更是一种理想的境地。用这几项假定来拘束或减少活动因素的干扰，固然可以减轻研究者的负担，但是由是而归纳所得的结论或原则、定律，均是离开现实的结论或原则、定律。经济学既然是一门兼顾理论与实务的学问，它不应完全撇开实际，空讲抽象的理论。且今日的经济社会，盛衰无常，变幻匪定，局部和全部的关系日趋紧密。研究这样的经济社会，尤其不是几种不切实际的经济理论分析的结果可以胜任愉快的。所以现代经济理论的研究，已开始一扣扣解开抽象假定的束缚，而逐渐走向几个新的方向，如下：

（1）动态经济的分析补充昔日静态的分析，短期的分析亦补充昔日长期常态的分析。前者是把经济的动态认作今日经济社会的恒态，后者则以失衡来补充均衡状态的说明。目前的经济社会是个动荡不定的经济社会，均衡之获得只能维持极短时期的平稳。且均衡在被扰、调整之后，新的均衡更难期其仍然回复到原有的水准。因此，每人在计划他次一步行动之先，除去根据过去的经验和目前的情形以外，并且要推测未来的变化。市场上的一隅或全局的变动可以随时改变他对于将来的推测，由这种推测，经过考虑之后而见于行动，又随时反映于经济现象上，而更进一步修正人们次一步行为的打算。此乃众人行为受心理的支配，而众人行为的结果又在改变众人的心理。各人心理不同，对市场的反应大小迥异，行为更有迟速之分，因此经济学上动态的分析，在今日已成为一项最吃力、最不易讨好的工作。而且，完全从心理方面着手研究，又似抛开了纯经济学者的立场。这又是经济学者今日遭遇着的困恼。

（2）部分竞争或不完全竞争补充完整竞争和纯独占的分析。理论上的完整竞争在实际上是不存在的，绝对的独占亦极稀少，且远距离的竞争犹不能全部避免。所以，在市场上，一般的情形乃是介乎完整竞争和完全独占之间，此之谓不完全的或称独占性的竞争。但是在完全竞争和完全独占之间，盖括的区域极广，竞争的程度可以大至近于无穷，可以小至近于零。靠近完整竞争一端的例子和靠近完全独占一端的例子，性质上仍可有显著的差异。从这个广大的区域里寻求一致的原则，几乎是不可能之事。纵能寻求出一般应用的原则，这种原则仍不能不是游离的、摇曳不定的。这是今日经济学者在解除另一个抽象假定之后所又遭遇到的另一种困恼。

（3）废弃人力、物力充分就业的假定。因为在现代的资本主义社会里，充分就业成为稀有甚至不可企及的理想，局部失业时常成为一般常态。

（4）从局部均衡的研究推至全部均衡的研究。经济界任何一个局部的现象，都是全部经济的一个构成部分，一种货品的供需和价格的决定，不是纯由影响于单独这一种货品的各种因素所造成，它同时也受其他各种货品供需和价格之影响，正如所谓"牵一发可以动全身"。货品与货品之间，绝无连带关系者极少，大都不是互为补助性的，即是互为代替性的。一物与其他各物既均有补助作用或代替作用，于是孤立地研究一种货品本身的因果关系从而发现其原则，是不能应用到实际的场合之下的。不过，这局部的分析推至全部的分析，虽说是经济学研究的一个重要的进步，但是，影响于这个局部的各方面，关系有亲疏，程度有大小，把每一个方向的每一部分一一包括进去几乎是不可能的事。即使在一种场合下可以获得一种公式，这种公式却不能应用到其他的场合之下；即使在原来的场合之下，仍有时常改变的可能。

由上可见，近年来，经济学者欲冲破抽象的脱离现实的分析经济现象的方法，而进入一条新的道路，然而这条新的道路，仍然是艰辛难行的一条路。

四

许多人感到徒凭想象力和思考力作为分析经济现象的依据，多少是太过空泛的。近年的另一个研究趋向是多方利用统计资料，以证明事实或寻求事实，从而印证事实，类如研究自然科学之利用实验方法以寻求真理一般。不过这里的实验方法，不是将一个现象与全体隔离，单独去观察它、研究它，而是就着大堆里面去寻找事实和结果，然后再去推寻原则。这种方法帮助于理论的分析颇为不少。尤其自 1929 年世界经济恐慌和大不景气来临以后，多少人感觉到旧日的经济理论，靠着几种不切实情的假定，实在不能应付当前的局面。必须在理论上先求得解放，再辅以真实统计资料之运用，或尚能辨清经济社会的真相。政策的决定，更不能撇开事实，纯谈理论。正统派学者的大毛病，就是在他们徒用几种不切实际的假定去寻求原则而已，同时他们也就用依这几种不切实际的假定所寻到的原则，去决定一国或一个社会的经济政策。其不能应付实际的局面，是十分显然的。故关于经济政策的讨论，近年来尤其是朝着动态的、不完全竞争的、部分失业的、全般均衡的方向走。同如上面所说，这条道路仍旧是一条艰辛难行的道路，目今尚不过是一个开端而已。

实际经济问题的研讨，近年来也有很多新的进展。大恐慌与大不景气给予经济社会的打击实在太大了，所以从四十年代开始，学者对于商业循环的研究可谓风起云涌，盛极一时。思欲自恐慌的经验和事实中寻其根源，用谋救治之道。在经济学的专门科目中，近年也转向以如何解救商业循环、经济恐慌为其讨论研究的着重点。例如在货币银行学的研究中，以金融政策对付商业之过盛过衰已成为一个重要的研究题目。又如在财政学中新兴的一个题目曰"财政政策"，也是因人们体验到利用金融政策解救恐慌缺乏实效而提出的另一种救治经济恐慌的方案。再如在贸易学中，对外经济关系和对内经济荣枯的研究以及贸易政策的重新探讨，多数也集中于研究如何解决这一个问题的方法。

百年来，在私有资本制度下的人们，不时受到恐慌与不景气的袭扰，人们又感到金融政策或财政特殊政策之实施颇多困难，甚鲜实效。于是近年颇有人对于资本主义制度的信念发生动摇，认为资本主义的经济制度是没有前途、势必覆灭的。因为在一个完全由私人经营、纯以营利为目的的私有产业制度下，生产不能适应购买能力和消费数量的消长，利润的消灭即可影响到企业的经营，动摇整个经济的平稳和繁荣。今日的经济社会，已经不起大恐慌继以失业与贫困之来袭。代之而起的经济制度，应该是一种由中枢计划的，可以适应消费、适应国民生活水准的一种生产方式和规模。目标以国民生活的维持和提高为主，以维持成本和利润为从。从限制私人资本入手，逐步达到全部社会化的程度。在这个制度下面，个人对于经济行为的自由选择受到政府的无情束缚和干涉；失掉利润作为企业的推动力，个人对于生产与工作减低其热情；但是全民有业，整个经济社会又可免去动荡。与资本主义制度比较，两制利弊互见。另有一种制度，则保留旧有制度一部分的长处，采取新制度的一部分的优点，成为一个混合制度。

资本主义制度的另一个大缺陷，是它足以造成社会财富和所得之不均，阻碍社会全部的进步和发展。经济制度之改造，生产之社会化，亦可以令个人独享的利润由全体人民共享之，使社会上每人均可以维持较高、较均的生活水准，促使全社会平均地发展，平稳地发展。关于经济制度改革的讨论，自非近代的产物，然而新兴制度的实验，确是本世纪①以来的崭新经验。资本主义内部发生了破绽，于是即使在资本主义制度以内，社会经济改造的研究，亦已成为今日经济学者所注意的中心问题。

五

经济学的研究工作，由简趋繁，由抽象趋于实际，由纯理论的研究进而至于社会政策的设计，牵涉的方面日广，讨论的问题日繁。以故今日的经济学者，是一群专门的学者，需要明晰的头脑、客观的态度、分析和判断的能力，并且须有渊博的知识，集中精力于少数专门题目的研究和探讨。他们不复如一二百年以前的经济学者，可以以经济学者之身，兼研哲学、数理、政治、天文、物理诸学，而可以在各方面均有成就。其次，今日的经济学者，更不应仅以从事分析理论为满足，并应负起改造经济制度的责任来，以求增进全人类的幸福和安乐。

---

①此处指 20 世纪。——编者注。

费孝通（1910—2005），著名社会学家、人类学家、民族学家、社会活动家，中国社会学和人类学奠基人之一。1933 年获燕京大学社会学学士学位，同年考取清华大学社会学及人类学系研究生，1935 年通过毕业考试。1936 年赴英留学，1938 年获伦敦大学研究院哲学博士学位，回国后任教于云南大学社会学系。1945 年起历任西南联大教授，清华大学教授、副教务长。其博士论文《江村经济》（又译《中国农民的生活》）在国内外流传甚广。

现代社会学

费孝通

社会学在社会科学中是最年轻的一门。孔德（Comte）[①] 在他的《实证哲学》里采取这个名字到现在还不过近一百年，而孔德用这名字来预言的那门研究社会现象的科学应当相等于现在我们所谓"社会科学"的统称。斯宾塞（Spencer）[②] 也是这样，他所谓社会学是社会现象的总论。把社会学降为和政治学、经济学、法律学等社会科学并列的一门学问并非创立这名称的早年学者所意想得到的。

社会学能不能成为一门特殊的社会科学，其实还是一个没

[①]孔德（1798—1857），法国社会学家，开创了"社会学"这一学科，被尊称为"社会学之父"。——编者注。

[②]斯宾塞（1820—1903），英国社会学家。——编者注。

有解决的问题。这里牵涉到了社会科学领域的划分问题。如果我们承认政治学、经济学和法律学有它们特殊的领域，我们也承认了社会科学可以依社会制度加以划分——政治学研究政治制度，经济学研究经济制度等，社会现象能分多少制度，也可以成立多少门社会科学。现有的社会学，从这种立场上来说，只是那些没有长成的社会科学的老家。一旦长成了，羽毛丰满，就可以闹分家，独立门户去了。这个譬喻的确说明了现代社会学中的一个趋势。

讥笑社会学的朋友曾为它造下了一个"剩余社会科学"的绰号。早年的学者像孟德斯鸠①，像亚当·斯密②，如果被称作社会学家也并非过分，像《法意》，像《原富》一类的名著包罗万象，单说政治学和经济学未免容不下。但是不久他们的门徒把这些大师们的余绪发挥引申，蔚成家数，都以独立门户为荣，有时甚至讨厌老家的渊源。政治学、经济学既已独立，留在"社会学"领域里的只剩了些不太受人问津的、虽则并非不重要的社会制度，如像包括家庭、婚姻、教育等的生育制度，以及宗教制度等。有一个时期，社会学抱残守缺地只能安于"次要制度"的研究里。这样，它还是守不住这老家的，没有长

---

①孟德斯鸠（1689—1755），法国启蒙时期思想家、社会学家，西方国家学说和法学理论的奠基人。后文提到的《法意》一书，今译《论法的精神》，为孟德斯鸠最重要、影响最大的著作。——编者注。

②亚当·斯密（1723—1790），英国杰出的经济学家，被誉为"现代经济学之父"，后文提到的《原富》一书，今译《国富论》，为亚当·斯密最具影响力的著作。——编者注。

成的还是会长成的。在最近十多年来，这"剩余领域"又开始分化了。

在这次大战①之前的几年里，一时风起云涌地产生了各种专门性质的社会学，好像孟汉（Karl Mannheim）② 的知识社会学，魏许（Joachim Wach）③ 的宗教社会学，叶林（Eugen Ehrlich）④ 的法律社会学，甚至人类学家斐司（Raymond Firth）⑤ 称他 *We the Tikopia* 的调检报告作亲属社会学。这种趋势发展下去，都可独立成为知识学、宗教学、法律学和亲属学的。它还愿意拖着社会学的牌子，其实并不是看得起老家，比政治学和经济学心肠软一些，而是因为如果直称知识学或宗教学，就容易和已经占领着这些领域的旧学问相混。知识学和知识论字面上太近似，宗教学和神学又使人不易一见就分得清楚。拖着个"社会学"的名词表示是"以科学方法研究该项制度"的意思。社会学这名词在这潮流里表面上是热闹的，但是实际上却连"剩余科学"的绰号都不够资格了，所剩的几等于零了。

让我们重回到早期的情形看一看。在孔德和斯宾塞之后，

---

①此处指第二次世界大战。——编者注。

②今译曼海姆（1893—1947），生于匈牙利，是一位犹太裔社会学家，是经典社会学和知识社会学的创始人之一。——编者注。

③今译瓦赫（1898—1955），德国信义宗宗教学家。——编者注。

④今译尤根·埃利希（1862—1922），奥地利法学家，社会学法学派在欧洲的首创人之一。——编者注。

⑤今译雷蒙德·弗思（1901—2002），英国功能学派的代表人物之一。后文提到的提科皮亚（Tikopia）是他的田野点，他以这个地区为研究对象写作了十余本著作及大量论文。——编者注。

有一个时期，许多别的科学受了社会学的启发，展开了"社会现象和其他现象交互关系"的研究，我们不妨称作"边缘科学"。这种研究在中国社会学中曾占很重要的地位。我记得在十五年左右以前，世界书局曾出过一套社会学丛书，其中主要的是社会的地理基础、心理基础、生物基础、文化基础等的题目。孔德早已指出宇宙的级层，凡是在上级的必然以下级为基础，因之也可用下级来"解释"上级。社会现象正处于顶峰，所以从任何其他现象都可以用来解释它的。从解释中而成为"决定论"，就是说社会现象决定于其他现象。这样引诱了很多在其他科学里训练出来的学者进入社会学里来讨论社会现象，因而在社会学里形成了许多派别，如机械学派、生物学派、地理学派、文化学派。苏洛金（Sorokin）①曾写了一本《当代社会学学说》来介绍这许多派别。这书已有中译本，我在这里不必赘述。

虽则苏洛金对于各家学说的偏见很有批评，但是我们得承认"边缘科学"的性质是不能不"片面"的。着眼于社会现象和地理的接触边缘的，自不能希望他会顾到别的边缘。至于后来很多学者一定要比较哪一个边缘为"重要"，因而发生争论，实在是多余的。从边缘说，关系是众多的，也可以说是多边的，偏见的形成是执一废百的结果。社会学本身从这些"边缘科学"所得的益处，除了若干多余的争论外还有很少，很难下断，但

①今译索罗金（1889—1968），美国哈佛大学第一任社会学系主任，其一生著作丰富，几乎涵盖了社会学界的所有问题。——编者注。

是对于其他科学却引起了很多新的发展，好像人文生物学、人文地理学等，在本世纪①前期有了重要进步，不能不说是受了社会学的影响。

社会现象有它的基础，那是无从否认的。其他现象对社会现象发生影响，也是事实，但是社会学不能被"基础论"所独占，或自足于各种"决定论"，那是自明的道理。社会学躲到边际上来是和我上述的社会科学分家趋势相关的。堂奥②既被各个特殊社会科学占领了去，社会学也只能退到门限上，站在门口还要分争谁是大门，怎能不说是可怜相？

社会学也许只有走综合的路线，但是怎样综合呢？苏洛金在批评了各派的偏见之后，提出个 X + 1 的公式，他的意思是尽管各派偏重各派的边缘，总有了一个全周。其实他的公式说是"综合"，不如说是"总和"。"总"是把各边缘加起来，"和"是调解偏见。可是加起来有什么新的贡献呢？和事佬的地位也不能作为一门科学的基础。社会学的特色岂能只是面面周到③呢？

社会现象在内容上固然可以分成各个制度，但是这些制度并不是孤立的。如果社会学要成为综合性的科学，从边缘入手自不如从堂奥入手。从社会现象本身来看，如果社会学不成为

---

①此处指 20 世纪。——编者注。

②即厅堂和内室，又指腹地和堂的深处，喻含义深奥的意境和事理。——编者注。

③原文如此。今说"面面俱到"。——编者注。

各种社会科学的总称，满足于保存一个空洞的名词，容许各门特殊的社会科学对各个社会制度作专门的研究，它可以从两层上进行综合的工作：一是从各制度的关系上去探讨。譬如某一种政治制度的形式常和某一种经济制度的形式相配合，又譬如在宗教制度中发生了某种变动会在政治或经济制度上引起某种影响。从各制度的相互关系上着眼，我们可以看到全盘社会结构的格式。社会学在这里可以被各种特殊的社会科学所留下，也是它们无法包括的园地。

以全盘社会结构的格式作为研究对象，这对象并不能是概然性的，必须是具体的社区，因为联系着各个社会制度的是人们的生活，人们的生活有时空的坐落，这就是社区。每一个社区有它一套社会结构、各制度配合的方式。因之，现代社会学的一个趋势就是社区研究，也称作社区分析。

社区分析的初步工作是在一定时空坐落中去描画出一地方人民所赖以生活的社会结构。在这一层上可以说是和历史学的工作相同的。社区分析在目前虽则常以当前的社区做研究对象，但是只是为了方便的原因，如果历史材料充分的话，任何时代的社区都同样地可做分析对象。

社区分析的第二步是比较研究。在比较不同社区的结构时，常发现了每个结构有它配合的原则，原则不同，表现出来结构的形式也不一样，于是产生了"格式"的概念。在英美人类学中，这种研究的趋势已十分明显，如像 Pattern, Configuration, Integration 一类的名词都是针对着这种结构方面的研究，我们不妨称之作"结构论"（Structuralism），是"功能论"（Functionalism）的延续。但是在什么决定"格式"的问题上，却还没有一致的意见。在这里不免又卷起"边缘科学"的余波，有些注重地理因素，有些注重心理因素。但这余波和早年分派互讦的情形不完全相同，因为社区结构研究中的对象是具体的。有这个综合的中心，各种影响这中心的因素不致成为抽象的理论，而是可以起观察、衡量的作用。

在社区分析这方面，现代社会学却和人类学的一部分通了家。人类学原是一门包罗极广的科学，和社会学一样经过了分化过程，研究文化的一部分中也发生了社区研究的趋势，所以这两门学问在这一点上辐辏会合。譬如林德（Lynd）的 *Middletown* 和马凌诺斯基（Malinowski）① 在 Trobriand 岛上的调查报告，性质上是相同的。嗣后人类学者开始研究文明人的社区，如槐南（Warner）的 *Yankee City Series*，艾勃里（Embree）的《须惠村》（日本农村）以及拙作《江村经济》和《乡土中国》，更不易分辨是人类学或社会学的作品了。美国社会学大师派克先生（Park）很早就说社会学和人类学应当并家，他所主持的芝加哥都市研究就是应用人类学的方法，也就是我在上面所说"社区分析"。英国人类学先进白朗先生（Radcliffe-Brown）② 在芝加哥大学讲学时就用"比较社会学"来称他的课程。

---

①今译马林诺夫斯基（1884—1942），英国社会人类学家，功能学派创始人之一。——编者注。

②今译布朗。——编者注。

以上所说只是社会学维持其综合性的一条路线，另一条路线却不是从具体的研究对象上求综合，而是从社会现象的共相上着手。社会制度是从社会活动的功能上分出的单位，政治、经济、宗教等是指这些活动所满足人们的不同需要。政治活动和经济活动，如果抽去了它们的功能来看，原是相同的，都是人和人之间的相互行为。这些行为又可从它们的形式上去分类，好像合作、冲突、调和、分离等不同的过程。很早在德国就有形式社会学的发生，席木尔（Simmel）① 是这一派学者的代表。冯·维瑞（Von Wiese）② 的系统社会学经培干（Becker）③ 的介绍，在美国社会学里也有很大的影响。派克（Park）和盘吉斯（Burgess）④ 的《社会学导论》也充分表明这种被称为"纯粹社会学"的立场。

纯粹社会学是超越于各种特殊社会科学之上的，但是以社会行为作为对象，撇开功能立场，而从形式入手研究，又不免进入心理学的范围。这里又使我们回想到孔德在建立他的科学级层论时对于心理学地位的犹豫了：他不知道应当把心理现象放在社会现象之下还是之上。他这种犹豫是起于心理现象的两元性，其一是现在所谓生理心理学，其二是所谓社会心理学。这两种其实并不隶属于一个层次，而是两片夹着社会现象的面

---

① 今译齐美尔（1858—1918），德国社会学家、哲学家。——编者注。
② 今译冯·维斯。——编者注。
③ 今译贝克尔。——编者注。
④ 今译伯吉斯。——编者注。

包。纯粹社会学可以说是以最上层的一片做对象的。这不过是我的一些私见，不能在这里多作发挥了。

总结起来说，现代社会学还没有达到一个为所有被称为社会学者共同接受的明白领域。但在发展的趋势上看去，可以说的是社会学很不容易和政治学、经济学等在一个平面上去分得一个独立的范围，它只有从另外一个层次上去得到一个研究社会现象的综合立场。我在本文里指出了两条路线，指向两个方向。很可能再从这两个方向分成两门学问：把社区分析让给新兴的社会人类学，而由"社会学"去发挥社会行为形式的研究。名称固然是并不重要的，但是社会学内容的常变和复杂，确是引起许多误会的原因。

（三十七年一月十六日于清华胜因院）

俞颂华（1893—1947），笔名澹庐，著名新闻记者、报刊主编、新闻教育家。1915 年赴日留学，1918 年毕业于东京政法大学。1919 年 4 月任上海《时事新报》副刊"学灯"主编，同年 9 月参加编辑《解放与改造》杂志。1924 年参加编辑《东方杂志》和《新社会》半月刊，兼任上海中国公学和暨南大学、持志大学、沪江大学等校教授，讲授社会学、新闻学等课程。1932 年 5 月任上海《申报月刊》《申报周刊》主编。晚年从事新闻教育。

社会与文化

俞颂华

我今天所要讲的题目，是"社会与文化"。讲到"社会"两字，确是古来一个大问题。社会学的鼻祖，总要推孔德（Auguste Comte）了。从有社会学的名目以来，也不过八十年，在学问界上，只能算幼稚的。所以关于社会学的学说是很多，而关于社会诸问题至今也颇难解决。我现在要把爱耳何特博士（Dr. Charles A. Ellwood）① 的学说介绍于诸君。

我先来讨论关于社会之性质的各种学说。讨论的时候，以 Dr. Ellwood 的数说为根据，而参加以个人的意见。

（1）契约说。这种契约说，在希腊时代的哲学已经有了。到

---

① 今译埃尔伍德，美国早期的社会学家。——编者注。

十七、十八世纪，其说大昌，像霍布氏、洛克氏、卢骚氏①都主张社会是人为的结合，所以如有不合意的地方，可以改造，可以革新。这种学说在历史上颇有价值，如法之大革命，就大受了这种学说的影响。但此说似属偏于理想。后来学者把它略加改变，以为从前的社会虽则不能合意，不能美满，而将来的社会，总希望它合于理想，像 Marriage 和 Family 等种种问题，都希望它可以有合意、圆满解决。但此说也还偏于理论，因为它只指出社会的目的，并不讲到社会的性质。

（2）有机体说。希腊哲学已有此种学说，到了十八、十九世纪才发达。孔德和斯宾塞都主张此说。此说是契约说之反动，以为社会的进化全是天然的现象，非人力所能左右。考此说的所以发达，因其时大家研究生物学颇有发明，学者就把生物学的学理来说明社会的性质，所以比较前说略为实在一些。譬如照动物学讲，动物是由细胞而组成纤维质，由纤维质而组成各器官，由各器官而组成全体，故全体与一部有连带的关系，不能分离。社会也是如此，如一部受损，全体都受影响，与有机体相仿。组织社会的各分子对于全体确有有机的关系。至于有的学者，以为社会的确实实在在是一个有机体，那是不可采的，因为社会与有机体有许多不同的地方：①有机体是有一定的形体，而社会则没有的。故研究生物学的对象，是比较研究社会

----

①今译卢梭（1712—1778），法国伟大的启蒙思想家、哲学家、教育家和文学家，18世纪法国大革命的思想先驱，启蒙运动最卓越的代表之一。其主要著作有《社会契约论》《爱弥儿》《忏悔录》等。——编者注。

学的对象容易捉摸。②有机体有一定的年龄。植物虽有寿命很长的，而动物总有平均的年岁。如猫的平均年龄为十年；马的发育时期为五年，而平均年龄为念五年①；牛的发育时期为四年，而平均年龄为二十年；狗的发育时期为三年，平均年龄为十五年。归纳起来，可以说下等动物的平均年龄是发育时期的五倍。而社会却不能断定它的寿命如何。譬如中华民国，我们总希望它是无穷；而各种社会的发育，也绝不能说是有老死的时期。③有机体的分子有一定之地位，感觉外界之刺激是其一部分的机能。而组织社会的分子，却没有一定的地位，今天在学界，明天入商界，今天在上海，明天到北京，这都是平常的事。并且感受外界的刺激，也不是一部分的。譬如此次外交失败，最先感受刺激者固然是学界，而其后则推到各界，无不感觉这种刺激。可见组织社会的各分子都有感觉刺激的能力。这样看来，有机体说也有不足的地方。

（3）心理学说。这种心理学说并不是推翻以前的两说，不过要调和它们，再去设法补足它们。调和的方法，是要从心理学方面去研究的。譬如冲动、习惯、理思等，都是很重要的精神，表现出来，就如同情、模仿、交融等现象，都是社会生活精神方面极重要的。从社会心理学去研究，然后借以调和上面的两说。故此种调和，与比国学者 De G. Reef、法国学者 Fouilletee 所主张的契约有机体说的调和是有些不同。因为契约

---

①念五年即廿五年，二十五年之意。——编者注。

有机体说的调和是仅属于理论方面，而心理学说的调和是从研究社会心理学出来的。我们为什么要把心理学说来调和？因为极端取了有机体说，是很危险的。譬如达尔文以研究生物学的结果来说煞①社会的进化，是以竞争为条件，把互助的势力蔑视了，以致人类高尚的生活因之而灭。如此次大战②，也差不多可以说学者偏重于竞争方面所致。故不可不把研究心理学来纠正它。并且研究社会心理学还有一层好处：可以引到人类文化的实质方面去。从前解释人类有两种见解：①人类是经营社会生活的动物；②人类是经营有秩序的生活的动物。但是蜂蚁的生活岂不是我们人类目前所盼望不到的共产生活吗？又鸿雁的飞行，也岂不是有秩序的吗？可见这两种解释都不切当，因为没有说出人类的特色。然则人类的特质何在？我以为人类有创造的冲动和创造的欲望，有自动的适应性，能够创造文化，保存文化，时时促进文化，这就是人类的特色。诸君如果不信人类社会的特质在文化的保存与创造，我可以把进化的阶段画一个表出来说明：

①原文如此。此处"说煞"意为"说明"。——编者注。
②此处指第一次世界大战。——编者注。

讲到人类所以能有文化学说，也各有不同。有以为人类能造器具，有以为人类能直立，两手能自由活动，都是文化的表征。有的主张人类的脑子发达，发言的机关完备，又有概念力，就是抽象地想象事物，所以能产生文化。故人类的有文化，重在脑力、智力的方面，而他部身体上的构造反在其次。这一说实为现在普通学者所承认的。

至于论到关于文化的起源与进化一层，也有几种学说：

（1）地理的环境说。文化的发达，全恃地理的环境。换一句话说，就是文化往往为地理的环境所限制。我们看世界最大之宗教，都从温带、热带之间发生出来，可见环境与文化很有关系。如气候、食料及土地生产力，都和文化有密切之关系。德国有人说："人是为食料所限定的。"此说有些缺点，就是否认人类有创造的能力，近来学者类多攻击此说。如 Golden Weiser 说："文化本来是动的，环境却是静止的，如果说物质的环境可以决定文化，就唤起我们的疑念去反对它。"又如 Dr. Lowei 说："环境只能把文化的原料供给那创造文化者，却不能连图样也来供给那建筑家的。"从此可知，单单要把地理的环境看作文化的起源，是为现代学者所否认的。

（2）心理的偶发的模仿说。此说以为人类文化的起源都是从偶然得来，然后模仿起来，就成了世袭的文化。譬如燧人氏钻木取火，确是偶然的发明；后来人却辗转模仿起来，就有熟食了。又如 James Watt① 发明汽力应用于机械，也是偶然发明的；后来人家辗转模仿，就造了许多的汽机。可见人类许多文化的事业都是偶然得到，而又靠了模仿性才保存的。此说的缺点，也就在否认人类有自动的创造力。

（3）习惯环境说。此说以为人类先是偶发地创造一个新环境，然后养成一个新习惯去适应那新环境。主张地理环境说的，以为地理的环境是决定文化的唯一要素；而主张此说的，则以为地理的环境虽属重要，而人为的环境也非常重要，像工业、商业等，都与文化有关系。此说的缺点，也就在于把文化看作习惯环境的产物，否认人类有自动的适应能力。

（4）社会心理说。此说并不根本反对以上的三说，不过以为从心理学方面去研究，去发明，是至关重要的。因为必如此，以上三说方有归束。考人类文化的起源，在乎智力的发达。近代心理学多证明，人类自动的适应的能力是天然有的。又如特别发达的发言机关，也是人类所独具。小而晤言一室之内，大而电传五洲之远，都是文化发达的要件。又人种的概念力②，亦为文化发达的要素。因为必先能离开实在的事物去抽象想念，方能发明。文化差不多是从抽象方面表现出来的。具体说来，

①今译詹姆斯·瓦特（1736—1819），英国发明家，1776 年制造出第一台有实用价值的蒸汽机。后人为了纪念这位伟大的发明家，把功率的单位定为"瓦特"。——编者注。

②原文如此。疑此句中的"人种"为"人类"之误。此句中的"概念力"似指"形成运用概念的能力"。下文"想念"一词也是作者当时的用词。——编者注。

如言语、文字、宗教、政治、法律、文艺、科学等，及一切物质上的发明，都是文化的产物。所以要改造社会，须创造文化，须在人类天性（Human Nature）的可能范围以内。虽则现在的心理学用在社会一方面还嫌不够，但多少总有些发明。如果研究社会心理学有些结果，可以把这种天性多少使人类能够自管，则改造社会比较地觉得容易一些。所以文化一方面时时创造，那么社会一方面也可时时创造。美国社会学家华特氏（Lester F. Ward）① 说："环境能变动物，人类能变环境。"但是人类控制天然（Control Nature）的能力，虽则尚称发达，而自制（Self-mastery）的能力，还非常薄弱。故天然食料的缺少，倒可以用科学方法来补救一些（如德国），而社会上许多难题，却反而没有解决。华特氏还说："我们的政治还在石器时代。"可见社会的组织现在还幼稚得很。但是这也不用悲观，因为社会学和心理学上逐渐有些发明，总可以对于文化多些贡献，总可以逐渐增长改变社会的环境的能力。

现在我对于社会与文化的关系说完了。姑且把它总束起了，做一个结论。我的说话有四个要点：①社会的性质，不完全是生物的现象，也不完全是人为的结合，须根据生物学和心理学两方来研究它的真相，以后尤当趋重于心理学。②人类社会之特质在文化，要发挥这种特质，不可不努力于文化的创造。

---

① 今译沃德（1841—1913），美国社会学家、植物学家和古生物学家。——编者注。

③要改造社会，须先研究人类的天性和改造习惯的方法，故不可不研究社会的心理现象。学理上的改造与实际上的改造并行，并且往往有互相密切的关系。④今日吾人最大之责任，即谋社会最大之幸福，所以更不可不努力于文化的创造。

樊德芬（1904—?），民国时期著名政治学家。20世纪30年代毕业于英国伦敦政治经济学院，专攻政治制度学。与程沧波、费孝通等师从英国著名思想领袖拉斯基。1935年回国后，任国立武汉大学、中央大学政治学系教授。著有《英国首相制与美国总统制之比较研究》《主权问题之底蕴》等。

近代政治学的特色

樊德芬

政治为人类集体生活所不可一日或缺之事物。一方面，它是社会整个文化的反映；另一方面，社会整个文化又依赖政治以推动与发展。无政府主义只见之于若干激进理论家的思想，在历史上从未寻着实例。因为政治对于人生的祸福、社会的兴衰、民族的升沉至关重要，所以各民族自有史之日起，政治议论就占据文史的重要部分，政治思考就费尽了聪明有识的人们最宝贵的心血。无怪乎，我国"四书""五经"大半载着先王先贤的政治训示，犹太人的旧约书大半是引神论政，古希腊三大哲人均以其政治议论名于世，而亚里士多德即指政治学为各种学科之主脑（Master Science）。

降及近代，民主政治发达，它在十七世纪由英国开其端，十八世纪美、法继其后发扬光大之，一时潮流奔腾，声光四射。

到了十九世纪，各国风从，成了正统。民主政治允许人民言论、出版、集会的自由，又有参加实际政治的权利，于是人文蔚起，著述繁多，以数量而论，早已迈越往古。政治学者们凭借了资料的丰富，将政治学造成一种独立的学科，划定领域，自由系统，不再做哲学、史学等的附庸。所以近代政治学的第一个特色，就是呈现出一种独立的新鲜面目。

但独立云者，只是自成局面之谓，并非与其他学科脱离关系而孤立无与。相反的，政治学不但与一向有关的各种学科依旧契好如故，且扩大范围，对于新的各种学科，又发生新的联系。近代学术的一般趋向是在于加强各学科间的彼此相互关系，无论自然科学、人文科学均系如此，政治学自不能例外。且又因为各学科的新发明、新考证日益加多，为政治学开辟了新的源头，政治学遂取精用宏，理论畅发，脉络贯通，有左右逢源之乐。举例言之，历史家考证发掘，得到了新鲜材料，知悉史前人类社会生活情形，补足了一部分历史上之不足。政治学者遂凭借这些新发现的光芒，看出了国家起源某一阶段的情形，了解了国家形成的某种重要因素。又如社会学家、人类学家舟车四出，身入蛮荒，与若干落后而保存若干原始生活情形的民族居住，考核出他们的风俗、习惯、政治、经济等状况。政治学者凭借了他们所得的材料，看出了国家起源的景色，一方面可确定国家形成的各种因素之起伏参差，一方面可借之以评核往昔政治理论家之得失是非。就是生物学家的生物演进，也为他们帮忙不少。当然这种种材料不足应用在某一特殊问题上，其影响是属于多方面的。以上所言，只是举例以明其义而已。所以近代政治学的第二特色就是资料丰富与拓境宽宏。而研究政治学的人们必先于历史、哲学、法律、经济、地理、社会学各方面具有相当的基础。就是对于科学与文艺，也须大体通晓，常识具备。否则，不是扞格难通，就是隔靴搔痒，不能一往直前，举一反三，沛然莫之能御。

近代政治学的第三特色，是政治学科学化问题。政治学在以前本是属于哲学范围，政治理论家大半是哲学家，政治理论只构成其整个哲学系统的一部分。但近代有两个潮流，使政治学向科学化的道路上推进。第一是科学本身，它在近代社会成了天之骄子，新发明相继而来，新知识传播日广，科学的范围愈来愈广，科学的分类愈来愈多，其所表现的力量，上足以推翻宗教，破除迷信，下足以兴建工业，福利民生。政治学在此种潮流之下，自不能不遭受影响，而科学方法遂为政治学者们所艳羡，意欲他山借助，推旧出新。第二个大潮流就是各大国所推行的民主政治。因为民主政治要求自由平等，其表现于实际社会者，为尊重他人人格，以恕道及公平待人；其表现于实际政治者，为各党派轮流执政，容忍异己的政见，道并行而不相悖，只有同异和是非，而无高下和邪正。因此，一般政治学者遂努力向虚心、公平、客观及批评的道路去培养精神的修养及治理学问的态度，这就促进他们走上科学的道路，加重他们对于科学的爱好。

科学只是一种有系统的知识，本无所谓一定的领域，其范围放大，物质、精神两方面均可罗致于其中。换言之，科学不是任何一专门学科所可包办的。凡能应用科学方法的学科，均能树起科学的旗号，戴着科学的徽章。那么，政治学能否成为科学，就要看科学方法在各种政治问题上能否适用了。诚然有些人凭借毅力、热心向着这条路上进行，成绩斑斑，颇有可资欣赏之处，但困难却是有的。

一则每种科学均有其基本单位，如生物的细胞，物理学的分子或原子，但政治学的基本单位是什么呢？自然，推动政治的力量是人类的意志，但欲求政治能在实际政治上有所表现，则一人力量不足，尚须集结同志或吸引民众，以组成团体。而且团体即在通常的情况下，也是支持社会的基层力量。以此而论，则推动政治的力量是发于个人的意志，抑发之于团体的意志？政治学的单位应该是个人，抑为团体？个人与团体不可分，二者错综显隐，交互为用，意志谁属，有时极难分别。即使如我国昔日之所言，"国之本在家，家之本在身"，假使以个人做政治上的单位吧，但人这种单位却与生物的细胞、物质的分子不相同。动植物的种类虽繁多，但细胞的基本性质却普天一致，而构成物质的分子亦复如是。只有人却是"人心不同，各如其面"，其性质是不稳定的，其变化是多方面的，若凭此以建立一种科学，则此科学的基础就不容易稳固。

第二种困难是在于人受了各种特殊社会的文化传统的习染，主观的力量坚强。同一的刺激，若施之于社会环境不相同的人民，其所得的反应亦随之而不同。同一政治制度，往往施行于甲地则优良，施行于乙地则恶劣，所以政治学上的试验，不能像科学所做的试验之准确而有把握。就是治理政治学的学者们亦不能完全摆脱环境的影响，不受主观心理的支配。在帝王传统浓厚的国家，一般人看见带有"御"字或"皇"字色彩的事物，便觉得精神振奋，心境提高，发生一种尊敬、宝贵的感觉。在民主传统浓厚的国家中，一般人对于凡是合乎民主的言行或事物，就觉得是合乎自然，合乎道德。政治学者们不仅是理论的建造者，他们同时也是环境的辩护人和一般民众感觉的喉舌。

政治学科学化的第三种困难是在于政治的现象过于复杂，政治的资料过于繁多，政治上的因果关系不能像科学上的确切有把握，有如形影相随，如响斯应。所以，政治理论很难像自然科学一样可以制成定律，以持简御繁，测验将来。有些政治学家因此种种，乃避免用 Political Science 一词，仍旧袭用 Politics 作为政治学的牌号。但吾人须知，政治学科学化的工作虽未具体完成，但科学方法与科学精神却已于政治学发生了一种涤毒启新的功用，使政治学者们从新评估以前人们的理论，摆脱了若干不正确的观念和偏见。政治学因此更倚重历史学、法理学、社会学及心理学。

历史与法律，很显然地构成现代政治学的两大支柱。自然，历来谈政治者，无不引证历史上事件来发挥他们的理论。但现在政治学者之运用历史，却表现科学的精神——他们既不断章取义，也不信手拈来以为搪塞。他们追溯既往，分析现在，以明前因后果的关系，又从历史的事实探考其意义。可以说，他们是将历史与哲学合乎为一手。同时，他们在这一方面，也表现了社会学的精神，他们喜欢从一般的文化性质、一般的经济组织、一般的平民生活情况来衡定各时代、各国家的政治潮流的趋向及各种政治问题的意义，不再像以前的人们，两只眼睛睁圆了向一些领导的大人物看齐。他们的好处①当然是在于把历史的意义、境界开拓得广大了，但有时候也不免将大人物的领导影响过分地减低其重要性②。所谓时势造英雄，英雄亦造时势，固彼此互有影响，不可偏废。至于法律方面，则政治学者们亦同样地多所依重。他们对于国家的性质、主权的观念、国家职权的范围、威权与自由的关系，常喜以法律的精神，以解释其中的意义。这在民主政治盛行的时代，也是无怪其如此者。因民主政治已将国家威权从主政者个人身上转移到整个的国家，只有以法律作为权威的基础，方能理论畅通，血脉贯注，将客观的事实提举起来以挟之而走，也只有如此，方能将各种陈旧的观念加以冲刷洗涤。

政治学研究的对象是国家。但近代政治最基本而显著的现象是，国家不只是一个，世界上有数十个国家同时并存。大一统的世界观念，在欧洲已随着宗教革命之成功而消逝。就是我国到了现在，亦已将以前"天无二日，民无二王"的皇统极权观念放弃了。所以现代政治学所要研究的国家，并不是一个国

①原文如此。意为"他们这么做的好处"。——编者注。
②原文如此。意为"有时过分地降低大人物的领导影响力"。——编者注。

家，而是将所有的国家一齐拿来作为研究的资料，尤其是代表各种主要文化的强大国家，更构成研究政治学的重要题目。例如，谈总统制者总是着全力于美国，而于中南美各国只知抄袭总统制之表面文章者，仅仅随笔带过，略而不详。谈到内阁制，总是首先注重英国，其次法国，而于英之各自治领土及欧洲之步英后尘者，则不多费笔墨。谈到联邦制者，必着重美国、加拿大、瑞士。谈单一制者以法国为例，谈委员制者必指引瑞士。以前谈政治制度的人们，常一国一国分别叙述，而现在则又花样翻新，喜欢以某种机构或某种制度作为一章的总题目，引证各国，敷陈事实，以发挥而说明之。他们对于各国制度的特色及其彼此间的同异，均能撇开道德上主观的高下邪正，只就客观的理论以评其得失是非。这种多国政治，我们已经习惯以为当然，其实静心思之，却是构成现代政治学的特色之一种。

也因为现代政治学呈现一种各国鼎立的局面，国际政治遂构成现代政治学内容的一主要部门，这也是一种特色。外交问题是不可避免的。各国间彼此已往的关系是如何，引起国际冲突的是哪些问题，支持国际和平的是哪些力量，各国的外交政策是经过何种程序决定的，各国支持外交的机构是如何组织及运用的，均须加以研究。自从国际联盟成立后，一般稳健的大同理想分子遂寄托以浓厚的希望，凡讨论一般政治学的书籍总给国际联盟留下一部分地位，有的甚至于列入专章以郑重其事。国际法兴起的因由，也是如此。国际社会免不了国际性的交往，矛盾和冲突不有法律以绳之，则不能一日安居。但此种法律如何成立？既无一定的立法机关，亦无超越各国的最高威权，其唯一的道路只有取得各国自己的同意。因此，国无大小强弱，一律取得平等的资格，各国皆有其法律上的独立人格，自由自主，彼此同样地向国际社会担负义务，享受权利。

就因为现代国家是至高无上的权威组织，主权遂成为国家的灵魂，代表了国家的人格，而主权学说遂成为政治学上的重要的论题。到了今日，因为新的政治制度之成立，新的国际局势之发展，新的社会现象之演进，对于主权学说的议论，正如雨后春笋，气象蓬勃。这自然形成现代政治学的另一重大特色。此学说起于中古末期，欧洲各大国的君主与当时号称欧洲共主的教皇之争衡。教皇自以为是上帝在人世上的代表，有权制裁各国的君主，而君主们虽曾委屈于一时，但终不肯甘居人下，蓄狡焉思逞之志，效闻鸡起舞之行。各国的政治法律学者们应时而起，发挥主权学说，为君主做辩护。到了近代初期，宗教革命分裂了教会，降低了教皇的权威，君主因之而得势，主权学说因之而稳定，为一般人所接受。此时各国既脱离了教皇的桎梏，其彼此之间，自然不再有尊卑高下之分，主权恰好能表示它们的政治身份。也只有以主权为基础，方能划分出其内政外交的界限，确定其权利、义务之所在。这对于各国鼎立的国际社会，却是一种顺水推舟、可以行得通的办法。一部整个国际法①，也是以主权学说做基础的。近代历史开始的时候，君主

①原文如此。即"整部国际法"。——编者注。

政体正在流行，教皇被打倒，即由于各国君主的领导，君主势力随之膨胀是很自然而然的。当时国家的主权即被认为寄托于君主，路易十四说"朕即国家"，并不违背事实。但百余年后，时易境迁，英国的国会势力抬头了，美国的联邦政体建立了，法国的大革命成功了，一般的立宪呼声喊出了，中产阶级的重要性增加了。又再过百余年，工商业的力量强盛了，平民参政的制度普遍实行了，团体组合的功用显著了，劳工运动的范围扩大了，各国的接触频繁了，各国祸福休戚的联系更见密切了。前波后浪，层层涌出，送旧迎新，目为之迷。主权学说随着这种种变迁，努力做新的适应，于是人民主权说、法律主权说、政治主权说、事实主权说、多元主权说相继而生。有些人简直以为主权学说陈腐无用，内足以阻碍社会的发展，外足以威胁国际和平了。所以，主权学说的讨论及新的发挥，蔚然构成现代政治学显著的特色。

一般政治学教科书的内容，总是分为两大部分，一部专谈国家理论，一部专谈政治组织。换言之，一部是谈政治基本哲学，一部是谈政治基本制度，二者可合，使读者可明国家意义的表里精粗。在第二次世界大战之前十年，因为独裁制度气焰高涨，日见重要，已在实际政治上浸浸于民主国家分庭抗立①，所以，政治学书籍讨论到若干问题时，总将独裁国家的制度及理论引证一番。自战争结束，德、意倾覆，其独裁制度已随着

---

①原文如此。今说"分庭抗礼"。——编者注。

希特勒、墨索里尼而消逝，此种作风自当有所改变。但吾人须知，战后的苏俄不但鲁殿灵光①，巍然独存，而席卷欧亚之半壁，广植附庸，其实际政治的力量既已如此雄厚，又安得不为一般政治学者们所注意？苏联标榜着一种新民主的招牌，无论其表里之矛盾若何，自又能引起这一般爱好客观、喜觅比较的政治学者的好新奇的心理。各国的政治在第一次世界大战后，本已步入改变的阶段，现在第二次世界大战结束，必将因苏联势力之强大而遭受新的刺激，继续有所改变。这些改变的趋势，自将反映于政治学中。

我国人士研究政治学，其体系本是取法西洋，但近二十年来频将我国固有的政治材料加添进去，使中西两方面互相比较，借以引申政治的原理。这是一种好现象。我国建国的工程未曾完成，政治制度的体骸形貌亦未具备，政治学界正应聚精会神，来完成这种重大的时代使命。就是其他各国对于一般社会科学也正在加强其努力，经过了二次足以动摇世界文化根本的大流血战争，使它们醒悟到，社会科学的进步如终于不能赶上自然科学，则自然科学所赐予人类的威力势将"作法自毙""请君入瓮"，毁灭了人类自己。我国人士正宜配合上这种新潮流，扩大原有的努力，以自救救人！

---

①灵光为汉代殿名，鲁殿灵光比喻硕果仅存的有声望的人或事物。——编者注。

陶孟和（1887—1960），原名履恭，字孟和，著名社会学家。幼时就读于教育家严修创办的"严氏家塾"。1910年赴英国伦敦大学伦敦政治经济学院，研习社会学和经济学，1913年获经济学博士学位。1914年至1927年任北京大学教授、系主任、文学院院长、教务长等职。1926年至1934年任中华教育文化基金董事会社会调查部（1929年独立为社会调查所）负责人。1934年社会调查所并入中央研究院社会科学研究所，陶孟和任所长。

新历史

陶孟和

新历史是与旧历史相对的名称。新历史的目的有三层：①可以得历史的新眼光；②可以略知研究历史的方法；③可以明研究历史的用处。

一

未讲新历史之先，不得不述明旧历史梗概。旧历史的记载方法，无论中外，皆附于文学之内。历史向来为文学之一部分。试观自古以来之历史，概皆以极佳妙之文辞述之，至于与事实相符合与否，反不甚注意。故无论名人传记、政治历史、宗教历史、战争历史，向来皆重在文笔之巧拙。文笔优畅则群推为好历史，艰晦则鄙夷为不足道。其最明显之例，如吾国之《史记》《汉书》，其写法为后代历史家之模范，中国历史写法必称班马①。又如英国文学家马哥莱（Macaulay）② 所著的《英国史》，其文体至今为习英文者所模仿。重在写法，即常忽略事实；逞一时之文气，势必至牺牲事实之真相。历史与文学本来是两件事，若必合为一谈，则必将二者之精神全行失去；若以历史附属文学别为一支，则必将历史之真精神全行失去。

历史重在文笔，是历史家历来的通病。但是所记的内容，也因各人趣味不同，所注重的不一样。一派的历史家专记骇人听闻的故事，将"天雨血""兽人立而啼""凤凰来临"等虚无缥缈的事记在历史上。比这个较胜一筹的是专用大战争或奇怪的事迹做历史变迁的线索，中国的历史演义就是这一派。

又一派历史家取纪年的体裁，按着年代先后做出大事表，《春秋》《通鉴》都是这一类，西洋称 Annals 或 Chronicles。历代大事年表的写法，在年月日底下，列了许多人名、地名，表示某种事实曾出现过。

又一派专记载政治的事实，普遍称为政治史。政治史占旧历史中最重要之部分，历史家所最注意的就是政治的变化。他们以为历史的用处，是做政治家之圭臬，为军事家之参考资料，吾国之《资治通鉴》即属此类。英国史学家佛里曼（Freeman）③ 常说，"历史就是过去的政治"。我们把佛里曼的话掉转过来，可以说除去过去的政治的大部分，就都不是历史。

---

① "班马"指汉代史学家班固、司马迁。——编者注。
② 今译麦考利（1800—1859），英国历史学家、作家。——编者注。
③ 今译弗里曼（1823—1892）。——编者注。

德国史学家兰克（Ranke）曾写了很好的历史，并且会用校勘法，选择正当的史料，但是他也是偏重政治一方面。他以为国家是人类发展的继续绵延的基础，所以历史的目的，是使我们明白国家的起源及性质。

总之，旧历史不过供文学家炫示舞文弄墨的伎俩，所记的大部分都是些耸人听闻的琐碎事或撼动天地的大变乱，或是记些没有关系的年月日、人名、地名，或是记帝王卿相的行为和政治事迹，常有一种史兼有以上数派之性质者。我们读了这几类的历史，到底有什么用处？我们人类是向前进的，我们的眼光是向前看的，过去的事，我们读了，有什么用处？几千年前，在现在曲阜的地方生了一个名叫孔丘的，我们现在知道了，于我们有什么关系？又如几千年前希腊人和波斯在塞毛披雷（Thermopylae）①那个地方打了一个大战，打破战车若干辆，掳获俘虏若干人，我们知道了又有什么好处？充其量也不过挂个博学的招牌。因为人家知道，我们也不得不知道；因为受过教育的人都知道，我们要表示我们是受过教育的贵族阶级，所以也不得不知道。但是到底有什么用处呢？这是读旧历史的时候可发生的疑问。

我们对于这个疑问，暂缓答复。现在先把各种旧历史的短处批评出来。旧历史是属于文学的。假使我们所研究的是事实，

①今译塞莫皮莱。——编者注。

我们就不能牺牲事实专注意文笔。历史家的始祖 Thucydides[①] 在两千年前就看不起那专图"悦耳"不说实话的历史家（但事实上他还脱不了这个习气，他的历史写法也是讲究辞藻娱悦读者的）。历史是记载过去的事实的。注意事实，照着事实原原本本用普通言语发表出来，对于事实没有损益，没有夸张，没有贬损，历史家的能事已毕，又何必计较文笔的巧拙？我们读历史为知道过去，不是为的学文学。若以历史为文学之一部，那就是认错本题。

骇人听闻的事不能无故而发生，不过因为那事实奇异，是我们所不经见的，所以历史家特别标出来。但是历史家因为注意不经见的，却把那经见的事忽略，是大错的。惊天动地的事不是孤立的，惊天动地的事件发生的前后，都是有些关系的事实。历史家只注意非常之事，竟把所以致非常之事的情形和非常之事所发生的影响一概忽略，可谓不明历史的性质。历史是长久的经过，所有的事实都是相连贯、相衔接的。国家的兴亡，朝代的盛衰，不过是长久经过中最惹人注意的事。所以发生兴亡盛衰的事实，是促人注意的。但是仔细看来，那些事实虽然不惹人注意，却是非常重要。

历史自太古以来，一直是连贯不绝、相衔接的。那衔接的关系，不能用年代做枢纽，也不能用干燥无味的人名、地名做枢纽。年代、人名、地名联络起来，不能作为历史。

---

①今译修昔底德。——编者注。

历史记载人群各种的行为，并不限定政治一种。希腊大哲学家亚里士多德曾云："人为政治动物。"后来德国的政治学者也认为人类最高的组织是国家，所以人类最高的活动也是国家的活动、政治的活动。但是人的生活是多方面的，人不只是政治的动物，并且是生产的动物、群居的动物、思想的动物、有欲望的动物、求进步的动物。历史所记述的，应该包括全体。政治不过是人类活动的一部分，也就是历史之一部分。只有全体可以包括一部分，不能以一部分包括全体。故吾人研究历史之全，最为重要。

总括向来的历史缺点如下：①偏重文学的；②人名、地名过多，于读者无意味，不能促发他的兴趣与思想；③偏重政治而排斥其他事实；④常注意于骇人听闻的事实，不能判别事实的重要与否，失去正确的历史眼光。

二

新历史是因为旧历史不恰意才产出的，但是它的产出也与时代的思想、科学有密切的关系。

（1）思想方面。自从达尔文用自然淘汰的道理说明进化，开思想界的新纪元，我们得到许多益处。今只就历史简单言之，有三层：第一层，我们的眼光不是限于一时一处的，扩充到久远。第二层，使人有连贯的观念，从事于发生的（Genetic）研究，将人类的历史扩充到有史前的时代。人类自有生以来到现在之进化，久远自远过于有史之时代。第三层，历史是人类的

演化嬗变，不是各不相关的片段的事实。人事复杂，所以嬗变
的关系也复杂。

（2）各种科学之发展。以前研究古代历史，只有古代的书籍
碑板，材料有限。近来因新科学日有成立，材料大为加增。如
人类学发源于十九世纪之初，研究现代之野蛮民族，我们可以
取来作为研究历史之参考，知道现在之文明人类乃古时野蛮民
族所化，而古时野蛮民族未发达时之生活状态，与今之非洲、
美洲、澳洲诸处土著殆有相近似之点。各民族的生活，不是完
全一样的。现在的野蛮民族，实在是已经经过几千年的进化的，
更未必与古代半开化的时代相同。但是它们的生活却可以供我
们参考，如吾国古代之文明不必全然与 Aztecs（古墨西哥族）
或 Incas（古秘鲁族）相同，但其文化状态和宗教思想、社会制
度，颇足供研究历史者之考证。又如地理学，不只供给历史上
地名的考据，并且由地方之形状，可以研究人类之迁移。如古
时欧洲罗马文明向北传播，为何只传至于克伦（Köln）而未能
深侵入今日北德腹地？此问题若从历史自身，恐不能得完满之
解释。今若从地理的情势研究，可以知昔日罗马人北上时，系
沿莱因河①而上。河流交通之形势，限定历史上之事实。罗马人
为河流所限，没有深侵入日耳曼蛮族的腹地。

近来学者推测人种的历史有若干年，还没有共同见解。有
人说人类自初生到现在有十万年，又有人推测为二十万年。单

---

①今译莱茵河。——编者注。

以十万年而论，只有五千年的历史是有破碎、不完全的记载的。此外尚有九万五千年，是没有一点记载可寻的。而此九万五千年虽不能考究，然亦不可因为没有记载的历史就一笔抹杀。这又是人类学、古物学可以供给历史家参考的材料。

此外更有社会学、比较宗教学、经济学、心理学等，都可以帮助历史家考查历史事实，理会那事实的意味，检查事实的关系。

历史是不是科学一个问题，曾引起了多少的争论。但是看现在的情形，应用各种科学，历史自身，已经无形地变为科学了。不过各种科学内容不同，所研究的东西不同，所以应用科学方法研究，也不是一样。历史当然与物理、化学不是同种的科学。

我们研究新历史应当：

（1）取批评、疑惑的态度；

（2）权历史事实之轻重，无论其经见、微细或隐晦，皆须注意，不可以事小而轻忽视之；

（3）排斥神学的、怪异的、种种非科学的解释。

今举一例，如煮饭本来是一件小事，不足写在历史上。然而在中古时罗马人何以能如是战争，所向无敌，统一全欧，战胜诸族？其兵士之组织，何以如是之精？煮饭也可以说明其一部分之原因。古时交通不便，运输粮食极其困难。后罗马人代以麦粉（Polenta），此粉可以在任何地方随便煮食，不须备制就的①大量的粮饷。煮饭之事虽小，对于军事极大，对于历史上的事实有重大的影响。

三

以上所说，都是说方法应该怎样改变。讨论方法与目的和用处是相关联的，现在先用欧洲历史家的见解论研究历史的眼光。

古人对于历史研究之眼光不同。罗马的 Polybius② 说，历史注意事实。无论事实之重要与否，均以诚恳之态度写出。他以为历史专供政治家及军人参考。这就是司马光的看法，我们中国史学家用往古鉴来今的意思。及基督教盛行于欧洲，历史家专用历史上的事实证明宗教或是用宗教观念说明历史。他们以为历史上所有的事实，都显上帝与魔鬼的关系。例如圣僧奥格斯丁所著的《上帝之市》，就是证明人类历史纯然是上帝的计划，人类受了许多苦痛，都是上帝的意思，等到耶稣再生，末日审判，赏罚分明，人类就没有苦痛了。又如法国 Bossuet③ 的文章简洁流丽，做了一部《世界史》（*Histoire Universelle*），可称为文学上的美品，可惜他的眼光还是神学的，用历史显明上帝的意旨。十七八世纪的时候，唯理派的思想勃兴，宗教的迷信

---

①原文如此。疑"就的"为"就得"之误。——编者注。
②今译波利比乌斯。——编者注。
③今译鲍修哀。——编者注。

一时受了大打击，历史家的眼光也随之俱变。福禄特尔①谓历史专为寻"有用的真理"。但是什么叫作真理？真理是做什么用的？要是叫福禄特尔解释起来，恐怕还脱不了十八世纪玄学的思想的窠臼。

及至德国哲学家黑格尔，历史家的眼光受了唯心论的大毒，变出了一种玄而又玄的历史哲学。这一变就变到一种玄学的历史观。黑格尔的历史哲学的讲义，说明历史是显示历史的民族的世界的精神（Weltgeist，英文译为 Universal Spirit）。黑格尔所谓历史的民族，指波斯、希腊、罗马和当时的日耳曼族。历史的民族都是能够驾驭全世界、统制全人类，所以它们具有世界的精神。所以黑格尔一派的历史家都流于一种主观的、国家主义的、狂妄的、骄恣的历史观。这种观念浸入人的脑筋里，人人都要变成帝国主义或军国主义的一派，危险不堪言状。后来德国的历史学者大概都沾染了他的思想，Treitschke② 可以说是他的高徒。现在还有一位日耳曼化的英国人名叫 Houston Stewart Chamberlain③ 的，也算是黑格尔一派，他做了一部《十九世纪之基础》，两大厚册，真是大著作，可惜他苦心孤诣都是为证明德意志民族是历史上最高贵的民族，向来各族伟大的人物都带

---

①今译伏尔泰（Voltaire，1694—1778），法国启蒙时代思想家、哲学家、文学家，启蒙运动公认的领袖和导师，被称为"法兰西思想之父"。——编者注。

②今译特赖奇克。——编者注。

③今译休斯顿·斯图尔特·张伯伦（1855—1927）。——编者注。

着条顿族的色彩或血统。以上所说各种历史观都是属于神学的、主观的、玄学的或国家主义的，不是科学的。

我们的新历史观应该像照相的对光一样。对于所看的应该清楚、正确，不能支离恍惚。把一桩事情看得畸轻畸重，都是不当。历史上的事实各有比较的、关联的位置，所以我们不能用主观的、神学的、玄学的或国家主义的观察去研究历史。我们要采用客观的、科学的方法考究历史的真相。

四

我们研究新历史有什么用处？历史不是为博学的人做广告的。人的知识的价值在乎应用在人生上，假使不能应用，只变为贵族阶级、知识阶级的装饰品，那就没有普遍的价值。历史也不是我们的借鉴。古时之情形与现代不一样。如自然界的花必须有水有热有光而后能生长，要素简单，可以推论它的生长变化的情形，人群变化的历史不能如是简单，故不能以古事为今事之榜样。人类之生活状况不同，而生种种之情形，如国会、革命、复辟、文化运动等，各国皆有，而现象不完全相同。人类的情形极其复杂，不能以孟子所说的五百年一治一乱之语包括历史上的变象。由此观之，历史于我们不能考鉴，可以不必研究；历史既然不能做考鉴，吾人又何必研究呢？欲解决此问题，必须从进化论的眼光观察。现代与过去相衔接，明古代过去之事，即可帮助我们明白我们的现在、我们自身和我们同胞，明白人类现在的问题和将来的希望。简言之，历史是与人一种看法。

人类思想的习惯和社会上情形的变迁，速度向来是不一样的，前者永远是比后者迟缓。我们最容易有的，而且是最常有的危险，就是用已经陈腐的情绪观察现在的问题，并且用已经陈腐的思想解决那个问题。我们生活向来不能完全地与所处的环境相调和适应，这就是一个最重要的原因。我们对于现在的问题，用陈腐的脑筋观察，用陈腐的脑筋解决，那永远没有解决之一日。所以改良现在的社会，绝对不能用古时之社会做参考，更不能因袭固有的制度或社会的习惯，应该先求明白现在的情形和现在的思想。但是要求明白现在的情形和现在的思想，须先知道它们有怎样的经过，过去的事实说明现状何以如此。历史所研究的，不是过去的事实若何，而是怎样会产出那样的事实，这就叫"历史的观念"。

历史的用处不是供给人类行为的前提。但是我们的行为也应该有根据，有基础，乃不致有盲目的、无意识的行动。那个基础就是要对于现状十分明了。要想明白现状，必须对于过去具有充分的知识。杜威博士曾说过："读历史是明白现在，不是解决现在。"

（在北京高师附属中学的讲演，张世泰笔记）

（《孟和文存》）

周一良（1913—2001），历史学家，研究日本史和亚洲史造诣尤深。1935 年毕业于燕京大学历史系，后入燕京大学研究院肄业一年。1936 年任中央研究院历史语言研究所助理员。1939 年入哈佛大学研究院远东语文系，主修日本语言文学，并学梵文，1944 年获博士学位。1946 年回国任燕京大学中文系副教授；1947 年任清华大学外文系教授，1949 年转任历史系教授；1952 年后任北京大学历史系教授。

现代史学的特征

周一良

古人谈到做史，常常要讲三点，就是史才、史学和史识。现在谈写历史，依然免不了要用这三个标准来衡量。然而，才和识是天赋，非人力所能强求，学却是中人以上都可以用功来养成的。作者对于史才、史识两点，不敢妄有论例，但不揣谫陋，想就我所看到的以及我所期望的现代史学略加论述。因为个人的兴趣与工作范围的缘故，我的论述与引证大都是就中国以及以中国为中心的亚洲历史方面来下笔，相信骨子里的精神、原则和方法实是中西一贯，只有现代化与不现代化的区别，没有东西地域的区别。

现代史学的特征大约可以分成五方面来说。

第一是科学方法的应用。所谓科学方法，说起来或许令人莫测高深，实际上也很简单，不过是对象——在史学范围内就是史料——仔细观察、比较分析、综合、归纳而已。清代朴学大师们治学的方法即是如此。例如最常被人引作例证的钱大昕证明古无轻唇音的步骤，和高邮王氏父子的《读书杂志》《经义述闻》里考订古书字句意义，其方法俱不外乎此。只是清在儒经学、小学方面用功深，这种考据方法的成效因之亦大。在史学方面，除去钱大昕《廿二史考异》之考订史文，赵翼《廿二史札记》之考订史事，运用这种方法获有显著而良好的效果之外，不像经学、小学方面那样利用得到家。现代史学的特征，就是承袭了这种方法，再参以西洋人治自然科学的精神，发挥得更精密，更周到，使得史学与纯粹科学日益接近，无论是考订史实或解释现象，都根据于客观的观察与归纳的步骤。现代史学界的著作中能代表这个特征的不胜枚举，我也不必饫缕。我想引胡适先生关于考据之学的几句话来概括此点。胡先生曾说做考据文字要"大胆地假设，小心地求证"，大胆地假设往往是旧史料的新解释，而小心地求证就是运用科学方法了。胡先生近来又标出四个字，我觉得也颇足以代表现代史学的精神，这四个字是"勤谨和缓"。"勤"是说阅读要广，检查比勘的工作要做得多；"谨"是小心谨慎，不疏忽，不苟且；"和"是心地和平，换言之，就是态度要客观，头脑要冷静；"缓"是说立论以后勿急于发表，以待修改。凡此诸端，都是说明现代史学第一个特征的好材料。

现代史学的第二个特征是与辅助科学联系之密切。这一点清儒治史也早已知道，再举钱大昕为例。他于史学之外兼通历算、地理、小学、金石等，所以他之立说每每无孔不入，左右逢源。现代史学所需要的辅助科学范围更广，关系更密。头一样是语言。研究西洋上古史的人要懂希腊文、拉丁文，研究中古史的除古典拉丁文之外，还要懂中古拉丁文以及各国古方言。治中国史同样也有语言文字或语音等的牵涉。三代两汉的语言与魏晋六朝不同，魏晋六朝又与隋唐不同，隋唐又与宋元以降不同。在中国因为有一种知识阶级通用的 Lingua Franca①——文言文，于是各时代的口语便多不传。但自六朝以降，故书杂记里也时有当代口语出现。唐人律绝诗与变文，宋人的词、话本，元人的杂剧和白话碑文，以及历代僧人的语录里都往往碰见。随便举一个例，如"曼"字，在魏晋六朝时有"趁""赶"等意，唐宋时便不大用，而用"闻"，近代则都用"趁"了。在利用当代史料时，不弄清楚便容易闹笑话。还有同一词语因时代变迁而含义迥异者。如"博士"两字在汉魏以来是指一种政府"部聘教授"而言，到了唐代又孳乳出另外一种意思，凡是一种职业的师傅都可以称"博士"，如果不明白这个词在各时代用法不同，对于史料的了解认识一定不能充分。史料的认识不清，结论自然就未必可靠了。文字的关系亦复如此。研究古代史而不能通读甲骨文和金文，研究唐代史而不于辨认西陲写本，往往很危险。从现代史学眼光看来，这种特别的训练或素养都是最基本不可少的。谈到牵涉两国或两国以上的史实时，譬如研究交通史，语言和语音的关系更重要就不待言了。现代史学

---

①Lingua Franca 意为"通用语、交际语"。——编者注。

里，各国互相交涉关系的研究颇为发达，原因即是基于语言研究的发达。法国伯希和先生①精通中国、印度、亚拉伯②以及中亚语言等，所以在东西交通史上能享有卓著的成就，触类旁通，得心应手。研究近代各国历史，更没有人不通那一国的语言文字而敢着手。西洋人在十九世纪时还有人敢不识中文而写中国历史，近来则无人不从习语言文字入手。还有古音的知识，对于研究交通史上人名、地名的对音有莫大关系。从前大都妄加比对，自从高本汉发表了他研究中国古音的结果，他的分析字典变成一部可靠性甚高的参考书，学历史的人增加了无限便利。随便举一个极浅近的例子：最近天津《大公报》载北京大学教授若干人给校长写信，诉说生活之困苦，署名的第一人是马鉴。千百年后如果根据这段通讯来做一篇《北京大学教授考》，岂不要发生香港大学文学院院长马鉴先生在北大兼课抑或北大另有马鉴其人的疑问？然而我们知道，马鉴先生在香港，北大却有一位马坚先生教亚拉伯语文。这是"电话"通讯听者之误。并且可以推测，通讯的记者一定不会说广东话，因为广东话里鉴是 M 而坚是 N，绝不会相混的。此例极粗浅，但可以证明现代史学上语音知识的确有帮助考订史实的功用。如地理学、年代学、气象学、金石学、甲骨学、古泉学、目录学等莫不有关。现代史学的趋向并不是期望每一个读历史的人都有百科全书式

---

①伯希和（Paul Pelliot, 1878—1945），法国语言学家、汉学家、探险家。——编者注。

②今译阿拉伯。——编者注。

的知识，但他一定要时时刻刻意识到这许多辅助科学之存在，并且知道在进攻某一方向、某一范围时，不能不顾到某一门辅助科学。通方知类，即此之谓也。

现代史学的第三个特征是观点与资料之入时。我所谓"入时"，并不是指摩登时髦，人云亦云，而是陈寅恪先生论一个时代做学问能"预流"的意思。陈先生叙陈垣先生《敦煌劫余录》说："一时代之学术必有新材料与新问题。取用此材料以研求问题，则为此时代学术之新潮流。治学之士得预于此潮流者谓之预流，其未得预者，谓之未入流，此古今学术史之通义，非彼闭门造车之徒所能同喻者也。"自从清末河南安阳发现甲骨，研究的学者接踵而出，日益进步，甲骨卜辞对于古史与古文字学都有极重大贡献，谁也不能否认。现代学者讲上古史除载籍之外，一定要取材于甲骨与金文，亦不待言。像章炳麟先生国学湛深，一代大师，然而始终怀疑甲骨文字，不加研讨，这种态度就未免太不现代化了。又如西陲出土汉晋竹木简，沙畹王国维诸先生最先考订，贺昌群先生再加补充，近年劳干先生①撰《居延汉简考释》，著录之丰富和考证之精详，尤无与比。这一堆史料是研究秦汉史绝不容忽视的宝贝，因为有了这许多资料才能够讨论许多新问题，如汉代烽燧制度、记时方法、祠祀典制、建元问题等。如果治秦汉史不知道利用这批材料，徒然拘于《史》《汉》异同或太史公书法等，就是"未入流"

①劳干（1907—2003），历史学家。——编者注。

了。谈到中古时代，大家自然会想起司坦因①、伯希和、罗柯克、橘瑞超等人在甘肃和新疆所劫去的大批卷子与壁画。这些写本数量之庞大，种类之繁富和所用语言之众多，几乎是世界上任何发现新史料的场合所未有。对于史学、文学、经学、宗教各方面的研究，无不供给极丰富的材料。我们看国内如陈寅恪、胡适、向达、王重民诸先生的著作，国外如伯希和、那波利贞、藤枝晃诸家著作，便知利用这些新资料来证成新学说或补充旧史文，正是现代史学所应尽的责任。

现代史学的第四个特征是工具书之运用。六朝人便已有类书之编纂，迄宋代因刊版流行而此风大盛，如《太平御览》《册府元龟》等直到今天价值并未减。类似索引的书也非始于海通以后西洋文明传来。清代汪辉祖的《史姓韵编》便是一种索引。不过依现代史学眼光，知道运用类书，亦知类书之不尽可信赖，不能直接征引。西洋如《大英百科全书》或赫斯定（Hasting）的《宗教伦理大词书》（*Encyclopedia of Religion and Ethics*）等虽可供考证之典据，在中国却不能引用《图书集成》②。至于索引性质的参考书之普遍与利用，确是我国现代史学的一个好现象。洪业先生创意把 index 译成引得，在他与聂崇岐先生领导之下，哈佛燕京学社已经出版许多种极有用的引得和堪靠灯（Concordance）③。近来北平中法汉学研究所采用"通检"这种

---

①今译斯坦因。——编者注。
②应指清代陈梦雷（1650—1741）所编的《古今图书集成》。——编者注。
③此处"堪靠灯"为 Concordance 的音译，意为"词语索引"。——编者注。

名称，也出了若干种。日本学者也编著不少。上举索引以外，极为有用的工具书还有许多，如陈垣先生的《中西回史日历》与《史讳举例》，以及北平图书馆所出各种论文索引等。要之，看到工具书之重要，并且不自私地去努力于编著这种利他的工具，使得做学问的人可以事半而功倍，这是现代史学的特征之一。

现代史学的第五个特征是运用史料范围之广泛。章学诚曾说过"六经皆史也"，现在更要把这句话扩充推广，从现代史学目光看，凡著于竹帛者无非史料。研究历史固不能囿于廿四史，并且不能局于乙部①。举凡四部之书，古今上下，只要利用得法，无一不可供考史。金石文字有裨史学早已为前贤注意，子部、集部著作也同样有用。不唯本国的资料有用，有时本国资料不足，非采用外国资料不可。譬如印度，虽是文明古国，史籍却极稀罕，因此近代研究印度史的学者必要利用外国资料。早一点的有希腊人的记载，其次有中国高僧西行求法者的著述，如法显的《佛国记》、玄奘的《西域记》、义净的《南海寄归内法传》、慧超的《往五天竺国传》都是今日治印度史的人所必读。再晚一点，有亚拉伯人的记载，也是一样要紧。不但印度如此，即号称史学最发达的中国，有时书缺有间，也得借助于外国人的记录。如唐武宗时到中国来的日本和尚圆仁，有一部日记名《入唐求法巡礼行记》，因为他身历其境，所以关于会昌

①乙部即图书四部分类法中的史部。——编者注。

毁法以及当时宦官专横的情形，记述得非常详尽，为研究这一段史事第一等资料。其次如明清时代到中国来的耶稣会教士，也往往有日记之类，自然为研究明清史的绝佳资料。又如研究唐宋时东西交通史，亚拉伯人的记载也必不可少。这些荦荦大端都足以证明现代史学上材料运用是"兼收并蓄，待用无遗"。

以上就我所看到和所期望的现代史学的特征略略论述，自不能完全概括无遗。今为篇幅关系，举例尤欠详尽，如果读者能从这简短叙述中得一个粗枝大叶的印象，就是作者的大幸了。

蒋梦麟（1886—1964），中国近现代著名教育家。1908年赴美留学，1912年从加州大学毕业，到哥伦比亚大学继续研修教育，1917年获博士学位后回国。1919年主编《新教育》月刊，同年任北京大学教育系教授兼总务长。1927年任国民政府教育部长。1930年任北京大学校长。1938年任西南联大校务委员会常委。1941年兼任红十字会中国总会会长。著有《西潮》《孟邻文存》《新潮》等。

什么是教育的出产品

蒋梦麟

我们以前听了俾士麦[①]说，德国的强盛是小学教育的功，所以我们也来办小学，以为小学堂办几千个，中国就强了。后来听说日本的强盛，也从小学教育得来的，所以我们大家都信小学教育，好像一瓶万应如意酒，一粒百病消散丸，灵验无比，吃了就百病消散。小学学生现在也有三百多万了，哪知道社会腐败比前一样，国势衰弱比前一样，这是什么缘故呢？（据民国十八年度统计，全国小学及幼稚园的学生已达八百九十万人。）

第一是人数太少。中国四万万人，若以五分之一入小学计算，须有八千万人。这三百多万只能占百分之四，还有百

[①]今译俾斯麦（1815—1898），是德国近代史上一位举足轻重的人物，人称"铁血宰相"。——编者注。

分之九十六的儿童没有受教育，哪里能够收小学教育的效果呢？第二是教育根本思想的误谬。我常常听见人说，学生是中国的主人翁，若是学生是中国的主人翁，谁是中国的奴隶呢？教育不是养成主人翁的。又有人说，教育是救国的方法，所以要小学生知道中国的危险，激发他们的爱国心。痛哭流涕地对小学生说，中国要亡了，这班天真烂漫的小学生也不知中国是什么东西，只听得大人说"不好了""要亡了"这些话，也就悲哀起来。弄得正在萌芽、生气勃勃的小孩子，变成枯落的秋草！

"主人翁""枯落的秋草"两件东西，可算是我国办教育的出产品。

我们向来的教育宗旨，本来养成主人翁的。俗语说："秀才，宰相之根苗。"向来最普通的小学教科书《神童诗》说："朝为田舍郎，暮登天子堂。"我们又常常说："范文正为秀才时，即以天下为己任。"个个秀才都要做宰相，个个田舍郎都想登天子堂，你看哪里有这许多位置呢？

我们向来读书的宗旨，确是要把活活泼泼的人做成枯落的秋草。科举的功效，把天下的人才都入了彀中；读书的结果，把有用的人都变成了书呆子。这不像枯落的秋草吗？

主人翁和枯落的秋草，本来是旧教育的出产品，也是新教育的出产品，不过方法不同罢了。

若以高一层论，读书是学做圣贤。王阳明幼时对先生说："读书是学做圣贤。"若个个读书的人要做圣贤，国中要这许多圣人贤人做什么？我们现在的教育，还赶不上说这一层咧。

《大学》讲修身、齐家、治国、平天下，是中国教育的宗旨。到了后来，"规行矩步""束身自好"算修身，"父为子纲""夫为妇纲""三从四德"等算齐家，愚民的"仁政"算治国。你看身哪里能修，家哪里能齐，国哪里能治呢？

现在要讲修身，要养成活泼泼的个人；要讲齐家，要夫妇平等，爸爸不要把儿子视作附属品，儿子不要把爸爸视作子孙的牛马；要讲治国，先要打破牧民政策，采用民治主义，并要把个人和家的关系改变过，创造一个进化的社会出来。个人是社会的分子，不是单在家庭之中，做父亲的儿子，儿子的父亲，母亲的女儿，女儿的母亲，老婆的丈夫，丈夫的妻子；把家庭、国家认作社会的两个机关，来发展个人和社会的幸福，不要用家庭、国家来吞没个人，毁坏社会。

我们讲教育的，要把教育的出产品明明白白定个标准，预定要产什么物品，然后来造一个制造厂。不要拿来一架机器，就随随便便地来造物品。据我个人的观念，我们以前所产的"主人翁""枯草"和所产的宰相、圣贤，都是不对。我们所要产的物品，是须备三个条件的人。

（1）活泼泼的个人。一个小孩子，本来是活泼泼的。他会笑，会跳，会跑，会玩耍。近山就会上山去采花捕蝶；近水就会去捞水草，拾蚌壳，捕小鱼；近田就会去捕蝗虫、青蛙。他对于环境，有很多兴会。他的手耐不住地要摸这个，玩那个；脚耐不住地要跑到这里，奔到那里；眼耐不住地要瞧这个、那个；口关不住地要说这样、那样。你看如何活泼。我们办学校的，偏要把他捉将起来，关在无山、无水、无虫、无花、无鸟的学校里；把他的手脚绑起来，使他坐在椅上不能动；把他的眼遮起来，使他看不出四面关住的一个课堂以外；要他的口来念"天地玄黄，宇宙洪荒""人之初，性本善"种种没意义的句子。现在改了"一只狗""一只猫""哥哥读书，妹妹写字"这些话，就算是新式教科书了。还有讲历史的时候，说什么"黄帝擒蚩尤"这些话，小孩子本不识谁是黄帝，更不识谁是蚩尤。孩子听了，好像火星里打来的一个电报。还有叫他唱"陀，来，米，发，索，拉，西"的歌，叫他听"咿唎呜噜"响的风琴，不如小孩儿素来所唱的"萤火虫，夜夜红，给我做盏小灯笼"好得多。二十五块钱的坏风琴，不如几毛钱的笛和胡琴好得多。

小儿的生长，要靠着在适当的环境里活动。现在我们把他送入牢监里束缚起来，他如何能生长？明代王阳明也见到这个道理，他说："大抵童子之情，乐嬉游而惮拘检，如草木之始萌芽，舒畅之则条达，摧挠之则衰萎。今教童子，必使其趋向鼓舞，中心喜悦，则其进自不能已。譬之时雨春风，沾被卉木，莫不萌动发越，自然日长月化。若冰霜剥落，则生意萧索，日就枯槁矣。……若近世之训蒙稚者，日惟督以句读课仿，责其检束，而不知导之以礼；求其聪明，而不知养之以善；鞭挞绳缚，若待拘囚。彼视学舍如囹狱而不肯入，视师长如寇仇而不欲见……是盖驱之于恶，而求其为善也，何可得乎？"（《训蒙大意》）德国福禄培①创教养儿童自然的法儿，他设了一个学校，用各种方法使儿童自然发长，他不知道叫这学校作什么。一日他在山中游玩，看见许多花木，都发达得了不得，他就叫他的学校作幼稚园（Kindergarten）。"kinder"是儿童，"garten"是花园。幼稚园的意思是"儿童的花园"，后来哪知道渐渐变为"儿童的监狱"。我们把儿童拿②到学校里来，只想他得些知识，忘记了他是活泼泼的一个小孩子，就是知识一方面，也不过识几个字罢了。

无论在小学里，或在中学里，我们要认定学生本来是活的，他们的体力、脑力、官觉、感情，自一天一天地发展，不要用死书来把他们的生长力压住。我们都知道现在中学毕业的学生，眼多近了，背多曲了。学级进一年，生气也减一年。这是我们中国教育的出产品！

（2）能改良社会的个人。个人生在世上，终逃不了社会，所以社会良不良，和个人的幸福很有关系。若我但把个人发展，忘却了社会，个人的幸福也不能存在。中国办学的一个难处，就是社会腐败。这腐败社会的恶习，多少终带些入学校里来。所以学校里的团体，终免不了社会上一种流行的恶习，不过比较好些罢了。学校是社会的镜子，在这镜子里面瞧一瞧，可以见得社会上几分的恶现象。不过学校里的生活，终比社会上高

①今译福禄贝尔（1782—1852），德国教育家，现代学前教育的鼻祖，创办了第一所称为"幼稚园"的学前教育机构。——编者注。

②"拿"，原文如此。——编者注。

一层，所以学生可以有改良社会的一个机会。学校须利用这个机会，养成学生改良社会的能力。普通父母送子弟入学校的用意，是有两种希望：一种是为家庭增资产，以为"我的儿子"入了学校念了书，将来可以立身，为家增一个有用的分子；一种是为国家求富强，以为"我的儿子"求了学，将来可以为"拯世救民"的人才。第一种是家属主义的"余荫"，第二种是仁政主义的"余荫"。学校的宗旨，虽不与此两种希望相反对，但不是一个注重点。学校的宗旨，是在养成社会良好的分子，为社会求进化。

社会怎样才进化呢？个人怎样来参加谋社会进化的运动呢？这两个问题，是学校应该问的。社会怎样才进化这个问题，我们可暂时不讲，个人怎样来参加谋社会进化的运动，是我们现在应该研究的。我想要学生将来参加改良社会的运动，要从参加改良学校社会的运动做起。我讲到此，不得不提起学生自治问题了。学生自治，可算是一个练习改良学校社会的机会。我们现在讲改良社会，不是主张有一两个人，立在社会之上，操了大权，来把社会改良。这种仍旧是牧民制度，将来的结果是很危险的。教育未发达以前，或可权宜用这个方法，如山西阎百川①的用民政治。但这个办法是人存政存，人亡政息，不是根本的办法。江苏南通将来的危险也在这里。所以我们赞许阎百川治晋是比较的，不是单独的。若以单独的讲起来，这种用民

---

①即阎锡山（1883—1960），字百川（伯川）。——编者注。

政治，仍是一种"仁政主义""牧民政策"。我是很佩服阎百川的，我并不是批评他，但我希望他一面"用民"，一面不要忘了这是权宜之计，将来终要渐渐儿改到民治方面去才好。我常常对人说，江浙两省是江南富庶之地，兄弟之邦，得了两个兄弟省长，为何不照阎百川的办法来干一干呢？这种事情不干，如浙江的齐省长，没有事做，看了学生的一篇文，倒来小题大做。我想一省的省长，哪里有这种空工夫！

学生自治，是养成青年各个的能力，来改良学校社会。他们是以社会分子的资格来改良社会，大家互助来求社会的进化，不是治人，不是做主人翁，是自治，是服务。有人说，学生自治会里面，自己捣乱，所以自治会是不行的。我想自治会里边起冲突是不能免的，这是一定要经过的阶级①。况且与其在学校里无自治，将来在社会上捣乱，不如在学校中经过这个试验，比较地少费些时。

（3）能生产的个人。以前的教育，讲救国，讲做中国的主人翁，讲济世救民。最好的结果，不过养成迷信牧民政策的人才。不好的结果，自己做了主人翁，把国民当作奴隶；不来救国，来卖国；不来济世救民，来鱼肉百姓；到了后来，"只准州官放火，不许百姓点灯"。今后的教育，要讲生产，要讲服务，要知道劳工神圣。为什么要讲劳工神圣呢？因为社会的生产都靠着各个人劳力的结果，各个人能劳力，社会的生产自然就丰富了。

---

①原文如此。此处"阶级"意为"阶段"。——编者注。

假如大多数的人都是"四体不勤，五谷不分"，社会怎样能生存呢？又如杜威先生说，希腊文化很发达，科学的思想也很发达，何以希腊没有物质科学呢？何以物质科学到十九世纪才发展起来呢？因为希腊人瞧不起做工的人。瞧不起做工，就不会做试验；不会做试验，就没有物质科学了。我们中国，素来把政治、道德两样合起来做立国的中心，如孔子说的"为政以德，譬如北辰，而众星拱之"①，如孟子说的"王何必曰利？亦有仁义而已矣"，都是道德和政治并提。我们的学校，也不外"政治道德"四个字。如孟子说，"立庠序之教，所以明人伦也：父子有亲，君臣有义，夫妇有别，长幼有序，朋友有信"。几千年来的教育宗旨，都是一个"拯世救民"的仁政主义、牧民政策。今天以百姓当羊，来牧他；明天羊肥了，就来吃他。你看中国几千年的"一治一乱"，不是羊瘦牧羊，羊肥吃羊的结果吗？现在我们假设百姓是羊，我们要羊自己有能力来寻草吃，不要人来牧；那么羊虽肥，不怕人来吃它的肉。这是讲句笑话罢了，我们哪里可当百姓作羊？百姓都是活泼泼的。我们把百姓能力增高起来，使他们有独立生产的能力，哪要人来施仁政，来牧他们？

要能独立生产，要先会工作，要知道劳工神圣。美国教员联合会现在已加入劳动联合会。这是全国教师承认教书也是劳

---

① 此处引文出自《论语》，今本原文为"为政以德，譬如北辰居其所而众星共之"。——编者注。

工。凡有一种职业，为社会生产的，都是劳工。劳心劳力是一样的。"劳心者役人，劳力者役于人"，这两句话，实在有分阶级的意思在里面，未免把劳力的人看得太轻了。把以上的话总括说一句，教育要定出产品的标准，这标准就是：活泼泼的、能改良社会的、能生产的个人。

（上海学术讲演之一部分）

（《过渡时代之思想与教育》）

李石岑（1892—1934），中国现代哲学家，对中西哲学均有深入研究。早年曾在湖南优级师范理化科就读。1912年赴日留学，1920年毕业于东京高等师范学校。1921年起任商务印书馆编辑，并在大夏大学、光华大学兼任哲学和心理学教授。1928年自费赴法国和德国考察，并继续从事哲学研究。1930年起，先后在中国公学、复旦大学、大夏大学、暨南大学等校任教。1934年病逝。著有《人生哲学》《中国哲学十讲》等。

教育与人生

李石岑

年来国内学术界渐渐地注意到教育问题，近几个月来更渐渐地注意到人生问题，这确实是学术界一种可喜的现象。但什么叫教育？换句话说，教育之目的何在？什么叫人生？换句话说，人生之目的何在？恐怕能够明白答复的，大约尚占少数。最近更有谈到教育与人生之关系问题的，但其间究竟是什么一种关系，恐怕更少有人能够说出其所以然。兄弟不揣冒昧，欲提出这几个难题和诸位讨论，现在把这回讲演分作三项说。

一、教育之目的何在？

自来教育学家、心理学家、哲学家、文学家乃至社会学家、文化学家讨论教育目的的，虽不乏其人，但能触到教育之中心问题的却是很少。现在先叙述论教育目的的几种主要学说，然后用浅见加一番批评。

（1）教育单在造就"人"，别无目的。（卢梭）

（2）教育以"完全"为目的，但有两种：有以合理的完全为目的的，如康德（Kant）；有以道德的完全为目的，如黑尔巴特（Herbart）①；若柏拉图（Plato），为图一切之圆满完全，他的主眼全在美。

（3）教育以"发展"为目的——在人类一切能力之谐和的发展，如培斯达洛齐（Pestaloziz）②。

（4）教育以"幸福利益"为目的，如巴塞都（Basedow）③一流之泛爱派。

（5）教育以"完全之生活"为目的，如斯宾塞尔（Spencer）④。

（6）教育以"自己发展"为目的，如黑智尔（Hegel）⑤、洛苏克兰慈（Rosenkranz）⑥等。

（7）教育以"社会的命运"为目的，如今日许多社会的教育学者都是属于这一派。但其中有以人类社会全体为主眼之世

---

①今译赫尔巴特（1776—1841），德国哲学家、心理学家，科学教育学的奠基人。——编者注。

②今译裴斯塔洛齐（1746—1827），瑞士教育家和教育改革家。——编者注。

③今译巴塞多夫（1724—1790），德国启蒙教育家。——编者注。

④今译斯宾塞。——编者注。

⑤今译黑格尔（1770—1831），德国近代客观唯心主义哲学的代表人物之一，政治哲学家。——编者注。

⑥今译罗森克兰茨（1805—1879），德国哲学家、教育学家。——编者注。

界主义者，例如威尔曼（Willmann）一派之出于"罗马加特力教"者及以国家、国粹为主眼之国家教育学者皆是。

（8）教育以"适应"为目的，如近顷之巴特拉（Butler）、霍冷（Horne）等皆是。

由上所列各种目的观之，或着眼社会命运，或着眼道德，或着眼幸福利益，平心而论，都未能道出教育的神髓①，我都无取。我所最服膺的就是卢梭的单在造就"人"，别无目的一个意思。因为照社会派所说，教育专为社会发展，结果就不免把人当作社会发展的工具。照合理派所说，就不免以一概全而为形式化。照道德派所说，就不免重外轻内而为机械化。这几派的主张，统犯了轻蔑个性的毛病。照幸福利益派所说，就不免有所为而为；有所为而为，便倾斜于外，自己失了重心。照适应派和完全之生活派所说，就完全重在适应而失掉创造的精神。这几派都中了功利主义的毒害，很不容易把我们的生活弄得安稳的。所以只有卢梭说得最好，老老实实地说，教育之目的只在造就"人"。其次则培斯达洛齐也能阐明人的价值，他的心性开发主义实在增进人的地位不少。人之所以为人，毕竟非简单数语所能阐发的。有了达尔文的《种源论》②，而人与自然界的关系才稍稍明白；有了斯宾塞尔的社会哲学，而人与人的关系才稍稍明白；有了詹姆士③的实用主义，而人的本身的意义和价

①原文如此。此处"神髓"意为"精髓"。——编者注。
②今译《物种起源》。——编者注。
③詹姆士（1842—1910），美国实用主义创始人。——编者注。

值才稍稍明白。人究竟要到何时才能显出他的本来面目，这不能不凭教育力以为断。所以教育之最终的目的，只在表现真"人"。但真"人"为何，请在次节讲明。

二、 人生之目的何在？

人生问题到近代很惹起一般人的注意，其中有显著的三个原因：

一是物质观的原因。十九世纪物质文明发达的结果，使我们的生活日日感着不安，好像事事都脱不了机械的圈套；于是不知不觉之中，使我们日陷于苦闷烦恼、冷淡凝滞、惨刻寡思。又因资本主义得势，私有财产制度日见发达，社会上的组织日见其不自然，最显著的便是贫富的悬隔，人民的生计因此困难达于极度，于是对于人生遂起一种疑念。自由身的贫苦望他人的安乐，以为人生或系由于宿命。

二是精神观的原因。由上面所述的情形生了一种反动，以为宿命说太无意思，而由知的发达的结果，遂排去种种妄信妄念；又因一般人醉心于物质生活之故，遂极力提倡精神生活。这时候对于人生之考虑，不似从前那样单纯而且低度的，就是生活上感着贫困或压迫，以为这不是无因而至，必有所以招致贫困或压迫的理由在里面，便不断地去探索这个理由。还有一层，这派人把精神看作万能的，以为凡事都可以把精神去支配，便一切问题都不难迎刃而解。

三是物质上、精神上过度发达的原因。人所以为万物之首出，就因为人有和万物不同的脑和手。但是由物质文明发达的结果，我们的手足都成为机械化。不仅是手足，便是五官，都渐渐减了作用。眼所接的都是些精细或闪烁一类的东西，于是目力就不及从前了；耳所接的都是些杂沓或霹雳一类的声音，于是耳力又不及从前了。推而至于全身之构造，都莫不日见退化。至论到脑，那更退化加甚。神经过敏，不平怀疑的心念日深一日；情绪涣漫，意志薄弱，讷尔导（Nordau）① 所陈述的变质者和"希斯特里亚（Hysteria）"② 患者几种特征，都一天一天地增多。这样看来，人类所以成功人类的原靠脑和手，如今却将要淘汰在脑和手里面。今后的情形虽未可测，然总不会向好的一方面走，却未尝不可以预断。况且据统计学家所报告，快要到地面不敷、食物不足的日子了，人类终久逃不了灭亡，因此有一般人常起一种意外的恐慌。

这三种原因确是惹起一般人注意人生问题的重要点。因此，对于人生便有几种不同的看法，而厌世观、乐天观等就因之而产生。

本来讨论人生问题的，大概分三派：一派是厌世说（Pessimism），一派是乐天说（Optimism），一派是改善说（Meliorism）。厌世说完全否定人生，以为现世不过是些未掩埋

---

① 今译诺尔道（1849—1923），德国医师兼作家。——编者注。
② 今译歇斯底里，在过去是一种精神疾病的名称。——编者注。

的枯骨，丝毫不必留恋，像苏格拉底、柏拉图、基督、福禄特尔、卢梭、卡莱尔（Carlyle）、叔本华、哈特曼（Hartmann）一流人都是属于这一派。乐天说完全肯定人生，以为人世是充满善和美的一个乐土，像希腊古代哲学者黑拉克里特斯（Heraclitus）①、亚里斯多德②等以及斯多噶派、新柏拉图派、笛卡儿③、斯宾诺莎、康德、菲希特④、谢林、黑智尔、诗来马哈尔、帕尔逊（Paulsen）、斯宾塞尔一流人，都是属于这一派的。改善说以为前两说都犯了走极端的毛病，如照乐天说，便不免流于放任；如照厌世说，又不免流于消沉。因起而折中二说，为人生立一正鹄。这在大多数学者都无异辞，用不着举出代表者的名字。不过此派的创始人，不能不推乔治·爱里阿特（George Eliot）⑤。

统上三大派观之，无论哪一派里面，都包括不少相异的根据；虽在同派，而所根据的也不一致。譬如安塞姆（Anselm）⑥

---

① 今译赫拉克利特（前530—前470），古希腊哲学家，认为火是万物的本原。——编者注。

② 今译亚里士多德（前384—前322），古希腊哲学家、科学家和教育家。他是柏拉图的学生，亚历山大大帝的老师。——编者注。

③ 又译笛卡尔（1596—1650），法国哲学家、数学家和物理学家，因将几何坐标体系公式化而被认为是解析几何之父，并开拓了所谓"欧陆理性主义"哲学。——编者注。

④ 今译费希特（1762—1814），德国哲学家。——编者注。

⑤ 今译乔治·艾略特（1819—1880），英国小说家，与狄更斯、萨克雷齐名。其主要作品有《弗洛斯河上的磨坊》《米德尔马契》等。——编者注。

⑥ 今译安瑟伦（1033—1109），意大利哲学家、神学家，1093年至1109年任坎特伯雷大主教。——编者注。

由主意的见解讲乐天，梭麦士·安葵奈斯（Thomas Aquinas）[1]
由主知的见解讲乐天，叔本华、哈特曼由哲学的思索讲厌世，
霍布士[2]由伦理的见地讲厌世。由这些根据所形成的厌世观、乐
天观等都可算是些解决"人生之谜"的锁钥，与上面所述由三
个原因而产生的厌世观、乐天观等实在同为对于人生问题增加
不少的考证。

　　人生观经了这许多考证去推求，或许容易发现人生之真谛。
但我的意思，对于这几种说法都有不满之点，因为它们所讲的
都是价值的问题，不是存在的问题；都是"不可不这样"的问
题，不是"本来是这样"的问题。

　　乐天观、厌世观云云，乃是计算我们活在世间值得不值得
的问题，这和柏林大学教授黎尔（Riehl）一类的见解不相出入。
黎尔在所著《现今之哲学》内《人生观之问题》一文，完全不
出这些"价值批判"的见解。但近来学者多不主是说，像倭伊
铿（Eucken）[3]便另具一副眼光，不是这般狭隘。他以为人生观
乃是理想上人类生活的性质，这种说法较黎尔确胜一筹。不过
我对于人生的看法，却另是一个出发点。我以为我们赤裸裸的
面目，只是盲目地生，换句话说，就是一种"生的冲动"。正和

---

　　①今译托马斯·阿奎那（1225—1274），中世纪经院哲学的哲学家和神学
家。——编者注。
　　②今译霍布斯（1588—1679），英国政治家、哲学家。著有《论政体》《利
维坦》《论社会》等。——编者注。
　　③即奥伊肯。——编者注。

飞蛾扑灯一样，飞蛾只顾向灯光扑去，不管自己所受的影响如何；我们只是朝着"生"一条路子走去，不管作圣作狂，为贤为不肖，结果非达到表现"生的冲动"不止。英雄的征服欲，学者的知识欲，诗人的感情激昂，小孩子的游戏冲动，老人的一息不懈，都莫不是这种"生的冲动"的结果，因为我们赤裸裸的人生原来如此。所以那些"价值批判"的说法都是不中用的，论人生目的的，每喜做架空之论调，如快乐说、幸福说、名誉说、勋业说、道义说、功利说、自我说、爱他说、社会说、未来说等，其实何尝是人生之本然。如果说人生有目的，那种目的必系一时的假设，如在沪江大学当学生时，便以在大学毕业为目的，但毕业后则这种目的即消失，而他种目的又随之而起，如此演进不已，直到盖棺之日。但回想当初，却是为何？所以目的系一时的假设，而人生的冲动乃人生之本然。这样推论下去，可以知道我们人生本来无目的可说，而这样无目的的人生，便是真"人"的人生。真人乃不受任何染污之谓，所谓"本来无一物，何处惹尘埃"。在真"人"上做教育功夫，那教育才不失其真价值。

三、 教育与人生的关系

人生既是一任"生的冲动"，便不受任何羁勒，但事实上羁勒是免不掉的。就全能够免掉，而我们的人生岂可就此终止？于是不能不图生之增进与生之绵延。换句话说，就是图生之无限。生之增进是想在空间方面图生之无限，生之绵延是想在时间方面图生之无限。但无论时间空间，在现实的世界总是有限的。生之增进，达到某程度，便不免与外围相冲突，或与内部生理的、心理的精力之极限相矛盾；生之绵延，达到某程度，便不免为生理的年限——死——所阻止。所以生之无限常常与现实世界之有限相抵触，我们的人生到这个时候便不能不变形。

所谓变形，便如大石之下所生的草芽，无法伸出，只好婉转委屈以求曲达旁通。生之无限就好比这根草芽，现实世界之有限就好比这块大石，变形就如婉转委屈以求曲达旁通，而此变形即道德、宗教等等之所从出。道德为调摄无限和有限的矛盾，乃使无限稍为让步，所谓消极地解决。如与外围冲突，便立恭敬、谦让等德目；如内部发生矛盾，便立自重、节制等德目。结果为欲得到永远之增进，故宁牺牲暂时之增进。宗教亦然，宗教为道德无可如何之又一面，为解决无限和有限之矛盾，形成一种精神状态，导无限之绵延于超现实之世界，所以有种种变态及许多宗教的现象。又对于生之苦痛，亦归之于超现实的关系，借宗教的解决而予以慰藉，仿佛把我们内面所抱的无限圆满之人生，都令其客观化。于是生之无限，终究可以得到，推而至于道德、宗教以外的现象，都可用这种功利的说法。把道德和宗教以及其他现象当作功利现象——变形——去说明，那生之无限便无往而不可能。

我们在这里可以总括地说一说。生之无限，是我们本来的面目，也是我们不断的欲求，这是第一境界。欲达到生之无限所需的功利现象，是为第二境界。从这种功利现象更进化，把第一、第二境界都忘却，使道德、宗教等的威严可以独立，好像是先天作用一般，是为第三境界。这些道德、宗教更和第一境界的生结合，是为第四境界。而这第四境界，即又同时为第一境界，由此循环演进，教育功用即便存于第二境界与第四境界当中。所谓功利现象，换句话说，所谓变形，就完全是这种教育的功用。我们的生活至此乃日益丰富，教育和人生的关系至此才明了真切。由这种分析的说法，就知道我们人生直是本来如此——盲目地生，生之无限——用不着厌世，也用不着乐天，完全离开了一切"价值批判"的见解；而教育之所以贡献于人生，也不言而喻了。

以上三项，均已讲明，因为诸位于教育、学术研究有素，故不敢以肤浅、泛常之语相饷。今日所讲，在拙著《教育哲学》中也稍稍说过。盼望诸位加以指正或批评！

（在上海沪江大学教育研究会讲演）

（《李石岑讲演集》）

翁文灏（1889—1971），杰出的地质学家。早年在上海法国天主教会所办学校学习外文，后到欧洲留学，1912年获比利时鲁汶大学地质学博士学位后回国。1913年同丁文江等人一同创办北洋政府地质调查所并任所长，这是中国第一个从事地质研究和培养地质人才的机构。同时亦任北京大学、清华大学教授，曾为清华大学地质学系主任。抗战期间任国民政府经济部长，主管战时工业生产及经济建设。1948年任国民政府行宪后第一任行政院长。

为何研究科学，如何研究科学

翁文灏

说起研究科学，往往有人想到为什么要研究科学。有的说：研究科学只为的探讨真理，为学问而学问，为研究而研究。有的说：研究科学为利益人生、增进人类之智识，即所以改善人类之生活。这个问题虽已成老生常谈，但今年（即1925年）英国科学会（British Association for the Advancement of Sciences）[①] 会长演说犹且以此为题，反复讨论，累数百言。中国科学方才开始发展，学者心目中此种问题恐亦不免。即如今日南开大学科学馆开幕纪念，外界对于壮丽建筑欢喜赞叹之余，总不能不希望就此能够产生一些于人生国计实在有益的结果。但是纯粹的科学家听了此说，恐有一大部分反对，以为此

---

①原文如此。应译"英国科学促进会"。——编者注。

等实用主义的论调，对于科学是外行的，是不明而且浅量科学的。试想中国自咸同以来①，即重洋物，即讲西学，也就是现在所谓科学。设局印书，出洋留学，提倡甚是出力，但所谓西学者，仅视为做机器、造枪炮之学。唯其只知实用，不知科学真义，故其结果不但真正科学并未学到，而且因根本不立，即做机器、造枪炮之实用亦并未真正学好。而且只知读他人之书，不知自己研究，结果译书虽多，真正科学并未发生。例如江南制造局三十余年间成书一百七十多种，其用心之勤，至今犹有人称道以为不可及。其间如华蘅芳②诸人之尽心编译，诚亦可敬。但试想此等事业曾否养成几个专家，于真正科学有所贡献？平心而论，可谓绝未发生效力，不过供人抄袭，作为时务通考，于格致课艺一类的材料罢了。从此可见，不明科学的真正意义，且不从真正研究入手，虽肯极力提倡，亦是不得效果的。所以我们讲学，工科之外别有理科。工科重实用，理科重研究。理科研究又复只知探寻真理，并不问其对于人生日用是否直接有用。

　　但实用与学理二说似若反对，实非矛盾。科学目光固不能专注目前之利、急就之功，但因科学研究之结果，对于自然公律逐渐明白，则自然界种种势力及物类自然地容易供我们支配

---

　　①指清咸丰、同治以来。——编者注。
　　②华蘅芳（1833—1902），字若汀，清末数学家、翻译家和教育家。——编者注。

与利用。设一譬喻：譬如十九世纪初英国电学名家法勒第（Faraday）① 等研究电学及磁学的时候，用一张厚纸盖在磁石棒的上面，将铁屑撒在纸上，振动纸片，铁屑即排成曲线，证明磁力的方向。诸如此类研究完全是学理的，绝未想到后来发电机由此发明，电车、电灯、电报都由此发生。再举一例：三年前天津曾有人为他大做百年纪念的巴斯德（Pasteur）② 用很简单的试验证明空气中有微生物的种子，微生物只能因种传种，不能凭空地自然发生，亦是就事论事，谁也不会想到现在医学上、卫生学上种种应用，因此救了无数人的性命，延长了许多人的寿数。所以科学应用往往出乎意外：现在以为有用，研究下去也许无甚结果；现在以为无用，也许研究下去可以生出惊天动地的结果。所以研究科学的人，不管它无用有用，也不知什么叫有用，什么叫无用，但只知道我可以研究的东西拿来研究。研究的结果便是研究者最高之奖赏。莫说这种纯粹科学的精神是无用的，天下最大的善莫过于能信真理。使天下人人皆能信仰、服从真理，则人类和平早已实现了。天下最大的乐，莫过于能得到真理。试想科学给我们的知识，大至无外空间最大的望远镜所望不到的地方，小至原子、电子顶强的显微镜所显不出的东西，我们都能推想得到，于人生的扩大有何等重要意义，

――――――――――

①今译法拉第（1791—1867），英国物理学家，其主要贡献为发现了电磁感应现象，为电磁学奠定了基础。——编者注。

②巴斯德（1822—1895），法国微生物学家、化学家，微生物学的奠基人之一。——编者注。

也可说即此便是它的大用。

但是也不能说纯粹的科学家是只知研究不管实用的。刚才所说的法勒第是一位纯粹学者，大家知道毫无可疑的。他在 1836 年曾受 Trinityhouse 公司的雇用，研究用弧光做照海灯的方法。他受极微的薪水，在惊风骇浪中辛苦工作，于身体康健大受损害。他从未懈怠，亦从未要想别的酬报，在七十岁上犹自去海边看察，自谓但能使航海的减少危险，保全生命，便是自身无上的奖赏。这便是科学家的实用精神，科学知识便是人类的照海灯，须要照得人类平安才见它的用处！

现在要说如何研究科学。科学学生读的是科学教科书，教科书所教的都是前人研究已得的结果。读了之后，尤其是在物理学一类的科学，往往觉得各种事情都已研究完了，既已尽善尽美，无以复加，从何再做新的研究？再不然，便觉得天下事物浩如烟海，一部十七史，都不知从何处说起，天下事物之繁，叫我们从何下手研究呢？我们于科学初入门径的人，恐怕都不免有这两种感想，因此徘徊瞻顾，不能进行。

研究科学入手功夫，自然各种科学各各不同，既贵有天才，又须有指导，万不是一言可尽。知识偏隘如我，更不敢强不知以为知。但是从个人经验所及，或者可以对学生诸君贡献一些极粗浅的意见，作为参考。

我以为入手研究的次序，大约可分三步：

第一步是找问题。须要先知什么问题尚未解决，然后可以下手研究。我尝想现在专门教科书以及高等教授——中外都说在内——都有一普遍缺点，就是只教人什么是已知的，但不大肯说什么是未知的。因此，使学生生出尽善尽美、无可研究的感想，不能激发他们好奇探胜的兴味。但是我们当学生的——凡是研究科学者，年纪虽大也都可叫作学生——也尽可独具眼光，用心去寻它们的漏洞。譬如学地理学的，教科书上正面地说直隶省某年统计人口多少，我们就要反面地想西藏的人口没有统计，不知到底多少。又如学重力学的，听人说伦敦的、巴黎的重力加速度是多少，我们便要问他是否知道天津的是多少。凡是未知的问题，都应该也是可以研究的。

第二步就是找方法。有了问题，须要想方法解决它。有的问题是可以用现成方法解决的，那最容易，把已知的方法去研究未知的东西，一来就有成绩了。也有的问题现成方法不甚适用，须要因时制宜或因地制宜或加以改良的，那便要研究如何改良，如何适用，便已引上研究的路了。更有的问题须要想新方法来解决的，如果能想得出，便是更有价值的发明了。

第三步——也许就是第二步的变相——是找材料。研究一个问题，第一要知人家对于这个或与它相似的问题曾否研究，结果怎样，所以参考书是不能不充分的。科学书的做法大抵渊源有自，征引有据，所以我们从这书便可引到那书，逐一寻去，参考的书就完备了。这是一种材料。研究一个问题往往须要取得研究的东西。譬如研究动植物，须要先采动植物的标本，研究物理、化学，也要有适当试验的物质。这又是一种材料。再加试验的仪器，也须一一设备，所以材料的设备便成了研究科学的要素。也就是现在科学研究不能个人闭户独修，必须设立专门机关的理由，但是设备的次序尽可照研究的需要次第做出。有一部分人以为必先有完全的设备，然后可以着手研究。我以为必先有研究的题目、研究的方针，然后尽必要的或有益的范围内极力设备，方能容易成功，事半功倍。否则不问是否有用，是否能用，样样都要设备，到哪一天才算完全呢？

照以上次序做去，是否就能做到科学发明，得到重要贡献呢？当然不能完全保险。须知科学发明不是轻易的事，得些新的贡献亦非十分容易。而且科学越进步，发明愈难了！试读西洋科学发展的历史，在十八世纪之末及十九世纪之前半期，科学界草莱初辟，光焰万丈，从极简要的事实便得极重要的发明。譬如见水沸而知蒸汽的力，因苹果落地而悟重力之理，虽是过分说得简单，但在现在科学眼光看来，总也觉得是很便宜的事。拿爱恩斯坦①相对论的证明来与牛顿的重力律来比较，难易繁简，相去得多少！就是起头所说的法勒第、巴斯德一流的试验，在现在看起来，亦岂不是十分简单？容易工作既已做去，现在的工作便要繁难了。所以由今思昔，觉得当时真是科学发明的黄金时代！

———————————

①今译爱因斯坦（1879—1955），现代物理学的开创者和奠基人，相对论的创立者，1921 年获诺贝尔物理学奖。——编者注。

　　但是我请诸君不必以错过了黄金时代自馁。现在的问题固是愈难，现在的方法却是愈精，所以我们的研究能力亦是愈大。况且我们中国真叫作地大物博，各种事物未经科学方法研究者很多很多，一经研究必有所得。凡有新得，即是贡献。所以我们即使不承认还在科学发明的黄金时代，我们也不能不庆贺尚在科学发明的黄金世界。

　　我们不听见近年美国博物院亚洲调查队在外蒙古研究古物的成绩吗？许多人都说他们三年调查的结果，胜如欧美数十年的成绩。说到我们中国人的研究，记得去年中国地质学会开年会的时候，有北京大学及地质调查所人员的许多论文，有一位法国地质学会的副会长听了，告诉我说：我们法国地质学会三年的贡献，也没有你们这一年的多。这固然是他太恭维了，但也要有些实在。所以然的理由，并不是我们的研究能力高，实因为我们的材料太多、太好、太容易了。欧西二万分之一的地图都已做得不少，我们的整座的大山还有没调查过的。所以研究材料俯拾皆是，就是所谓科学发明的黄金世界了。

　　用这一种眼光，或者可以许我推己及人，添别种科学来上一个找问题研究的条陈。我们不是想物理学理论高深，方法精密，一时间不容易做什么新的研究吗？但如果从地域观念着想，在中国黄金世界里找题目，那就容易了。姑且举一个我所想到的例：从前人想地面上各地重力的加速率是跟纬度、高度定的。既知某地的纬度、高度，便可算出它的重力。便是精密测量的结果，却往往与算得的数目不同。二者都很可靠，其间的差异乃是另有一种极重要而从前设想不到现象，就是地壳的疏密轻重各处不同，而且大致是高山区域疏而轻，大洋区域密而重。但是在中国这么大的地方——除了印藏交界的喜马拉耶山①以外——究竟是否如此，抑另有别的变化，至今没有测验过，这岂不是现成的一个很好问题吗？我提出这个问题，并不定认它是物理学上最重要的一个——物理学我是不很高明的——但由此可以说明，虽具普遍性质如物理学的科学，也可以用地域关系帮助我们来找问题。而且这是于地质学极有关系的，所以格外关心，那就所谓三句不离本行了。

至于其他科学，地域关系更深了，如生物学之类，机会更多，可以不必一一尽说。

诸君须知黄金世界是人人羡慕，人人要想利用的，所以中国的科学材料我们自不利用，外国科学家就来利用了。各国每年来华的探险队、调查团后先相接，是来做什么的？就是因为中国是科学发明的黄金世界，都来叨些光罢了。从世界科学的眼光看来，学术无国界，我们应该欢迎他们来早些发明尚未发明的宝藏，促进人类知识的进步。但是就中国人的地位着想，我们自己的材料，自己的问题，不快快地自己研究，以贡献于世界，却要劳动他们外国人来代我们研究，我们应该感觉十二分的惭愧，应该自加十二分的策励。

———————————

①今译喜马拉雅山。——编者注。

以上所说，都是很粗浅的话，我的意思无非想要鼓起科学学生奋起研究之热心。我们须记着眼前科学上未开辟的荒地尚是甚多，专待我们来耕耘，来收获。我们应该大家努力！

（在天津南开大学科学馆开幕时的讲演）

任鸿隽（1886—1961），字叔永，著名化学家和教育家，辛亥革命元老，中国现代科学的奠基人之一。1908年留学日本，次年加入同盟会，回国后曾任南京临时政府总统府秘书。1912年年底赴美留学。1914年发起成立中国科学社，任董事长兼社长，编印《科学》杂志。1918年获哥伦比亚大学化学硕士学位，回国后历任北洋政府教育部专门教育司司长、四川大学校长等职。

科学方法讲义

任鸿隽

一、引　言

科学是欧洲近三百年以来发明的一件新东西。这件东西发明以后，不但世界学术上添了许多新科目，社会上添了许多新事业，而且就是从前所有的学术事业也都脱胎换骨，迥非从前的旧态。总而言之，自科学发明以来，世界上人的思想、习惯、行为、动作皆起了一个大革命，生了一个大进步。因为这个东西如此重要，所以我们要去研究。就是不能研究的，也须要懂得它的意思。但是要懂得它，须用什么方法呢？

设如现在有一件机器，就说一个发电机吧，要懂得它，须用什么法子呢？第一就是把这机器拆开，看它的构造；第二要看它构造的方法。把这两件事弄清楚了，才晓得这件机器的运用。现在我们要懂得科学，先讲科学的方法，也是这个意思。因为要懂得科学，须懂得科学的构造；要懂得科学的构造，须懂得科学构造的方法。

二、 科学的起源

科学的定义，既已言人人殊；科学的范围，也是各国不同。德国的 Wissenschaft，包括有自然、人为各种学问，如天算、物理、化学、心理、生理以至政治、哲学、语言各种在内。英文的 Science，却偏重于自然科学一方面，如政治学、哲学、语言等，平常是不算在科学以内的。我们现在为讲演上的便利起见，暂且说科学是有组织的智识。从这个定义，大家可晓得科学是纯粹关于智识上的事，所以我们讲科学的起源，不能不讲智识的起源。

诸君晓得在哲学上有个极大的问题，就是智识起源论。因为古来的哲学家，对于这个问题意见不一，所以哲学的派别也就指不胜屈。现在取它们两个极端的学派作为代表，一个是理性派（Rationalist），一个是实验派（Empiricist）。那理性派说，世间一切现象的真际是不易懂得的，我们要是靠了五官感觉去求真智识，最容易为它们所骗。譬如看电影中的人物、风景，活动如生，其实还是一张一张的相片在那里调换。又如山前放一大炮，耳里就听了一阵雷声，其实还是一个炮仗。反而言之，我们要是用心中的推想去求真理，倒还靠得住一点。譬如我们下一个定义，说凡由一点引至周边之半径相等者为圆。这等定义，无论何时何地皆可定其为真，这不是真智识吗？那实验派说，世间的智识原有两种：一种是理想的智识，如几何、算术等是；一种是物观的智识，如物质世界的现象，我们不能不认其有客观的存在。要研究这客观的现象，除了用五官感觉，实在没有他法。譬如但凭心中的理想和先天的知觉，我们断断乎没有理由去断定水会就下，或是水热到百度是个什么情形，冷到零度以下又是一个什么情形的。属于第一派的哲学家，就是柏拉图（Plato）、来孛聂兹（Leibnitz）①、石宾洛渣（Spinoza）②、笛卡儿（Descartes）③、黑格尔（Hegel）、康德（Kant）一流人。属于第二派的就是培根（Bacon）、洛克（Locke）、休姆（Hume）④一流人。现在不过略讲智识起源论，以见科学的起源实由实验派的主张为正确智识的哲理上的根据。至于两派的优劣得失，那是哲学上的问题，我们现在无暇讲及了。

三、 科学与逻辑

哲学家讲智识起源，是要想得正确的智识。这逻辑的用处，

---

①今译莱布尼茨（1646—1716），德国哲学家、数学家。他和牛顿先后独立发明了微积分。——编者注。

②今译斯宾诺莎（1632—1677），近代哲学史上重要的理性主义者，与笛卡尔和莱布尼茨齐名。——编者注。

③又译笛卡尔（1596—1650），法国哲学家、数学家和物理学家，因将几何坐标体系公式化而被认为是解析几何之父，并开拓了所谓"欧陆理性主义"哲学。——编者注。

④今译休谟（1711—1776），苏格兰哲学家、经济学家和历史学家，被视为苏格兰启蒙运动及西方哲学史中最重要的人物之一。——编者注。

就是为求正确智识的一个法则。理性派与实验派对于智识起源的意见不同，他们所用的方法自然也不同。换言之，就是他们的逻辑不同。那理性派所用的是演绎逻辑（Deductive Logic），又谓之形式逻辑（Formal Logic）；那实验派所用的是归纳逻辑（Inductive Logic）。我们现在讲逻辑的，都晓得亚里斯多德①是演绎逻辑的初祖，培根是归纳逻辑的初祖。说也奇怪，那亚里斯多德不是很反对柏拉图的哲学，自己又很研究实验科学的吗？但是他做起逻辑方法，却只得演绎的一半，可见当时逻辑与思想，原来不甚联络，无怪中世纪的时代这逻辑就成了一种形式了。形式逻辑何以不中用呢？

（1）因为形式与实质是决然两物，形式虽是对了，实质错不错，逻辑还是不能担保。譬如说：

> 凡当先生的是学者，
> 某君是先生，
> 故某君是学者。

这个演绎的形式，可谓不错了，但是其理是否确实，还是一个问题。

（2）就算实质、形式皆不错了，但是应用这种逻辑来解释事

①今译亚里士多德（前384—前322），古希腊哲学家、科学家和教育家。他是柏拉图的学生，亚历山大大帝的老师。——编者注。

理，仍旧靠不住。譬如我们通常说"气之轻清上浮者为天，气之重浊下凝者为地"，古希腊人也说"物质的自然位置，重的居下，物有反其本位的倾向，故下坠"。用逻辑的形式讲起来就是：

> 凡物皆有归其本位的倾向，
>
> 重的本位在下，
>
> 故重物下坠。

这个说法，本来和引力说有些相像，但是"物有归其本位的倾向"同"重物的本位在下"两句话，请问是否先天的理想可以定其为正确？若其不然，就是全篇的论理无有是处。

上面所引的两个例证非常简单，但是所有的演绎逻辑总离不了这个法门。这个法门为何，就是先立一个通论，然后由通论以推到特件①。只要把通论立定，这逻辑的方法就成了一种机械作用。譬如车在轨道上，自然照着一方向进行，至于方向的对不对，逻辑是不管的了。现在要挽救这个弊病，自然唯有反其道而行之。一方面是暂时不下通论，而从特件入手，由特件以推到通论；一方面是用观察及试验，先求特件的正确。这从特件以归到通论的办法，就是归纳逻辑。归纳逻辑虽不能包括科学方法，但总是科学方法根本所在，我们须得详细研究归纳逻辑的真义。

---

①此处及后文的"特件"应指"特例"或"特殊事件"。——编者注。

四、 归纳的逻辑

讲到归纳的逻辑，我们自然不能不先讲培根，因为培根是主张用归纳方法最早而最力的。培根说："推理之为用，不当限于审察结论及结论与前提之关系，并当审察前提之当否。"此已视演绎的逻辑进一步了。第二，培根的主义，是要为自然界的仆人或解释者，而不愿为前人的仆人或解释者。所以他的 *Novum Organum*，开篇就说要去四蔽（Four Idols）①。四蔽为何？一是族蔽（Idols of Tribe），二是身蔽（Idols of Den），三是众蔽（Idols of Market Place），四是学蔽（Idols of the Treatre）。去了四蔽，然后可去观察自然界的现象。培根说："我们第一个目的，是预备研究现象的历史。"这预备的方法，就是观察与试验。培根看得这种预备的功夫非常重要，他说："若无这种自然界事实的历史，就是把从古至今的圣人聚在一堂，也没什么事好做。……但是只要把这种历史预备好了，自然的研究及各种科学的发达，总不出几年的工夫。"

培根的归纳方法，有所谓三研究表，即：①然类表；②否类表；③比较表。又有消除法、辅助法。但方法虽多，却不适用，所以培根自己于科学上并无发明，他的方法也没人去过问了。但是他的功劳，就在主张实验，搜集事实。这两件事究竟

①近见《新潮》有译作"偶像"者，但培根此词托始于柏拉图之 Idols，盖谓心中之幻想或假象耳。——原注。

是科学方法的基础。我们现在讲科学方法，还得要把创造始祖的名誉归他。

归纳逻辑，在培根的时代虽然是草创，没有什么实用的价值，到了后来弥勒（Mill）①、黑且儿（Herschel）②、柏音（Bain）③、惠韦而（Whewell）④、觉芬（Jevons）⑤一班人出来专讲方法，一方面有加里雷倭（Galileo）⑥、恺柏勒（Kepler）⑦、牛顿（Newton）、拉瓦谢（Lavoisier）⑧、拉勃拉斯（Laplace）⑨、兑维（Davy）⑩、法勒弟（Faraday）⑪一班人由各科学方面实地应用，这归纳的方法才渐渐有轨道可寻，详细可讲了。如弥勒的五法（Five Canons），无论什么逻辑，书上皆有的。现在也无暇讨论，我们且说这归纳逻辑究竟是一个什么意思。

（1）据惠韦而的说法，归纳逻辑，是由许多事实上，加上心

---

①今译穆勒。——编者注。

②今译赫歇尔（1750—1848），生于德国汉诺威，英国天文学家。——编者注。

③今译贝恩（1818—1903），苏格兰心理学家和教育工作者。——编者注。

④今译休厄尔（1794—1866），英国哲学家。——编者注。

⑤今译杰文斯（1835—1882），生于利物浦，英国经济学家和逻辑学家。——编者注。

⑥今译伽利略。——编者注。

⑦今译开普勒（1571—1630），德国天文学家和数学家。——编者注。

⑧今译拉瓦锡（1743—1794），法国化学家和生物学家，被誉为"现代化学之父"。——编者注。

⑨今译拉普拉斯（1749—1827），法国天文学家和数学家，天体学的集大成者。——编者注。

⑩今译戴维（1778—1829），英国化学家和发明家，电化学能的开拓者之一。——编者注。

⑪今译法拉第。——编者注。

中的意思，使众多的事实成了一个有条贯的智识。譬如我们何以知道地①是圆的呢？就事实上说，设如从相离很远的两点同时直向北走，走到近北的地方，他们两个人的距离，比较在南边的时候一定近了许多。有了这两个事实，再加一个地球呈圆形的意思，就使兹两个事实联结起来，成了一种智识。这以心中的意思联结许多事实的作用，就是惠韦而的归纳逻辑。

（2）据弥勒的说法，归纳逻辑是由实验以得通则，由特殊以推到普通，由现在的情形推到未来。因为现在的事实是因为有现在的境缘而后出现，将来若有同样的境缘，我们可以决定同样的事实仍旧出现。可见弥勒的意思和惠韦而的意思不同。惠韦而重在以自己的意思加入事实，弥勒重在就现在的事实去推测未来的事实。所以能推测将来，因为现在的事实正是普通规则之偶现故。

（3）觉芬说，归纳法是自然现象之意思的发现。如凡欲研究之现象或事实皆经考察过，谓之完全归纳。如未经完全考察，其归纳则为不完全。譬如言鸦是黑的，此为不完全归纳。因为鸦之必黑，无先天之理论可为判断，设如明日见一白鸦，则我们的论理立破。故不完全归纳只有数学上或然之价值，而无逻辑上必然之根据。

（4）近人魏而敦（Welton）② 说，归纳逻辑是方法的分析。

---

①原文如此。此处"地"指"地球"。——编者注。
②今译韦尔顿。——编者注。

此方法起点于各个特例，由此分析的结果，可得自然现象实际的通则。因为搜集事实易生错误，所以实验之数以多为贵。但使周围情形能确然自定，就是一次实验亦可据为判断。有时因为他种困难，其现象的周围情形极难确定，在这个时候，不能不多行实验，但是这种实验的结果，仍旧不能算为归纳，不过是算学上的或然数罢了。

照上面所说的看来，就是科学方法的专家，对于归纳逻辑的意义也是人持一说。但是他们有个共同的论点，是要从特殊事件中间发现一个通则。世间上事实既不能一一考察，而又新发现通则不至于错误，这其中必定有个方法。现在我且把这方法的大概写出来，以下再详细解说。

归纳法的大概：

第一，由事实的观察而定一假说。

第二，由此假说演绎其结果。

第三，以实验考察其结果之现象，是否合于所预期者。

第四，假说既经试验，合于事实，乃可定其为代表天然事实之科学律。

五、 科学方法之分析

科学方法既是从搜集事实入手，我们讲科学方法，自然须先讲搜集事实的方法。搜集事实的方法有二，一曰观察，二曰试验。

（1）观察。凡一切目之所接，耳之所听，鼻之所嗅，口之所尝，手之所触皆是。我们对于外界事物能有正确的观念，皆由五官感觉，所以观察为搜集事实第一种利器。但是人人虽有五官感觉，能用这种观察以得正确事实却不容易。上面所引看电影、听炮声诸例，有的是生理上的缺点，有的是物理上的现象，在科学上虽是不可，在常理上尚不能怪人。还有一种单为官觉未经训练，致观察不得正确的。相传化学大家徐塔儿（Stahl）①一天到课室去，一手托了一杯碱水，把中指放在水内瞧了一瞧②，却把食指放在口内与学生看，叫学生照着他做。学生个个把食指放在碱水内，复又放在口中，自然都疾首蹙额起来。徐塔儿先生才说，我说你们观察不仔细你们不服，你们不见我放在碱水内的是中指，放在口内的是食指吗？这观察事实，是科学方法的第一步。要是观察不正确，不得正确的事实，以后的科学方法就成了筑室沙上，也靠不住了。

（2）试验。试验是观察的一种预备。我们试验的意思，还是要看它生出的结果，不过这种观察在人为的情形之下施行罢了。试验有两种特别的地方：第一，试验可以于天然现象之外增广观察的范围；第二，试验可以人力节制周围之情形，以求所需结果。以第二目的而行试验时，我们有一个规则，道一次只变动一个因子。譬如要试验氧气是否为生命之必要，我们就把一个玻璃钟装满氧气，又用一支蜡烛把钟内的氧气燃尽，然后把

---

①今译斯塔尔（1659—1734），德国化学家和医生，燃素说和活力说创始人。——编者注。

②原文如此。疑"瞧了一瞧"为"蘸了一蘸"之误。——编者注。

一个老鼠放进去。但是这个法子不对，因为钟内虽没有氧气，却还有他种气体，老鼠要是死了，我们何以知其非因他气的存在而死，不是因为氧气之不在而死呢？

试验这事不是容易的，大凡学科学的，平生大半的精力都是消耗在这试验上。学科学的不会行试验，就同学文学的不讲字一样，我们可以说他不是真学者。

有了观察与试验，我们可以假定有正确的事实了。照上面所讲归纳法的大概，有了事实，不是就可以定一假说以求天然现象的通律吗？但是事情没有那样快，中间还有许多步骤要经过的。

（3）分类。有了事实之后，我们须得找出这事实中同异之点，然后就其同处把这些事实分类起来。这分类的一属在科学方法上也极重要，因为要不分类，所有的事实便成了一盘散沙，不相联属。科学是有系统的智识，这有系统的性质就是由分类得来。有些科学，如动物学、植物学等，其重要部分全在分类。即以化学而论，各种元素的分类，也是化学上一个重要的研究；化学中最重要的周期律，也是先有分类而后能发现者。

（4）分析。分类之后，若在简单的事实，我们就可以加以归纳（Generalization）。若是现象复杂一点，还要经过分析的一个手续。分析的意思，是要把一个复杂的现象分为比较简单的一个观念。譬如声音是一个复杂的现象，我们若是分析起来，就有：

第一，发音体之颤动。

第二，颤动之传导于介质。

第三，耳官之受动与音觉之成立。

所以这音的现象，可以分析成"动"与"感"的两个观念。这两个观念在现在可算最简单不能分析的了，我们分析的功夫可以暂止于此。后来科学进步，或者还可分析，也不定的。

（5）归纳。归纳的作用，不是概括所有的事实，做一个简写的公式，是要由特殊以推到普通，由已知以推到未知。譬如我们看见水热则成气，冷则成冰，有气、液、固三体的现象。又看见水银也有这三种现象。又看许多旁的物件，原来是固体的，加热就成了液体，再热就成了气体（如蜡、糖等皆是）。我们就简直可说，凡世间上的物质，皆可成气、液、固之体，不过是温度和压力的关系罢了。

照这样的归纳，先有事实然后有通则，这通则就是事实里面寻出来的，比那演绎法中间所说——因为重物的位置在下，所以向下坠的说法——迥然不同了。但是科学上这种明了的事体却很少，每每事实的意思还未大明白，我们就要去归纳它。在这个时候，不能说归纳所得的道理就是正确的，所以把所得的结论不叫作确论，叫它作假设。这假设的意思就是心中构成的一个图样，用来解释事实的。

（6）假设。假设的作用，虽然不出一种猜度，但猜度也要有点边际，方才不是瞎猜，所以好假设必要具下三个条件：

第一，必须能发生演绎的推理，并且由推理所得结果可与观察的结果相比较。

第二，必须与所已知为正确的自然律不相抵触。

第三，由假设所推得之结果，必须与观察的事实相合。

何以须有上三条的特性，方为好假设呢？也有几个缘故：

第一，要定假设的对不对，仍须事实上证明。所以有了假设，必须由假设中可以生出许多问题来。这由假设生出的问题，就是演绎的推理。解决这些问题仍旧要用实验，仍旧还是归纳的方法。譬如化学上的元子说①，是由定比例之定律及倍数比例之定律两个定律得来的一个假设，有了这个假设，我们就可断定许多的化学变化。又据试验上所得的化学变化，果然相符，我们才说这种假设有可存的价值。要是试验多了，只有相符，没有相忤②的时候，我们简直可把这假设的地位提高起来，叫它作学说（Theory）。要有假设不能演绎出特别的问题来，岂不成了永久的假设？这种永久的假设，有没有是不关紧要的。

第二，因为我们的假设不过是一种猜度，讲到它的价值，自然不能比得已经证确的自然律，所以我们只可拿正确的自然律来做我们的向导，却不能牺牲自然律来就我们的范围。譬如现今有人说鬼可以照相，这个说法非把物理上一切定律推翻，是不通的。

第三，假设原是因为证明或解释事实而设的，若其结果与事实不合，便失其为假设的理由了。

---

①疑指今原子分子学说。——编者注。
②原文如此。疑"忤"为"啎（wǔ）"的异体字。——编者注。

讲到此处，我们可以评论培根的科学方法何以不能成功。因为他过于主张实验，得了事实之后，只去列表分类，求它们的异同，要在异同之中发明一个通则，却不知用假设，由演绎一方面去寻一条捷路。正如运算的，只知加减，不知乘除，遇着 25×25，他便要去加二十五次方得结果。况且有许多通则并不是仅仅分类比较所求得出的。再说上面讲归纳逻辑的时候，曾列举惠韦而、弥勒、觉芬、魏而敦几个人的意见，一个说归纳是把所有的事实概括拢来得一个通则；一个说归纳只是据特例以推到通则，要是特例是靠得住的，就是一个也不为少，特例要是靠不住的，就得多找几个。我们现在晓得研究科学，不是仅把那明白、简单的事实搜集拢来，做一个简写的公式可以了事的，有时现象的意思既不甚明白，事实的搜罗还不甚完备，我们也不能不下一个解释，求一个通则。这种办法，难道就不是归纳，不算科学方法吗？所以我说他们所说，皆各有所当。就现在的科学的情形看起来，他们的话正是各得一端呢。

可是诸君要问，既是现象的意思还不甚明白，事实的搜罗还不甚完备，我们何不留等一等，到那明白完全的时候再去归纳，何必急急忙忙地瞎猜呢？这话我说不对。因为假设的职分，还是在科学方法的里面，并不在科学方法之外。何以故呢？因为有了假设，然后能生出更多的试验，然后能使现象的意思越发明白，事实的搜集越发完备。所以假设这一个步骤，倒是科学上最紧要的。现在科学的方法所以略于极端的实验主义的地方，也就因为有假设这一步可以用点演绎逻辑。

(7)学说与定律。假设经若干证明后，可认为学说，上已说了。学说是经过证明的，所以可引来证明他种现象；假设则只能用为解释，不能为证据。如电解说为现在物理及化学上的重要学说，其所以成为学说，正因化学上的电气当量等实验把个电解说鞏固得颠扑不破。原子说虽然没有什么例外，但总觉得虚渺难测一点，还不算学说的。至定律，乃是由事实中老老实实归纳来的，并不加以丝毫人为的意思。譬如质量不减之定律、能量不减之定律、引力之定律、定比例之定律、倍数比例之定律，皆是直切简明说一个事实，并且是说一个"什么"，并不说是"怎么"。所以论理学上尝说，如问物何以下落，答云因为引力之定律，不算答解，就是因为未说"怎么"的缘故。但是定律虽未说"怎么"，它在科学上却是根本观念，大家不要看轻了它。

假设与学说，既是为研究方便起见拿来解释现象的，所以没有什么一成不变的理由。大天文家恺柏勒研究火星运行，因发明椭圆轨道的学说。但他未得最后的学说以前，已经起了十九个假设，都因与事实不合弃去了。法勒第也说过："书中所有的学说，不过科学家想到的百分之一，其余的许多，都因不合事实，随生随灭了。"这种说话，最可以表科学家的真精神及方法。

科学方法讲到此处，可以略略做一个结束。我们现在且把归纳逻辑和演绎逻辑来比较比较：

第一，归纳逻辑是由事实的研究，演绎逻辑是形式的敷衍。

第二，归纳逻辑是由特例以发现通则，演绎逻辑是由通则以判断特例。

第三，归纳逻辑是步步脚踏实地，演绎逻辑是一面凭虚构造。

第四，归纳逻辑是随时改良进步的，演绎逻辑是一误到底的。

六、 科学方法之应用

今世所以有科学，因为有科学方法，但是学科学的，却不大觉科学方法的所在。庄子说"鱼相忘于江湖，人相忘于道术"。试看古今有名方法学家，大半皆不是专门科学家。他们何以要这样不惮其烦地讲来？大约他们的意思，倒不是为科学家说话，他们的意思，是要把这科学的方法灌输到他种思想、学问里去。就实际上讲来，现在的学问，哪一种不带几分科学的色彩？如心理学，本来是个空空洞洞的学问，现在也变成了一种实验的科学；至如生计学，自从马尔秀斯（Malthus）① 人口论，说明食物生殖以算术级数，人口生殖以几何级数，供求相因的定律也由一种想当然的议论变成一种事实的数量的学问。社会学处处以统计为根本，以求社会上利病祸福的原则。譬如研究犯罪者之多少与不识字者之多少成比例，还不是科学的方法的应用吗？至于教育学，现在更是趋于实验一方面。譬如我们不晓得两点钟接连讲下去学生得益多些，或是把两点钟分成三门讲义学生得益多些，我们很可以拣两班资质、年岁同等的

---

①今译马尔萨斯（1766—1834），英国人口学家和政治经济学家。 ——编者注。

学生，用一个先生，分两样教法。一个星期以后试验他们的成绩，就可以知道哪个方法好些。这种方法，是美国教育界研究教育的始终在那里进行的。就是现在写实的文学派，实用主义的哲学派，哪一件不是与科学方法有关系的？所以我说科学方法在一般学者，比较在科学家还紧要些。

七、结 论

从前读哈佛大学校长爱理阿（Eliot）[①] 君的演说，有一段讲归纳逻辑的用处，讲得甚好，等我把它引来做我的结论吧。

> 归纳哲学的特性，在什么地方，何以能有那样大的变化力，把实行它的人类的习惯、行为、风俗、政治、宗教及一切人生观皆改变了呢？归纳哲学，从观察具体的及实际的事物入手。所重的是事实，既不想那种虚理乱测，也不靠上天的启迪。所研究的是实在的事物，可以是植物或动物、矿物，也可以是固体、液体、气体或以太。总要实有其物，可以眼见、耳听或手触，或实有其事，可以称衡或权量，所求的是空理，即是事实。既以眼或手或他官觉观察即得事实，更以事实与事实相比较，或一群事实与一群事实相比较。比较之后，于是乎有分类，分类之后，于是乎有概括，是为第一进步。但此概括亦极有限制，既不

---

①今译艾略特。——编者注。

是上及青天，下入原子，不知纪极的推测，也不是完全自
是的学说，不过观察事实以后的最近的一步罢了。于是谨
慎小心，把观察、分类、概括之所得记录起来。这方法上
的用心，也与观察同其锐敏，与记录同其正确。这就是归
纳的方法。现在我们就说现今世界行事，一切新方法，一
切新实业，一切新自由，一切团体的能力及社会的平等，
皆是由归纳方法生出来的也不为过。近世经济学，就是用
归纳方法而成功的第一个好例。

　　你们要说这是把物质的或机械的眼光来看人类的进步
吗？不然，不然。因为经过这许多观察、记录、概括的法
则，那人类思想上发明的及先知的力量，才能够发生。你
们以为爱迭生（Edison）① 平生的事业，单单的是由手或眼
做成的，或是由不出可见可捉的事实的推想造出的吗？其
实皆不然。爱迭生君的最高的本领及其最贵的特质，就是
他的发明及创造的想象力。此不独于爱迭生为然，大凡于
纯粹或应用的科学的进步上有所贡献的，亦莫不然。有许
多人只会做那刻板、一定的事，但要的确做点有进步的事
体，其人必定要有很亲切、自由、活泼的想象力，并且要
有确实逻辑的与有秩序的思想及笃实应用的本然。所以我
们在这里赞赏归纳哲学的美果，叹异归纳方法于物质世界
的非常成功的时候，不要想我们就把那智理及精神的一方

---

① 今译爱迪生（1847—1931），美国发明家、商人。——编者注。

面抛弃了，我们正要从这最大而最有益的地方的门口找人类的理性及想象呢。

（北京大学论理科讲演稿）

钱宝琮（1892—1974），数学史家，中国古代数学史和中国古代天文学史研究的开拓者之一，撰有多部专著和科学史论文60余篇。1907年考入江苏省铁路学堂土木科。1908年考取浙江省第一批官费留学欧美生，入英国伯明翰大学土木工程系学习。1911年获理科学士学位，就读于曼彻斯特工学院建筑系。1912年回国，在上海南洋公学、江苏省立第二工业学校任教。1925年任南开大学数学系教授，1928年起任浙江大学数学系教授。

科学史与新人文主义

钱宝琮

人生之最高目标为求真、求美、求善等不朽事业。此等事业之有无止境及可否达到，皆可不计，而我人必须向此等境界奋励前进，则当无疑义。所遗憾者，一般古典学究与文人，对于宇宙大观渐为自然科学家所揭露，常熟视无睹。一般科学家与发明家亦漠视人类于最近五千年中积人积智所造成之文化，不能欣赏古人之盛德大业及科学以外文化工作者之贡献。文学家与科学家皆只从物质成就方面认识科学，忽视科学之精神与其内在之美丽，因而怀疑近世科学文化之有其缺陷，谓现代人类已临一空前之危机。持人文主义者莫不竭尽心力以求一挽救之道而难得其当。作者近读美国萨敦（George Serton）① 博士之论文《科学史与新人文主义》（*History of Science and New Humanism*），以为确有灼见，吾人当前文化之缺陷未尝不可补救。

　　萨敦以为今世人类意见之冲突莫甚于旧人文主义者与科学家之不能相容。旧人文主义者谓科学仅系专门技术，而以维护精神事业自居，不知科学发展之速于今为烈，对于人生之重要性必渐增进。将来一切科学知识及物质权力为科学家所把握，而教育事业仍操于旧人文主义者之手，二者分道扬镳，后果之恶劣将不堪设想。科学家常集中其意志于所研究之事物，又为旧人文主义者排挤，势必处于孤立无助之地位。人类文化将有畸形发展之危机，挽救之策莫如调和二者之间使能互助合作。人文主义之表现原在教育与文化，务求人类之至善，自当容纳一切正道之创造活动。各部分之工作者应互相了解，共济时艰。教育家须略具科学知识而能欣赏之，科学家须受历史训练而能后顾前瞻，维护正义。萨敦以为科学史之教学可使教育家明了科学之文化价值远在其实用价值之上，可使科学家能疏通知远，以历史为其借鉴，明了科学永是天下为公之大道。科学史可为旧人文主义者与科学家之津梁。教育与学术二者之隔阂既去，自得各循正轨，步入一新人文主义之时代。

---

　　①今译乔治·萨顿（1884—1956），近代科学史学科的重要奠基人之一。——编者注。

萨敦对于文化史之见解，略谓：我人欲修人类之历史，当注重文化之发展，描写人类富有创造性之生活，其他方面之种种活动仅为文化史之背景而已。人类创造活动之主要人物，大别之有艺术家、社会改革家、宗教家与科学家四类。此四家者之活动各有其单纯目标，原不必有所轩轾。唯就文化之发展观之，则科学家之创造活动尤宜重视。盖学术多端，唯科学为常有进步。读科学史如攀跻高山，勇往直前皆是上达之路，虽不能登峰造极而有眼界渐拓、佳境愈近之感。读艺术史则如游山陵起伏之地，登临眺望不无胜景，而丘壑高下往往不能预测。从艺术之流变可以观世运之盛衰，虽时有杰作而不能谓为进步。宗教与社会之革新亦若是而已矣。

科学家本其求真之愿望，做即物穷理之功夫，世世相传，锲而不舍，以阐明人与自然之关系为其目标。科学之能产生机械而见诸实用，实为科学之副产品，不足以衡量科学之价值。旧人文主义者因不满意于机械之应用而诅咒科学，究非持平之论。即就机械而论，人皆知应用机械之效在增加工业品之产量，而不知其尚有多方面之功绩。今人创作之艺术不能比古人更美，而欣赏艺术之机会则较前更多。宗教家不比古人更贤，而劝善惩恶则较前更易。现代各种文化皆因有科学与其应用而相得益彰。唯近代机械文化之进步或太猛烈，人类之大多数尚未能学习欣赏其利益，因而怨尤其新获之自由则时有所闻。然而此等新自由将来终得善用，则莫非科学之赐也。

科学家之研究自然务须消除任何私见，但不能脱离人性，科学实为人性内反映自然之宝鉴。科学之能一致，固由于自然之一致，而人类思想之能一致尤为其主因。又观察自然须用仪器，科学之产生不特依赖我人之心，亦须依赖我人手制之工具。科学之不离人性，自是显而易见。且真实之本体永不可得，但由科学精神之持久贯注，我人可渐渐接近之。科学之最可宝贵者当不在所获得之知识，而在我人锲而不舍之精神。科学之贡献当是人性中最优美、最伟大之表见。科学史或文化史之注重科学发展者以叙述各时代人类之创造活动为其职志，读之者当有科学统一、人类统一之感想。政治、历史因不能不注意人类之争执与猜忌而忽视人类内心之一致。不同民族间有战争，不同阶级间有冲突，皆属不可讳言。但在科学研究方面，则敌对之民族与憎恶之阶级仍能互助合作，向同一方向前进。我人有五千年之经验，可信科学求真为人心之所同，百虑而一致者也。历史为人类之借鉴，应以科学发展为其主题，当无疑义。

世人多惊叹近代科学之神奇，诧为近三百年文化之特殊成绩。不知学术之演进有如积薪，总是后来居上。不有古人启发于前，今人何能猛进于后？科学之发展史当与人类历史共其久长。十七世纪以前科学研究之途径较为迂折，故进步稍缓。然自有史以来，承学之士薪尽火传，科学之演进实未尝间断也。西洋科学之远源在埃及与巴比仑[①]，实开希腊学术之先河。当希

---

①今译巴比伦。——编者注。

腊文化衰落之际，亚拉伯①人、波斯人、犹太人复崛起于东方为承先启后之工作。欧洲文艺复兴以后之科学发展，莫非东方民族学术之流传。于此可见人类皆有求真之意志，不以政治、地域、民族、宗教之不同而稍异其趣。东方、西方俱有圣智，其揆一也。

今日学校教育之大病实为人文陶冶与科学训练二类课程之各自擅场而不能融洽。科学家之下学上达须有其诚笃、严正、谦虚诸美德，而尤以克己功夫为之关键。旧人文主义者之偏见，谓科学训练无当于人文陶冶，不足信也。萨敦提出其关于革新中学课程之种种意见，于宣扬科学发展之历史教学尤多注意。至于科学史之深入研究为专门之业，非普通教育之所需。但在大学内宜多设科学史学程，使中学师资有所传授，而中学自然科学及历史教材得以随时修订。此项科学史学程，或为某一时期之进化史，或为某一科目之发展史，在大学各门专科学术之中，足以疏通各科之隔阂，提携各科之联络，无论何系之大学生皆应选读一二学程以协助其主科学术之深造。科学史之教学为新人文主义之核心。新人文主义者因同情人类之创造活动，愿以其热忱促进人类文化，且以感激与仰慕之心回顾既往，下学则温故而知新，上达则承先以启后。使当世学文者借此以略知科学，学理者借此以略知文艺，文质彬彬，然后君子，则此岌岌可危之机械时代可由此祛除，而光明正大之科学时代将代

①今译阿拉伯。——编者注。

之而兴矣。

窃按西洋文化之工作者大别为艺术家、社会改革家、宗教家与科学家四类。此四类人士如能互相了解而共同合作，则文化之造就当蒸蒸日上，人类生活自可达到理想之境界。否则各具偏见，缺乏共同目标，使任何方面有畸形之发展，对于人类幸福难有裨益。宗教家重视灵魂，常有出世之想，故讥诮科学家之注重现实为舍本逐末，未为正道，尤以科学家之揭开宇宙秘密及创造奇器为庸人自扰，疑非人类之福。艺术家与政治家亦往往附和其说，使社会人士怀疑科学发明之价值。科学家虽能博文约礼，未尝反唇相讥，而鄙薄宗教，不甘与世俗人士和光同尘，则为不可讳言之事实。科学家之处境实有困难，非有极大之毅力殊难应付。萨敦之提倡科学发展史之研究与新人文主义，即所以融合各方之意志，使能共同促进和平文化，收"天下同归而殊途，一致而百虑"之效。此在西洋确为当世急务。

吾国两千年来主持教育者皆读儒家书籍，不信天堂、地狱等宗教偶像，而以世道人心为其教学之目标。《春秋左氏传》①载鲁国穆叔对晋范宣子曰："太上有立德，其次有立功，其次有立言。虽久不废，此之谓不朽。"后世士人多崇奉此"三不朽"说为人生矩矱。应用科学之种种发明当在立功之列，纯粹科学之种种发现当在立言之列，宜与立德并传不朽。宋代以后道学家亦以"尊德性，道问学"并重，且有以"为往圣继绝学，为

---

①即《左传》。——编者注。

万世开太平"相号召者。可知中国儒家之人文主义初无排斥科学思想之意。且吾国开化极早，凡利用厚生之事功早为先民所重视。《易·系辞上》曰："备物致用，立成器以为天下利，莫大乎圣人。"故后世应用科学逐渐进步，在三百年前与欧西各国相比，实有过之无不及。然而中国人自发之科学知识，皆限于致用方面，而忽略纯粹科学之探讨。中国四千年真积力久之文化，大致与罗马帝国文化趋向相同，而缺少古希腊人与文艺复兴时代以后之欧洲人学术研究之精神。《易·系辞下》曰："精义入神，以致用也。利用安身，以崇德也。过此以往，未之或知也。穷神知化，德之盛也。"朱熹注云："下学之事，尽力于精义利用，而交养互发之机，自不能已。自是以上，则亦无所用其力矣。至于穷神知化，乃德盛仁熟而自致耳。"《系辞》此节及朱熹之注最足以表示中国士人之科学精神与人文主义。《荀子·天论》"从天而颂之，孰与制天命而用之"等语，颇饶破除迷信、提倡科学之意。但《修身》篇云："不识步道者，将以穷无穷，逐无极与？意亦有所止之与？夫坚白、同异、有厚无厚之察，非不察也。然而君子不辩，止之也。"《解蔽》篇云："凡以知，人之性也。可以知，物之理也。以可以知人之性，求可以知物之理，而无所疑止之，则没世穷年不能遍也。……故学也者，固学止之也。"《王制》篇且有"械用，则凡非旧器者举毁"之主张。在探求真理之前，先为预定一可止之境；在创造械用之后，复限制新器之使用。从荀子之说，匪特纯粹科学难以树立，即应用科学亦鲜进步之望。在五百年前我国尚为世界一先进国家，至今日则近世科学不能与西洋各国并驾齐驱，文化落后为天下笑。推求其原，未始非荀子学说深中人心①之为大病也。

中国文化中宗教色彩极少，科学精神亦不如近代欧美人之充实，由宗教与科学二者之目标不同而起之争执，在中国文化史上自少实例。但自近代西洋科学输入以后，旧学究与文人无暇欣赏纯粹科学之洁静精微，徒见应用科学功效之突飞猛进，因倡"中学为体，西学为用"之说以勖勉当世学子。持此说者，一人之所学即有目标不同、体用分驰之病。末流之蔽乃至认中学为无用之体，西学有无体之用，卒于中西学术皆无所得。今日之中学课程，科学训练与人文陶冶二类虽能应有尽有，而二类之教学犹未能会通，有志学理者忽视文艺，有志学文者忽视科学，教育成效之不如人意②恐较欧美为尤甚。故萨敦之新人文主义在中国学校内尚不失为苦口之良药。

吾国史家自司马迁以后俱知天文、律历知识之进步为重要之史实，故《史记》及《汉书》以后各史大都有"志"，叙述各时代天文、历算、科学之发展。其他工程、水利、器械、医药等之进步亦散见各史列传中，若能广为搜辑，当得不少科学史料。所不足者，"二十四史"所载史料只是古人科学研究之结果，而略于各时代发展之过程，叙述科学之进步未能显豁。后人阅读史书大都注意各朝之政治、武功，而以天文、律历、河

---

①原文如此。今说"深入人心"。——编者注。
②原文如此。今说"不尽如人意"。——编者注。

渠、地理各志为干燥乏味，术数、方伎①诸传为无关宏旨，付诸存而不论之列。近代西洋科学史之著述多知尊重埃及、巴比仑及亚拉伯之文献，而忽视中国与印度。萨敦提倡科学发展史之研究，且自诩为熟悉中古时期东方文化之一人，而讨论东西文化时只以近东自限，不敢稍涉远东一语。西洋之研治中国学问者，大多以文字之间隔，难免臆测之辞。欲求科学史之完善，此时尚非易事。所望国人有历史兴趣者多做专门学术史之整理工作，一则可以辏成一优良之本国文化史，一则可以校补世界文化史之疏漏，对于新人文主义者不无裨益也。

人类文化之进步大部分倚仗各时代科学家之努力，科学研究之对象亦非研究者之国籍、种族、宗教所可限制，故随时随地皆可产生科学家与发明家。我国古代在应用科学方面有极光荣之历史固可聊以自豪，在纯粹科学方面成绩较少亦不必因而自馁。罗马帝国昌盛时期，希腊人之科学名著因当时士人之忽视而大部失传，科学文化逐渐衰落。然而十二世纪中翻译亚拉伯文科学书籍开始以后，意大利北部诸城市即为文艺复兴之发祥地，而拉丁民族转为文艺复兴之大功臣。科学之盛衰不为地域、民族所决定，于此可见。我国金元之际（十三世纪）数学、天文二科各有特殊成绩。至明代中叶，旧学荒废，竟无一能解古代历算之人。明末接受西洋历算，国人始于科学研究稍感兴味。清嘉庆年间（十九世纪初）宋元数学终能复兴。要之，一

---

①"方伎"即"方技"。——编者注。

国学术之盛衰皆由人事所致，不可委之于民族性格也。我国古代享受河流文明，在黄河、长江二大流域农业生产可以自给自足，故于日常生活所必需之应用科学外，不必有其他企图。纯粹科学之停滞不前宜有相当理由。《吕氏春秋·上农》篇云："民舍本而事末则好智，好智则多诈，多诈则巧法令，以是为非，以非为是。"吕氏盖以耕织为本，工商为末，遂视安时处顺为善良，好学深思为奸诈也。自汉以来，朝廷皆取重农政策，科学不为世人所重，故难有进步。

今日世界交通日趋便捷，我人生活方式已与古人之因陋就简者迥异。工商业当与世界各国争一日之短长，举世尊重之学术文化岂甘居人后者耶？文化界工作者当知埃及、巴比仑、希腊、罗马各国学术之始盛而终衰，欧美列强及日本之所以崛起于近世，勿再以"中学为体，西学为用"为口头禅，则文艺复兴之期当不在远。且我国学者素重人文主义，纯粹科学虽较欧美落后，今日已能急起直追，数十年后世界文化工作应得一伟大之民族生力军。当前人类文化之稍有缺陷，不足虑也。

王星拱（1888—1949），著名化学家、哲学家、教育家。早年在英国伦敦大学帝国科学技术学院留学，1916年获硕士学位后回国，任北京大学教授。1929年任省立安徽大学校长。与王世杰、李四光等一起筹建国立武汉大学，1934年出任国立武汉大学校长。1945年任中山大学校长。1949年10月8日在上海病逝。著有《科学概论》《科学与人生观》《什么是科学方法》《哲学方法与科学方法》等。

科学的真实是客观的不是？

王星拱

　　近来欧美各国科学发达，真有一日千里之势。多数的人都承认科学是有益于人生的了。然而还有少数的人——像陶耳司泰①一流人——对于这个意见却有怀疑的态度，或者竟直有攻击的论调。他们所以怀疑和攻击科学的缘故，是因为有两个要点他们没有懂得清楚：①他们以为科学是增加人类罪恶的机械，这种论调的公式，就是"科学是奴隶（Science is slavery）"。②他们以为科学的真实完全是客观的，于人类的生活没有什么相干。对于第一点，我现在姑且不讲，等到将来得便的时候，

---

　　①今译托尔斯泰（1828—1910），俄国作家，世界文学史上最杰出的作家之一，著有《战争与和平》《安娜·卡列尼娜》《复活》等经典长篇小说。——编者注。

再来详细讨论一番。现在我们单独讨论第二点。

科学这件东西不是天生成的，乃是由我们造出来的。简括一句说，科学乃是人类智慧的出产品。在心的方面，它和思想律相符；在物的方面，它又适宜于外界。内界思想之动作，有思想律可以管理它；外界宇宙之进行，有天然律可以管理它。这两界的现象都是有定的，然后我们可以构造科学。我们在内界观察自己，例如思维、记忆都是的；我们在外界观察外物，例如官肢之感触都是的。我们的思想不能离开思想之本身，无论如何驰骋往返，永远呈现一个和一（Unity）的性质。宇宙的各方面和我们的官肢有连续不同的接触，由我们的智慧把这些材料构成多和异的印象（Representation），再从这些多和异的印象里求出它们的同点，综合起来，才能成有系统的知识，就是科学。所以我们的自己，乃是外物变迁之认识所靠作标准的。简括一句说，"我"就是参考的中心点。

思想律是普遍的：凡我们的思想的动作，都受这个思想律所管理。譬如当我发给一个界说给一个长方或一个圆的时候，我心里必定记载着这长方和圆的表德，就是长方和圆的概念。如果别人所发给的界说和我的界说相同，但是这个人心里所记载的长方和圆的表德和我心里所记载的表德不同，那么，这个人的思想就不能为我所懂。那就是说，我和这个人没有互相的了解。如果我的思想是合理的，这个人不是愚就是诬了，因为人类的审度，在同一的情境之中，必定得同一的结论。换一句话说，从同一的张本（Data）必定得同一的得数。然而我们寻常辩论，每有意见不同，这又是什么道理呢？难道各人思想之进行，不是经历同一的途径吗？这都是因为事实繁复，或张本不完备的缘故。如果张本是同的，张本里各物对象的界说都是确定的——各物的概念都是确定的〔赫胥黎把这种概念叫作物理的概念（Physical Concept）〕，那么，彼此同意，彼此互解，不但是可能的，并且是一定的；不但是一定的，并且是非如此不可的。

思想律既是普遍的，所以凡人的审度，不能为"我"所了解的，都是无意义的审度；凡人的行为，为这种审度所引导的，都是无脑筋的行为。譬如我们依经验而审度，冬天将来了，必定要冷的。如果有人说，冬天将来了，必定要热的，这不是无意义的审度吗？如果这人还要依他的审度去急急忙忙地安电扇，置热衣，这不是无脑筋的行为吗？

就是人类以下动物的审度，也是和人类一样的，不过它们审度的权能不如人类的大罢了。现在就直线的审度而说，猫扑耗子，跳的途径是个半圆形，然而它知道它跳的结果是个直线；鹰打兔子，盘旋而下的途径是个螺纹形，然而它知道它盘旋而下的结果是个直线；蚕的行走，每环节里有各种进退左右的行动，但是它知道它行走的总结果是个直线；蛇的行走，左右成〜〜〜字形，然而它知道它行走的总结果是个直线。足见下等动物的简单思想，也和人类的思想同受一样思想律的管理。

我们在宇宙中间生活着，必定要和外界的环境相适应，不但是肢体的生活是这样的，就是精神的、智慧的生活也是这样的。我们的肢体若是和外界的环境不相适应，绝不能发达到现在的地步；我们的审度的权能，若是不能和"用我们的审度去应付"的外界环境相适应，也绝不能发达到现在的地步。如果我们根据于观察的事实去预测将来，而屡次受了欺骗（譬如我们看见每日太阳出来，预测明日太阳也要出来，但是到了明日，太阳不出来，这就是天然界欺骗我们了），那么，我们审度的权能就无从发达了。

赫胥黎说：天然界是永不冲突的。

朋加烈①说：天然界是和一，设若天然界不是和一，天然界的各部就不能互相影响，互相反应，但是彼此不相理会、不相干涉了。从我们的经验，知道外界（天然界）的进行有一定的定律管理。我们的智慧，若是遵循思想律，一步一步地前进，可以渐渐地寻出这些天然定律。外界的物，为天然定律所管理；我们的审度，为思想律所管理。科学的真实，乃是把"我"和外界的物同抓在一个不可分离的圈儿里。换一句话说，"真实"乃是由我们的智慧，把外界的资料制造出来，并不是完全客观的。由观察所得的定律去审度将来，若是审度的现象确是在这个定律管理范围之内，将来发现的结果绝不欺骗我们。如果欺骗，必定因为观察有错误或不完备，否则因为审度不合逻辑。如果我们能免除这两个弊病（科学方法就是免除这两个弊病的

---

①又译彭加勒。今译庞加莱（1854—1912），法国数学家、天体力学家、数学物理学家、科学哲学家。——编者注。

器具），那预测和结果必定是符合的。但是如果预测的现象和定律所根据的现象不能完全皆同，那预测的功用只能指示我们一定的途径，究竟将来的结果是否和它符合，还得要试验的证明。

赫耳姆浩司（Helmholtz）[①] 说："我们对于外界的印象，怎样才算得真实呢？我的答案就是：凡我们对于外界的动作，这个印象可以明白告诉我们一个结果，而且在情境改换的时候，这个印象又允许我们由它推出一个一定的结论，那印象就可以算得真实的了。"这就是"最适用的就是真实"的意思。

再深一层说：当我们和外界的一部分相接触的时候，我们看出有些性质依我而定的，有些性质不依我而定的。前一类的性质叫作主观的元素，例如我和物的距离和我所用以观察外物的角度都是的；后一类的性质，叫作客观的元素，例如密度、坚度、颜色都是的。这主观、客观的元素，竟直可说是无限的多，我们的脑子只能从这些元素之中选择若干保存起来。这是我们经验外界的时候一个重要的手续，这个手续引导我们到概念之构造。由此可见，概念之构造有强订的色彩。我们为何选择一定的元素，抛置一定的元素呢？因为凡是被我们选择的元素，都是能引起我们的兴趣的。概念之构造既有强订的色彩，所以我们遇着新事实之发生，或是寻出主观元素和客观元素的关系格外确切详明，都可以修正概念。

这样看来，概念并不是永定而不可移的。科学的知识都倚

---

①今译亥姆霍兹（1821—1894），德国物理学家。——编者注。

靠概念做工具而得来，概念既是由主观的我选择元素而定的，足见对于科学之发生，我们的智慧在经验的张本上的劳动，对于科学之发生有很大的功劳了。我们从这里又可以寻出一个要点：我们既用概念去表见外界的实在，又把这些概念和定律或事实合在一处，再用假定做帮助，经过逻辑的变换（Logical Transformation）而成为科学的理论（我们就拿气动说做个例子。我们对于气体、压力、温度、体积有确定的概念，又知道它们互相关系的事实，把这些概念、事实合在一处，再假定气体有分子，分子自动，再把第一层的经验和第二层的假定合拢推度下去：温度愈高，分子速率愈快，所以要占据的体积愈大；体积愈小，分子碰撞愈多，所以压力愈大。这气动的理论就告成了）。这些理论所呈献的结论，就是科学的真实。

概念既是可以修正的，科学的真实当然也是可以修正的了。我们心里所有对于外界的概念和已知的定律和事实，是很多而异的。这些东西，可以叫作最初的"原子"。依联合换合之理论（Theory of Combination and Permutation）讲起来，这些"原子"可以成各种不同的结合式，这些结合式绝不能个个都是有意义的。然而我们何以能有创造的能力，从许多的原子之中选择分出一定的适宜的"原子"，组织成一个有意义的结合式呢？到了这个地方，逻辑是不中用的，逻辑只能变换，不能创造。这创造的功劳，当归于我们的志愿！这些"原子"，在思想没有动作以前，可以说是悬在墙上不动的，到我们要发明理论的时候，由我们的志愿选择一定的"原子"，并驱策这些"原子"出去，纵横驰骋，彼此互相撞碰——也许和悬在墙上的"原子"相碰相撞，并且把它们碰撞下来——就同气动说里的气分子一般，就便到了无意识的境界（Unconscious State），这些"原子"仍是活动不止（这个无意识的境界，和对于这个理论思想尚未动作的时候不同。儿童夜里读书，往往有当夜不能背诵，到第二天清早反能背诵的，也是这个道理）。一直到了这些"原子"摆在适宜的地位，联合而成有意义的结合式，从此循逻辑而前进，可达发明理论的目的（再拿气动说来做个例子，鲍以耳、格罗撒克等定律①和物有原子、原子自动的理论好像是不相干涉的"原子"，然而把它们联合起来，并不是无意义的结合式，从这个结合式推度下去，就得上面所说的理论）。

这样看来，我们创造理论，至少有一部分的"原子"是为我们的志愿所选择、所驱策的。然而我们的志愿何以能选择适宜的"原子"呢？这是因为我们有智慧的美感。从许多纷纭复杂的"原子"之中，我们的直觉可以告诉我们，哪些"原子"是我们的智慧可以抓拢得住，而可以供我们使用，不至于发生紊乱、冲突的弊病的。这就是说，我们的直觉可以看得出，哪些"原子"是彼此互相关系、恰如其分、有和一的美的。

据此看来，科学的真实，是用我们的智慧，把可以引起我们的兴趣的材料，由我们的志愿使用这些材料构造起来的。这还是完全客观的吗？

①今译波义耳定律、盖—吕萨克定律。——编者注。

潘光旦（1899—1967），著名社会学家、民族学家，中国优生学奠基人。早年在北京清华学校留美预备班读书，1922年赴美留学，先在达茂大学学习生物，后入哥伦比亚大学研究院，1926年获硕士学位。回国后先后在上海、昆明和北京等地任大学教授，曾兼任清华大学及西南联大教务长、社会系主任及图书馆馆长等职。1957年被错划为右派，"文化大革命"时被抄家、批斗。著有《优生学》《人文生物学论丛》《中国之家庭问题》等，译有《性心理学》等。

说童子操刀
——人的控制与物的控制
潘光旦

中国有句老话说，童子操刀，其伤实多。这句话恰好形容了三百年来科学进步的一半的结果。刀是一种人所发明的工具，本体无所谓好坏，只是用途有好坏，用得适当就好，不适当就坏。刀自身不能发挥它的效用，发挥它的效用的是人，而人却有好坏之分，有适当不适当或健全不健全之分；以适当而健全的人来利用一种工具，其功用或结果大概也是适当、健全而有益的，否则是有害的。童子操刀，指的是后一种的可能的功用。大凡人利用事物，全都得用这眼光来看。水所以载舟，亦所以覆舟。自然的事物如此，人所自造的文物，包括一切比较具体的工具制作与比较抽象的典则制度与思想信仰在内，尤其是如此。说"尤其"，正因为它们是人造的，是人的聪明的产物，如果控制无力，运用失当，以至于贻祸人群，那责任自然更较严重；人的聪明能产生这些，而竟不能适当地控制运用这些，至于尾大不掉，自贻伊戚，也适足以证明那聪明毕竟是有限罢了。

我们也得用这种眼光来看科学。科学也正复是一种人造的工具，一点也不少，一点也不多。它本身也无所谓好坏，好坏系于人的如何控制运用。一部分人见到科学昌明以后，人类的一部分获取了种种利用厚生的好处，于是就赞扬科学、歌颂科学，对科学五体投地，认为是人类的福星。我想除非这一部分人中间，有人生就的是一副诗人性格，动不动要发抒他的感伤主义，这是大可以不必的。另一部分人，见到在同时期以内，科学表现了不少的摧杀、败坏的力量，特别是在历次的大小战争里，于是就批评它，诅咒它，认为人类迟早不免因它而归于寂灭，而自原子能的发明以后，这末日可能来临得很早。我认为这也是一种感伤主义的表示，大可以不必的。

我们要认清楚，一切问题的症结在人，关键在人。童子操刀，问题绝对地不在"刀"，而在"童子操"。人运用科学，问题也绝不在科学，而在人的运用与运用的人。我们要问，这种用科学的人是不是真能善于运用，真有运用的资格？换一种问法就是，他配不配运用？所谓善，所谓有资格，所谓配，指的是两层相连的意思：一是他在运用之际，能随在参考到人群的福利，始终以人群福利为依归；二是他，即运用者自己，必须是一个身心比较健全的人，至少要健全到一个程度，足以教他实行这种参考，笃守这个依归。这两层意思，第一层指人的运用，重在运用；第二层指运用的人，重在人。

我指出这两层意思的分别来，因为"人"与"运用"之间，比较基本的终究是人，人而健全，运用是没有不得当的，反过来就很难想象了。而近年以来，中外论者鉴于科学对人群的利害参半，对于有害的一半总说是"运用失当"，难得有人更进而提出如下的一类问题：失当的原因究竟何在？此种失当是偶然的呢，是一时计虑的错误而可以避免的呢，还是有些基本的因素教它不得不发生而随时可以发生的呢？这基本的因素里可能不可能包括人自己？可能不可能人本身就不适当，因而他对于科学的应用也就无法适当？好比骑马，马是工具，人是马的驾驭者，骑马之人虽未尝不聪明灵活，未尝不略知驾驭之术，但也许年事太轻，或适逢酒后病后，神智不够清楚，终于把马赶进了一个绝境，造成了断头折股的惨剧。这又回到童子操刀的比喻了。然则问题还不在一个操字，而在童子本身。

童子操刀，最浅见而感情用事的人责备操刀；其次也只是在操字上做功夫，总说操得不得法，诚能操之得法，问题就解决了。1931 年 2 月，爱恩斯坦（Einstein）① 在加利福尼亚州工科学院（C. I. T.）对学生做公开演讲，说："光辉灿烂的应用科学既节省了工作的时间，减轻了生活的负担，而对于人类幸福的促进，又何以如是其少呢？我们简单的答复是：我们还没有学到致用之道，一些明白事理的致用之道。要你们的工作得以

---

① 今译爱因斯坦。——编者注。

增加人类的福佑，只是了解应用科学是不够的，你们得同时关切到人。人的自身与人的命运必须始终成为一切技工的努力的主要兴趣。在你们绘制图表与计算公式的时候，随在不要忘记这一点。"这一番话是不错的，从爱氏的嘴里说出来，自然更有分量。但是不够，单单就操字上找答复，而不就童子身上找答复，所以不够。爱氏在这话里，也似乎只见到"人的运用"，而没有见到"运用的人"。要见到了运用的人，问题才搔到了痒处。

三百年来，物的研究与认识，物的控制与运用，诚然是到了家，到最近原子能的发现与原子弹的试用成功，此种认识与控制更是将近登峰造极。但人自己如何？人认识自己吗？人更进而能控制自己吗？我们的答复是，人既不认识自己，更不知所以控制自己之道。人自己也是一种物体，这物体是一个机械体也罢，是一个有机体也罢，它总是一个极复杂的力的系统。我们对于这力的系统，根据物有本末、事有先后之理，我们原应先有一番清切的了解，先做一番有效的控制。但三百年来，科学尽管发达，技术尽管昌明，却并没发达与昌明到人的身上来，即虽或偶然涉猎及之，不是迂阔不切，便是破碎支离。结果是：我们窥见了宇宙的底蕴，却认不得自己；我们驾驭了原子中间的力量，却控制不了自己的七情六欲；我们夸着大口说"征服"了自然，却管理不了自己的行为，把握不住自己的命运。这正合着好像是耶稣讲的一句话：我们吞并了全世界，却是抛撒了自己的灵魂。比起这句话来，上文童子操刀、醉汉骑马一类的话，还算是轻描淡写的。

人至今没有适当地与充分地成为科学研究的对象，是很显明的。人属于一个三不管的地带：

第一，人虽然也是一种生物，并且是一种动物，但生物学与动物学不管，至少是不大管，或虽管而其管法和对于一棵树、一条虫、一只青蛙的管法没有分别，即虽管而于人之所以为人不能有所发明。

第二，人类学与社会学，以至于其他各种社会科学，都算是以人做对象的科学了，但说来可怜，这对象是有名无实的。这些学问只晓得在人身外围兜着圈子，像走马灯中走马之于蜡烛一般。体质人类学算是最接近的，但它的注意范围很有限，除了活人的那一个皮囊叫作形态的，和死人的那一副架子叫作骨骼的，以及这两件事物在各种族中间的比较而外，也就说不上多少了。试问我们认识了这个皮囊和挂皮囊的架子，我们就算认识了人吗？所谓文化人类学，名为研究文化的人，实际是研究了人的文化；名为是研究产生者，实际是研究了产物，至多也只是牵涉到一些产生者和产物的关系，以及产物对于产生者的一些反响。有的文化人类学家甚至于只看见文化，只看见文化的自生自灭，根本不看见人；即或偶然见到，所见到的也不过是无往而不受到文化摆布的一些可怜虫而已。因此，产生者本身究属是怎么一回事，我们的认识并没有因文化人类学者的努力而增加多少。

社会学是人伦关系之学，似乎所重在关系的研究，而不在此种关系所从建立的人。社会学的对象是人伦之际，要紧的是那一个"际"字，好比哲学的一部分的对象是天人之际一般，所以在不大能运用抽象的脑筋的学子往往不免扑一个空。所扑的既然是一个空，不用说具体的人是扑不着的了。经济学原应该一面研究物力，一面研究人欲，然后进而研究物力与人欲的内外应合，两相调适。但截至目前，无论是正统派的经济学，或唯物论的经济学，似乎始终全神贯注在人身以外的物力的生产与支配之上，而于人欲的应如何调遣裁节完全恝置不问。物力有限，而人欲无穷，以有限应无穷，前途必有坐困的一日，即行将来临的原子能时代恐也不成例外。而不幸的是，问题中那无穷的一半恰好就是经济学所"无视"的一半。政治学与法律学都是所谓管理众人的学术，而它们所讲求的管理方法都是甲如何管理乙，张三如何管理李四，而不是甲与乙、张三与李四如何各自管理自己，或于管理别人之前，先知所以管理自己。

总之，各门社会科学犯着一种通病，就是忘本逐末，舍近求远，避实趋虚，放弃了核心而专务外围。所谓本、近与核心，指的当然是人物之际的人和人我之际的每一个人的自己而言。这便是三不管中的第二不管。

第三，人体生理学、心理学、医学一类的科学在人的研究上我们承认是进了一步，它们进入了人身。上文所说的那种通病它们并没有犯，我们不能说它们"迂阔不切"。它们犯的是另一种通病，就是上面也提到过的"支离破碎"。所谓分析的方法，原是三百年来一切研究具体事物的科学的不二法门。科学方法名为分析与综合并行，而实际所做的几乎全部是分析工作。但分析就是割裂的别名，割裂的结果是支离破碎。这在人以外的物经得起，人自己却经不起；死人经得起，活人却经不起。无论经得起经不起，支离破碎的研究，零星片段的认识，等于未研究、不认识，因为人是囫囵的、整个的，并且是个别的囫囵或整个的，而零星片段的拼凑总和并不等于整个。总之，截至最近几年，即在这些直接应付人的科学里，人也未尝不落空。我说截至最近几年，因为一小部分生理学家、病理学家，特别是精神病理学家近年已经逐渐看到这一点，认为有机体是不容分解的，人格是不容割裂的，而正在改换他们的研究方法中。但时间既短，成就自然还有限。

总上三不管的议论，可知人类自己对于人之所以为人，每一个人自己对于我之所以为我，至今依然在一个"无知"与"不学"的状态中。"不学"的下文是"无术"，就是既不认识自己，便无从控制与管理自己。人不能管制自身，而但知管制物，其为管制必然是一种胡乱的管制；人对于自身系统中的力不知善用，对于其意志、理智、情绪、兴趣、欲望不知如何调度裁节，而但知支配运用身外的种种物质系统中的力，其为运用必然是一种滥用。滥用的结果必然是"伤人实多"，而这个"人"字最后不免包括滥用者自己。这在上文已经预先笼统说过，但到此我们更可以说得明细一些。

人对自身的认识与控制是一种尚待展开的努力。此种努力分两层。一是就整个属类言之的。人也是物类的一种，但究属与一般的物类不同，他有他的很显著的特殊性，唯其特殊，所以研究的方法与控制的技术势必和其他的物质不能一样。上文囫囵或整个之论便是属于研究一方面的。至于控制，即就此人控制彼人而言，我们就不适用所谓"集中"、"清算"或"液体化"一类的方式。这些都是把适用于一般物质的概念与方式强制地适用到人，此其为适用也显然是一种不认识的适用。不过更重要的是第二层。人是比较唯一有理性而能自作主张的动物，也正唯如此，我们才产生了关系复杂的社会与制作丰富的文化。每一个人是一个有机体，每一个人是囫囵的，而其所以为有机，所以成为囫囵，每一个人又和每一个别的人不一样。这样，研究与控制的方式便又势须另换一路，即事实上必须每一个人各自研究自己方才清楚，各自控制自己方才有效，别人根本无法越俎代谋；别人有理由越俎代谋的，在任何人口之中，只是极少数的智能不足和精神有病的人。

所以真正的人的学术包括每一个人的自我认识与自我控制，舍此，一切是迂阔不切的、支离破碎的，或是由别人越俎代谋而自外强制的。前人的经验，无论中外，其实早就看到了这一层道理，所谓"自知者明，自胜者强"的一类原则的话即是。不过看到是一事，做到又是一事。以前虽也有过大致做到的贤人哲士，但总属少数，今后人的学术的任务，我以为就在更清楚地阐明此种看法，更切实、更精细地讲求它的做法，而此种学术上的任务也就是教育的最基本的任务。目前的学术与教育是已经把人忘记得一干二净的。学不为己而为别人，是错误；

学不为人而为物，是错误之尤。目前该是纠正这错误的时机了。

有了明能自知与强能自胜的个人，我们才有希望造成一个真正的社会。健全的社会意识由此产生，适当的团体控制由此树立，否则一切是虚假的，是似是而非的。即意识的产生必然是由于宣传，而不由于教育，由于暗示力的被人渔猎，而不由于知、情、意的自我启发，而控制机构的树立也必然是一种利用权力而自外强制的东西。这又说着当代文明人类的一大危机了。一般人对于自己的情欲，既裁节无方，控制乏术，有恐怖既不知善自镇摄①，有忧虑又不知善自排遣，有疑难更不知善自解决。于是有野心家出，就其应裁节处加以欺诳的满足，应镇摄与排遣处，一面加以实际的煽扬、恫吓，而一面加以空虚的慰藉护持……野心家更一面利用宣传的暗示，一面依凭暴力的挟持，于是一国之人就俯首帖耳地入了他的掌握，成为被控制者，成为奴隶。其间极少数稍稍能自立的，即自作控制的，亦必终于因暴力的挟持而遭受禁锢、驱逐，以至于屠杀。独裁政治和极权政治不就是这样产生的吗？希特勒、墨索里尼一类的天罡星不就是这样应运而下凡的吗？

什么是野心家？从本文的立场看，野心家也就是最不能控制自己而不幸地又有一些聪明才干的人。一个人既不能控制自己，别人也无法控制他，就是野。"野兽""野蛮""野心"所指的全都是控制的不存在与不可能。希特勒是一个富有欲望

---

①"镇摄"，意为"镇定"。——编者注。

的人，他尤其是爱权柄。他自己不知所以运用意志的力量来控制这欲望，反而无穷尽地施展出来，一任这欲望成为控制他人的力量。控制得愈多，他的权柄便见得愈大。控制了德国不够，更进而控制东欧、全欧，以至于全世界。有一个笑话不是说希特勒拜访上帝，上帝不敢起来送行，生怕他一站起来，离开宝座，希特勒就要不客气地取而代之吗？这真十足描写了野心家爱权若狂而丝毫不知裁节的心理。不过从控制德国以至于全世界，但凭欲望是不够的，他必须运用物力，必须驾驭科学；规模之大，又必须和他的欲望相配合，于是他又从人的控制进入了物的控制，从人力的滥用进入了物力的滥用。不过希特勒不能自己直接利用物力，他仍须假手于其他能利用物力的人。而就当时德国与其邻邦的形势而论，因为大部分直接运用物力的人，例如科学家之类，向来没有讲求过自我控制，自作主张，也就服服帖帖地由他摆布，受他驱策，至于肝脑涂地而不悟。第二次世界大战，一部分所由演成的因缘不就是这样的吗？

祸福无门，唯人所召。文明人类一大部分的祸患，我们可以武断地说，是由于人自己酿成的，而其所由酿成的最大原因，便是自我控制的不讲求与缺乏。这种局势是自古已然，于今为烈。而今日所以加烈的缘故则在：一方面，自我控制的力量虽没有增加，甚或续有减削；而另一方面，人对于物力的控制的力量，则因科学的发达而突飞猛进。终于使两种力量之间，发生了一个不可以道里计的距离。社会学家称此种不能协力进行的现象为"拖宕"。"拖宕"一名词是何等的轻淡，而其所酿成的殃祸却真是再严重没有。不过这种严重的程度，一直要到第二次大战[①]将近结束，原子弹发明以后，才进入一部分人的深省。

原子分裂所发生的力量是非同小可的，以视蒸汽的力量、电流的力量，不知要大出若干倍数。唯其大，所以更难于驾驭控制。大抵为了破坏的目的，在制敌人的死命的心情之下，此种控制比较容易，所以原子弹是成功了。但为了建设与人类福利的目的，控制的功夫似乎要困难得多了。浅见者流不断地以进入原子能新时代相夸耀，把原子能可能产生的种种福利数说得天花乱坠，不过沉着的科学家却不如是乐观。即如英国军事委员会的科学顾问艾里斯（Ellis）教授说：我们可能用原子能来驾驶海洋上的巨轮，但为了保护乘客与船员，所必需的一种防范的机构一定是笨重得不可想象，甚或根本不可能有此种机构。又如生物学家赫胥黎（J. Huxley）说：原子分裂所发生的种种高度放射作用，对于人的健康与遗传是极度有害的。这又引起控制与防范的问题了。再如英国奥立芬脱（Oliphant）教授指出：制造原子能的厂房一带所遗留的灰渣，会发出种种致命的电子性的"毒气"，而"毒气"所波及的地带便根本无法防卫，长期成为无人烟与不毛之地。

也就是这一类的科学家如今正进一步地呼吁着物力的控制，

---

①即"第二次世界大战"。——编者注。

觉得前途控制一有疏虞，文明人类便要濒于绝境。不错的，这是一个临崖勒马的时候了。不过我们在上文已经指出，问题的症结不在马，也不在那勒的动作，而在那做勒的动作的人。如果人本身有问题，临时不是不想勒，就是根本不知从何勒起。总之，他对自己既做不得主，对物名义上虽若做主，实际上又等于被物做了主去，结果势必是一个一发而不可收拾。据说，当初英、美、加等国的科学家在新墨西哥州的试验场上，等待第一颗原子弹爆发的时候，大家就手捏一把汗，生怕它引起所谓连锁的反应，一发而靡所底止，后来幸而没有。可见即在谨严的科学家手里，物力的控制也不是一件有把握的事，一旦如果掉进希特勒一类的人的手里，殃祸所及，那实是不可想象了。

总之，我们不得不认定人的控制是一切控制的起点，一切控制的先决条件。人而不知善自控制，在他应付物力的时候，别人想谆谆地劝勉他做妥善的运用，是不可能的。因此，我们又认为解决问题的基本途径不在政治、经济、社会的种种安排，有如近顷许多作家所论，而在教育。童子在操刀以前，必须先取得一番明强的教育，一个充分自知与自胜的发展。

1946 年

（《政学罪言》）

翁文灏（1889—1971），杰出的地质学家。早年在上海法国天主教会所办学校学习外文，后到欧洲留学，1912年获比利时鲁汶大学地质学博士学位后回国。1913年同丁文江等人一同创办北洋政府地质调查所并任所长，这是中国第一个从事地质研究和培养地质人才的机构。同时亦任北京大学、清华大学教授，曾为清华大学地质学系主任。抗战期间任国民政府经济部长，主管战时工业生产及经济建设。1948年任国民政府行宪后第一任行政院长。

回头看与向前看

翁文灏

一

能有时间上的感觉大约可算人类的一个特长，因此我们的思想总是思前想后，不肯以现状自限。

往后看，就是回头看，我们要知道我们人类的历史。往前看，我们要推察人类的将来。这两个大问题——过去与将来——常常在我们思想中盘旋，引起了不少专门问题，组成了若干新鲜研究。

二

历史是各种学问中最老的一个，但是说也奇怪，越古的历史，越到近来才渐渐地明白。而且要知道最古的历史，还要等待很远的将来。

单就我们中国说吧，盘古氏开天辟地，神农氏人首蛇身……早知是过去的神话不可信的了。可信的历史要从近数年来地质调查所在北平附近周口店所发现的猿人讲起。那时候，大约在距今一百万年以前，北方漫山遍野的黄土尚未盖上，像永定河、汾河，甚至如黄河、长江的峡谷深沟尚未凿全，太行山、秦岭山……诸大山脉还不如现在的险峻，北方的气候也不如现在的干冷。在如此与今不同的环境中，人类——至少近于人类的动物——诞生了。我不敢直叫他人类，因为人是文化的动物，但周口店猿人时代，至今尚没有能用火或各种器具的发现。就是与他约略同时的外国猿人——爪哇的猿人、英国的曙人——也没有事实证明他有什么文化，虽然外国学者中有人在别的地方自谓曾发现与他同时或更古的器物。这一点只好悬为疑问。

自此之后形势大变。温和湿润的天气很快地变成干枯寒冷了，平远蕴藉的山川逐次地变成高山深谷了。在这种比较不利的环境之中，人类仍在不断地进化。偶然有生活较适的地方或时间，他们便突飞地发展，留下了若干繁荣的遗迹。这种遗迹在中国是由法国学者在河套沿边第一次发现。那种河套人的时代大约在距今十万年以前，与周口店猿人大不相同了。他们已能制作很好的器具，已有相当的农业与工业。而且从他们的器具与外国同时代的旧石器比较可知，当时交通远达，很有互相往来的可能。在那个时代，黄土渐渐地堆上了。当时干枯的环境比现在更甚，所以中间人类的遗迹缺少了若干时期，大约就是为了这个原因。但是到距今万余年乃至数千年前，气候又转好了许多，人类的文化就突飞地进到很高的程度。照近年来考古学家所考得的结果，从仰韶时代起直到有文字记载遗留时代之初——商、周时代——一代一代的历史都可以推想得到，虽然中间缺漏的及疑问的尚是甚多。

三

从各种实物的研究，我们可以推知文字以前几千年来中国地方已经经过了许多次文化的新陈代谢。照安特生①所分的时期：齐家、仰韶、马厂、辛店、寺洼、沙井六个时期，每一期都有它的特别文化，可以从陶器的花纹、做法……切实地证明，估计前后相差的时期不过两千年，可见在此两千年中已经过如许的变迁。这种变迁又可有两种的说法：一说是民族的兴衰，其间包含着许多侵略、杀伐与死亡、迁徙；一说是文化的改变，同一个民族也可以因环境的变化、与外面的接触而发生很深文化的变迁。从这样眼光来观察中国古代的传说，也可以格外明了历史的意义。中国三皇五帝的历史大抵说是某某氏享年若干岁，做了什么有益人生的事；若干岁是时代的观念，什么事或什么物是文化的表征。所以燧人、有巢、神农、轩辕、陶唐、虞舜诸氏与其说是做皇帝的个人，不如说是发明用火、建筑

---

①安特生（1874—1960），瑞典考古学家、古生物学家和地质学家。——编者注。

……农事、舟车的时代，或是做陶器、做渔猎的民族。好像近代做小说的对于牛、猿、羊、扫帚、磨石……都可以人格化了，把它变成能说能行的妖精加上牛、袁、杨人类姓名。从前说古史的，也把各个文化时期都个人化了，把一时代的精神、一民族的生活都归作一个体的圣人。这种以个人为中心的观念也许就是我们汉族思想上的一个特点。

四

文化的变迁与民族的变迁不一定是连带的。文化不同也许人种还是一样，例如仰韶时代的人骨据步达生①的研究，说是与现代中国的北方人相差很少，可见四五千年以来居住中国的人体格上并没有大变化。但是种类略同的人，文化尽可大异，例如现在汉、满、蒙、藏等族，要在几千年后的骨化石上去分别是不易的。但现在的文化当然并不相同，反过来说，不同的民族也许能有相近的文化。曾听李济②先生讲演他在河南安阳所发掘的殷墟遗物，似乎商朝的文化与周朝是很相近的。也就靠这一点，所以龟甲的文字还容易从钟鼎文的比较而逐步地认识。但无论从实物上或从记载上，都可以证明商代的文化分布只限于华北平原，而周朝的民族却从西方——陕西之西——由渭河流域逐渐地东迁，似乎无可疑的。因此联想起五胡乱华，辽、

①步达生（1884—1934），加拿大解剖学家。——编者注。
②李济（1896—1979），中国人类学家。——编者注。

金、蒙古、满洲的侵入，最后结果都是一样，异民族的同化似乎是中国历史上最显著的一个特色。这种特色也许史前考古已有征象，例如甘肃的仰韶人与中国文化颇多不同，但到了河南，则仰韶期中已有很具特征的三足器——鬲——与商周彝器似乎一脉相传①。

所以我们推想中国以前的历史，似乎感觉有一种特别的力量，就是同化异族或他文化的力量，常常在那儿活着，把各种不同的民族或文化都慢慢地调和了，溶解了。这种调和民族及文化的溶解剂大约就是我们汉族。它的精神是能大度包容，兼收并蓄，但仍能始终不失它的本来面目，好像沧海汪洋、黄沙黑土一律兼收，但终竟不失它的本色。

我尝想这样个汉族确是中国历史的骨干，虽然有时被长时期地征服压迫，但终有它出头的日子。以上曾说周朝是一种西来的民族，它把东部的本地民族，即后来所谓汉族的中心征服得很完全，所以周初以至春秋时代的历史只看见某公、某伯、公子、公孙……一班战胜阶级的贵族，少见被征服当奴隶的黔首或叫百姓的平民。但是从春秋到战国时代贵族渐衰，而且列国相争，文事武备都要真正人才，不论民族阶级，于是久被压服的民族内就有多人露了头角。孙膑、庞涓、苏秦、张仪……这种姓氏是从前所没有听见过的，但战国以后便是这班百家姓

---

①此处表述与今不同，因仰韶文化早于商周文化，故应说"商周彝器与鬲一脉相传"。——编者注。

的朋友的世界了。从前的王子公孙反自惭形秽，改为相似的姓王姓孙，好像清朝被推翻以后满洲人冠姓改名一样。虽然周朝以后又经过一个西来民族——秦——的压迫，但终被我们东部土著的——刘邦、张良、韩信……战胜了。从此之后真是汉族的天下。所以汉族之为汉族，并不是因汉高祖一人而始，实在是"其来有自""其由来也久矣"。

五

民族的性质固然是历史的中心，但是它的活动还有地理的背景。黄河平原的文化只见它吸收同化的力量，却少见它征服侵略的能力。所以然者，蒙古、新疆地形气候都是特别，照洪廷栋氏的说法，这种地方，曾经一回一回的沙漠化的现象，把高原民族赶到平原上来，所以成周、秦东侵，五胡乱华，金、元、满洲南下的史迹。现在汉族农夫要爬上蒙古高原去垦殖，进步却是何等的迟慢。我们只要到张家口去望一望，就知道北方高原与平原或丘陵地在人生意义上的分别是何等重要。不明白这几个自然区域的性质，对于过去历史的意义也不容易十分彻底地了解。自然区域的分布与现在行政区域是很不同的，所以不懂得地形、地质、气候的分别，又不容易十分明白自然区域的意义。

六

以上所说，近于考古，对与不对，尚待专家考量。我们住在北京，总觉得考古的兴味特别浓厚，所以并非专家如我者，亦因闻见多了，常做此类的感想。但是近来我又感觉一种反动，我觉得我们不应该只往后看，我们应该更向前看。我想中国学者的功夫向来是太往后看了，现在还是往前走要紧。

过去的是过去了，我们固然要知道我们从前的过程，但是我们更要知道我们的前途。"人无远虑，必有近忧"，我们要好好做目前的生活，总要比较望得远一些，预先想想今日以后的情形。

回头看须用科学的推论，向前看更须科学的研究，愿转我民族青年的目光，一看我中国将来的景象。

近代讲人文地理的，有一班人最喜讲气候，以为民族迁移、文化兴衰，都为气候变化所影响。又有一班人特别看重人种，以为同一环境之中，甲盛乙衰，实系各人种先天的禀赋厚薄不同。但是此种理论，从前中国旧说却最完全。中国向来知道范围人生的三大因子是天时、地利、人和。天时可指气候，人和可说是种族的特性，因为一个民族的兴衰存亡，固然是靠他们自己的能力，但是能和不能和就是他们能力强弱的一个重要表征，也是他们能否发挥实在能力的一个先决条件。倘是他们内部天天自己捣乱，人人只知忌人成功，不知自己努力，虽有天时、地利亦无所用，或反被他民族所利用了。但是地利的关系究竟是一个重要条件，至少与天、人二者一样重要。所以我们要看中国的将来，我们地质与地理的工作也可以贡献一小半的根据。

七

中国的煤、铁矿源究竟富不富？这个问题成为世界人争论之点。十九世纪西洋人的观察总是说中国富甲天下，羡慕得很，这还是受最初马哥孛罗①、利马窦②一班人在西洋文明尚未大盛，中国国势尚未大衰的时候仰慕天朝所遗传的影响。但是经过十九世纪西洋地学名家如李希霍棻③等考察吹嘘之后，这种感想更是普遍。反射到中国来，中国人士亦自以为地大物博，在高小、初中教科书内，都常看见某处煤矿可供世界几千年一类的话。

但是经过比较切实的考察以后，专门家的意见现在已改变了。有许多学者现在正嚷着中国是特别的穷，穷过世界水平线以下，要想民生发展到像西欧、北美一样繁盛，是毫无希望！

这样的推测，并非纯是理想，至少这样的理想常能发生事实上的影响。因为羡慕我们富源太大，外国民族就要想来侵略争夺。所以经过十九世纪中叶专家的鼓吹，就有十九世纪后半期的各国对中国开矿、造路的要求，甚且已订立彼此间开发中国富源的地域分配的谅解。例如当时德在山东，日、俄在满洲，

---

①今译马可波罗（1254—1324），意大利旅行家和商人。——编者注。

②今译利玛窦（1552—1610），天主教耶稣会意大利籍神父、传教士、学者，1583年来到中国居住，在中国颇受士大夫的尊重，尊其为"泰西儒士"。他是天主教在中国传教的开拓者之一，也是第一位阅读中国文学并对中国典籍进行钻研的西方学者。——编者注。

③今译李希霍芬（1833—1905），德国地理学家和地质学家。——编者注。

英、法在西南，都各自择肥而噬，都是被中国地大物博一念所歆动的。在中国一方面，向来是以地大物博自慰，所以从前有人花了许多钱，造了一个大铁厂，还不知道炼铁的矿石出在哪里，因为他想，反正我们地大物博，总会有的！

八

中国富源究竟如何，当然是世界上急要确知的一个问题。1910 年在瑞典开世界地质学会议，征集各国铁矿量的估计，中国无人代表，外国人也没有人敢拟一个数目，只有日本人凑集了几个铁矿，地名也不详细。

到 1923 年，中国地质调查所才出了《中国铁矿志》，估定全国铁矿储量为九七五〇〇〇〇〇①吨。此种估计，根据在许多中外专家的调查，汇总编辑的就是 1910 年做《世界各国铁矿志》的总编辑的丁格兰，所以估计结果，似乎应该最可以与世界各国比较而得人信任的了。但是照这个数目看来，中国是很穷的，以四万万人来分配这些铁矿，每人只分得两千五百公斤。照外国物质文明高的国家来比较，美国每人每年平均销铁二百五十公斤即等于铁矿五百公斤，所以中国工业如果发达到像美国的程度，则中国自有铁矿只够五年的用度。但美国照它现在这样大量的采法，每年五千万吨，尚可开采至一百六十余年之久。即此一比较，就可显见中国物质富源是如何的不足。但照

---

①即 9.75 亿。——编者注。

现在的情形，中国每人每年销用铁矿还平均不到三公斤，所以长此下去，即此区区储量尚可供给我们自己二千多年①。但是我们试想，人家需要如此之急，能够始终容我闭守下去吗？且即此区区，我尚不能自行开发，岂不可愧！

我们的煤矿是比铁矿富得多了。据我最近乐观的计算，全国煤矿储量约有二六○○○○○○○○○○②吨。照现在每年开采二千五百万吨的开法，还可开一万年。但此不是表显中国煤矿特别的多，实是表显中国开采特别的少。美国人每人每年产煤五吨，日本人一吨，中国只有一百斤，即一吨中之十六分之一③。假使以日本人的产量来开中国的煤矿，则只能自己供给六百余年；假使照美国人的产量，则中国煤矿只能自己供给一百三十年。但是美国照现在这样的大采，尚能继续一千年。所以中国煤矿也并不算顶富。

诸如此类推想过去，土壤的硗瘠衰竭，地形的高多低少，气候的干枯、沙漠化……全国的面积竟有百分之二十高如欧洲的白峰，或且过之，百分之四十属于内陆流域不通海洋……地大物博在哪里？

九

环境范围人生，人力还能挽回环境。试看我们的东邻日本，

---

①原文如此。"二千多年"似有误。——编者注。
②即 2 600 亿。——编者注。
③原文如此，与今计量和换算标准有异。——编者注。

它的物质富源远不如我们，但它的工业出产已经快追上欧、美。中国的物质富源不算甚多，但好好地利用开发也还勉强可用。只怕自己不知开发，难免他人来越俎代谋。

人类文明进步到现代，一切事业都要先有一定计划，然后照着去做，所以详细精密的调查便是一切事业的基础。我们要在小山上造一个气象台，没有先把小山的大小、高低先行测量，而凭空意想的建筑计划，究竟是不行的。一样的理由，我们要治河，就感觉到河流水量没够长时期的实测。我们要垦殖，绝不能不问垦殖地方的面积、土壤和水利，而专靠南京城里的开会和演说……一切一切都要有实际的知识，所以希腊哲学家"认识自己"的教训可以作为我们治学做事之口号，不管他是往古与来今。

十

这篇文字原是应地理学系学生所要求而做的，却把思前想后的杂乱思想竟已写了一大堆，离题太远了，但究竟也不能说与地理学完全无关。

什么是地理学，这个问题向来各有各的答解。照我想来，就是从天、地、人三元，过去、现在、将来的现象中求它相互的关系。但是要探求相互的关系，仍必须先知道各种的真相。而且我最不赞成把明白的事实反弄成玄妙的名词，还说是高深的学理。地理学就是地理学，我想是够得明白，不用我来多说。你越讨论，你越会把它弄得不明白。如果你觉得不明白，你最好看看从前与现在地理学家做的是什么，地理学家的工作，就是地理学最可靠的定义。

地理学是理科还是文科，是有用还是无用，是要紧还是不要紧，是科学或不是科学，是新的科学还是老的科学……这些问题等我到八十多岁无事闲暇的时候也许愿意谈谈好玩，现在实在是学问不够，不能答复。一种学问的目的，并不是要搭起空架子，做成崇拜偶像的宫殿，它的实在价值，是在用精密的方法、清楚的论理，去观察探究它所要研究的对象，以增加我们的知识。地理学的对象是地，尤其是现在的地，及其对于人的关系。但是现在是过去演化的结果，亦是将来发展的引子，自然现象连对人的关系在内，都是继续的、整个的，你就没法把它硬来分割。因为观察点的稍稍不同，你把它分作什么学、什么课，在写书上或教书上原可以得些便利，省些工夫，但在实际的知识上、思想上，它既是连贯地来了，似乎不必定把它勉强地剖开。教科书的定义，分科不过是实际上一种分工的便利，你若过于死守着它们的分界，你就受了它们的愚弄，而阻碍了你们学问的贯通。

我们不一定要成什么家，也不必定叫是做的什么学。我们第一步的任务，是要把我们中国亲切地认识了、了解了，只这一些，也许已值得若干人的真正努力。

郭任远（1898—1970），享誉世界的现代心理学家，中国心理学奠基人，唯一入选《实验心理学100年》的中国心理学家。早年就学于上海复旦大学。1918年留学美国，在加利福尼亚大学攻读心理学，1923年完成博士学业后回国。1925年在复旦大学创办中国第一个心理学院。1933年出任浙江大学校长。1946年起定居香港。郭任远治学严谨，"拿出证据来"是其名言。

心理学的真正意义

郭任远

一、导　言

《申报》馆的记者要求我在这次双十节增刊中做一篇关于心理学的文章，我不犹豫地答应他。我所以答应他的原因有四：

（1）历来科学家有一共同的毛病，即不愿将他们所研究的科学平民化。他们以为科学是专门的学问，是极艰深的东西，非一般平民所能领悟的。他们说科学非浅易文字所能传述，况且用浅易文字与平民谈科学，未免失却科学的尊严和科学家的身价。这种贵族式的科学家的态度，我是极端反对的。我以为，灌输科学知识于平民，是科学家的天职。一国文化的高低，不在科学家人数之多少，而在平民科学知识程度的深浅。真正的共和国家，不但普通教育要普及，就是科学的知识也应当平民化的。我想破除科学贵族化的态度，所以下了决心，在平民所常读的书报上，多做浅近的科学文章。

(2)中国的科学的幼稚，是人人所承认的。我们若要提倡科学，引起社会对于科学发生兴趣和援助科学的发展，应先使一般人民晓得各种科学的内容和它与人类生活的关系。我想我们中国的科学家，应努力地在普通的书报上做科学的宣传。

(3)外国的报纸有一个很坏的习惯，它很喜欢向冒充科学家的叫花子征文，所以各报上往往有乱七八糟的科学文字。欺人自欺，实是可恨。我不愿见中国的报馆再蹈外国报纸的覆辙，所以对于《申报》这次的征文，十分诚意地答应它，并希望它以后能常与真正的科学家接触，以免误登欺人欺世的伪科学文字。

(4)普通社会对于心理学误会很多，吾早已想在普通的书报上矫正这种误会。《申报》这次的征文，也算是给我一个相当的机会。

二、 一般人对于心理学的误解

各种科学当中，常被一般恶棍、流氓假借名义在社会上骗钱惑众者，要算是心理学。灵学会呀，精神研究会呀，催眠术呀，精神疗病法呀，通灵术呀，佛洛特（Freud）① 的心的分析法

---

①今译弗洛伊德（1856—1939），奥地利精神分析学家和心理学家，精神分析学的创始人。——编者注。

（Psychoanalysis）呀，这都是心理学家惑众的口号。数日前又有位荷兰的心理学博士到上海大展神通，报纸代他大吹而特吹，说这位博士神通如何广大，能推知他人的心理，所以能蔽眼开汽车。其实蔽眼开汽车是不足稀奇的，大概一对较灵的耳，受过特别教练后，定能以耳代眼。我们试想盲人何以能跑路，眼睛蔽时，我们何以能使用打字机或钢琴？我们若想到这一类的事，我们就信那位荷兰博士所以能蔽眼开汽车者，是由练习得来，不是因为他能推知他人的心理的。像这样的离奇鬼怪的心理学，我们在谈话中和普通读物中，常常听见看见。因为社会中常有许多离奇鬼怪的心理学家，所以一般人对于心理学的观念，也受他们的影响。弄到现在来，普通的人往往把心理学当作一种变戏法，以为心理学就是研究上面所述的奇怪的事。心理学家不是一个魔术家，便是一个催眠术家，或是一个能推知他人的思想的人，这是何等不幸的事实啊！

其实心理学是自然科学之一。从前旧式的心理学家，以为心理学是研究意识现象的科学。自从心理学革命以来，它一变而为行为的科学。但无论是意识或是行为，都是我们日常所常经验的现象，都有定理、定律可以寻求，不是渺茫、神秘的事实，也不像那些江湖派的心理学家所说那样神奇。催眠现象和其他反常的（或称变态的）心理现象，固然是我们所应研究的问题之一，但这不过是心理学之一部分；况且催眠现象和其他反常的心理现象也是一种自然现象，都有定理、定律可以寻求，哪里有什么神秘之可言呢？

三、 心理学的真正意义

这样讲起来，心理学是研究什么东西呢？简单讲起来，心理学是研究人类或其他动物的行为或动作的科学。一切动物受环境刺激的时候，往往发生反应（应付这种环境的刺激的顺应作用）。我们所谓行为，就是包括人类和其他动物的起居饮食及隐于内或形于外的种种动作。单就人类方面而言，我们每日关于自身或对社会的一切感情、思想或其他行动，皆在行为范围之内，皆是心理学研究的材料。

我们的身体受外物刺激时，就发生运动。运动是构造行为的成分。身体的运动是神经和筋肉变动的结果，所以从生理方面言之，行为不外是神经和筋肉的变动。

我们在这里应当特别注意的一点，即心理学是物理的科学，并不是精神的科学。世界上所存在者只有物质，只有原子和电子，并无所谓精神的生活，也无所谓心灵或意识。我们普通所谓心灵或意识，实在都是行为之一种，都是隐伏于体内的运动，都是神经及筋肉变动的结果，而神经及筋肉又是由原子或电子所构成。这样讲起来，世界上所存在者，除原子、电子外，哪里有别的存在？哪里有什么心灵或精神或意识的存在？所以我说心理学也是物质的科学之一种。

心理学的立脚地是和物理学、化学、生理学、生物学等相同的。换一句话说，心理学是一个物观的科学。它所研究的对象是物观的现象——行为。所以其他自然科学所用的物观的观察法和物观的实验法，心理学亦皆采用。科学最注重精确，故心理学的研究也以数学的计算与测量为当务之急。这样讲起来，心理学也可称为精确的科学之一了。

晚近心理学内部大起革命，革命的结果即是产生新的心理学，即所谓行为的心理学是也。上面所述的，是行为心理学的几条大纲，可是因为篇幅所限，我不能把行为心理学在这里做较详细的讨论。我希望在最近的将来，再用浅近的文字做一篇较长的文章，叙述行为心理学的历史及内容。

陈衡哲（1893—1976），新文学运动中最早的女学者、作家、诗人，我国第一位女教授，有"一代才女"之称。1914年考入清华学堂留学生班，1918年获瓦沙女子大学文学学士学位，1920年获芝加哥大学硕士学位，同年应北京大学校长蔡元培之邀回国，先后任北京大学、四川大学、东南大学教授。1917年创作白话短篇小说《一日》，以"莎菲"的笔名发表于《留美学生季报》。著有短篇小说集《小雨点》及《衡哲散文集》。

心理康健与民族的活力

陈衡哲

我且先来讲一个故事。在地球的东角，有一块肥沃的平原。有一年，这平原忽然枯槁起来，从前一碧千里的葱茂情形，也变为草枯花落的一片凄凉景象了。大家起初都很诧异，但不久便发现了这平原枯槁的原因，原来从前滋养它的那一股泉水，忽然在山中壅堵起来，因此便不能流到这平原上来了。但有力的活水是不能永在壅塞的状况之下的，它既不能畅畅快快地流到平原去，便只有乱窜乱跑地到处横流了。结果是不但平原失掉了它的生命之源，并且在它附近的树、屋、人、畜也都一一地遭到了倾覆淹没。这个情形被发现之后，大家方始恍然大悟说："以后再不要小看那一股泉水吧，原来我们这平原的整个生命，都系在它那小小的身上呢！"不但如此，大家看到了那泛滥冲淹的情形，不禁又叹了一口气说："不要再让那股水堵塞着吧，那是太危险了；我们若要化祸患为利益，不如赶快把它疏浚起来，引导它流到我们的平原上来为是。"

这个比喻是很浅显的，那平原当然是中华民族，那枯凋情形当然是它目下的衰落，但那一股泉水又是什么呢？依我看来，一个民族的兴衰，表面上或许是系在经济与政治的各方面，但在实际上，则一个民族生活力的来源，却是它的康健——康健的体格、康健的智识和康健的情感，而尤以最后的一项为诸种康健的总渊源。

心理康健的范围当然不以情感为限，但情感乃是心理的主宰，故我愿专就情感的立场，来讨论一下中华民族——尤其是它的青年们——在心理康健上的情形。因为两性间的情感是青年的一个最深刻的感觉，故我又愿把它作为讨论心理康健的中心点，但这当然与两性问题的讨论不同，请读者勿混而为一。

关于这心理康健的问题，在欧美各国真是一件大学问；专家与医生们研究讨论这个问题的著作，也真可以说是充栋汗牛。但在我国，则一般社会却仍是持着一种不屑的态度。这个情形是很容易解释的，这当然是那压窒情感的旧礼教所赐予的一种人生观。怎么说呢？因为我们虽然不愿把勿洛得①的"唯性观"作为金科玉律，但事实却不容我们不承认，一个合理化的优美的社交生活，乃是一切心理康健的基础。而同时，无论我们说我们的旧文化是怎样的超越与高尚，我们仍不能不承认，它的

---

①即弗洛伊德。——编者注。

两性观念是十分不健全、十分不清洁、十分不合理的。要不然，为什么我们一方面提倡男女授受不亲，奖励女孩子去守童贞寡；而一方面则所谓维持礼教的士大夫们却又不妨在窑姐儿的绣花鞋儿内喝酒？这岂不是等于说，在我们这个礼教之邦，每一个男子是须带两份面具的：一份是用来压制一切的女子和一部分的青年男子，使他们连一点康健的社交生活也不准有；一份则用来自便，自便到一个极端放纵和丑恶的性行为上去？试问，在矛盾到这种程度的两性观念之下，我们还能希望有一个合理与康健的情感生活吗？

不但一部分的老年人与中年人的社交观念是这样，即在青年们的自身中，这也是一个很普遍的看法。他们因为受到了这种不康健人生观的影响，又因为常是这种人生观的牺牲者，故他们对于社交问题也就一方面讳莫如深，持着一种不屑的态度，一方面则又把电影院作为答复他们种种社交难题的大宗师了。但好莱坞所能给予他们的又有些什么呢？配称为有艺术性的优美片子当然不能说没有，如《小妇人》《块肉余生》之类，但它们只是少数之又少数，大多数的电影片子是但知利用人类的性疙瘩来博求观众的拍掌的。它们所含的是高度的性的刺激，所代表的也是一种变态的性心理——它们是绝对不能作为康健人生的写照的。可是，说来真也可怜，竟有一部分的青年们，把它们当作两性社会的模型，连皮带骨地整个儿吞了下肚子去呢！在这样各走极端，而又是同样不康健的两种势力之下——一是受到了性的压迫的陈腐气，一是变态的性人生观的腥膻气

——请问，还有几个青年能保持着他们心理上的康健?

所以我希望，第一，我们大家能懂得水壅必溃的一个简单哲理，知道淤塞是横流的最大原因，也知道疏浚是预防水患的一个最好方法。我们不但不应该坚持男女不相受授、不同行、不同车之类的堵截政策，并还应该明白，一个康健的社会生活乃是男女间最有效的防闲。因为预防情感横流的最好方法，也和预防水患一样，是去给那个情感找一个优美、高尚的生活路径。故我以为，我们应该利用我们的家庭与学校以及社会上的一切活动，用言语或榜样来帮助一般彷徨歧路的少年男女，使他们渐渐地能领悟到一个人除了他或她的性人格之外，还有一个更可宝贵、更可敬爱的个性人格。假使每一个青年，都能常常以这个人格来与异性相见，知道对方不单单是一个女性或是男性，而且是一位同伴、同学或是同事，那么，在他们中间的不自然的性刺激还有不逐渐减少的吗? 假使在这样情形之下，爱神的箭仍旧还要射到两个人的心上来，那不也就要比空谷足音式的恋爱为更可靠些，为更光明、美丽些吗? 至少，它是不会把一只狗的脚声当作一个人的足音的呀!

但是，第二，这一种对于社交的康健态度，是绝对不能在那个旧礼教的两性观念的泥土上生长的，故我们若希望社会上有一个合理的与洁净的两性观念，我们却非先把那块秽土铲去不可。我常想，世界上最美的图画莫过于一对对青年男女的溜冰了，它是那样的光明磊落，那样的康健快乐。这一幅图画似乎很可以作为男女交际的一个象征——它告诉我们，康健的人生是美的，光明的享乐也是美的，即使是两性的吸引也是美的，只要蹲在这幅图画的后面的不是一个丑恶的魔鬼、一个不康健的两性人生观。但在中国现在社会的两性观念之下，这个魔鬼是不肯走开的；因此，一个肯用虚伪、卑劣手段的青年，有时却反比他的那个诚实、高洁的同伴，为更容易达到他的社交与恋爱的目的。因为魔鬼所喜欢的，是黑夜的摸索，而不是光天化日之下的社交！

第三，我希望青年们对于自身情感的修养，也要下一个负责的大决心。我们若能相信一个人情感的可贵，便当以香花来供养它，而不能做一点浪费它或是侮辱它的行为了。这便是说，青年们对于两性的态度与期望，是应该纯洁的、至诚的、高尚的，并且还应该有相当的自制力与牺牲精神。其二，我们还应该知道，情感的最深区域虽然是那狭义的两性恋爱，但它的最高峻与最伟大的区域却不在那里，而在那个对于人类的大爱。这一类爱的表现，方面虽然很多，但在目下的中国，却莫过于挽救国家与民族危亡的一件大事了。我并不希望每一个中华国民都要学了玛志尼①，把中国当作他的夫人或是她的丈夫，但是，假如有人能把他的情感升华到这个地步，我以为也未尝不是一个好现象。

促进青年心理康健的实行条件，当然不以此三项为限，但我以为目下最需要我们注意的，却都包含在这三项之内了。因

---

① 玛志尼（1805—1872），意大利爱国者。——编者注。

为一切心理上不康健的征候，如苦闷、放纵与堕落，如矫情式的对于异性的仇视，如疯狂式的对于异性的追逐，如嫉妒与恨毒之类的负性情感，都是情感生活上壅堵及横流的结果。它们为害的程度是不以个人为限的，它们可以使我们的整个民族焦黄、枯竭以至于毁灭。故我们若想从根本上去救治民族的衰落，也就只有从情感的疏浚与升华两方面下手了。

我希望社会的领袖们、学校的当局与教员们、贤明的家长们，以及青年们自身，都肯放弃了旧礼教所养成的那个两性不洁的成见。对于这个横在眼前的一件事实，来虚心地看一看，来同情地想一想！